CÓDIGO AZUL

Andrew Gross

Código Azul

Traducción de Marta Milian Ariño

Umbriel Editores

Argentina • Chile • Colombia • España
Estados Unidos • México • Uruguay • Venezuela

Título original: *The Blue Zone*
Editor original: William Morrow, New York
Traducción: Marta Milian Ariño

Copyright © 2007 *by* Andrew Gross
All Rights Reserved
Published by arrangement with HarperCollinsPublishers
© de la traducción 2007 *by* Marta Milian Ariño
© 2007 *by* Ediciones Urano, S. A.
Aribau, 142, pral. – 08036 Barcelona
www.umbrieleditores.com

ISBN: 978-84-89367-33-3
Depósito legal: B. 37.105 - 2007

Fotocomposición: APG Estudi Gràfic, S.L.
St Antoni Mª Claret, 428 – 08027 Barcelona
Impreso por Romanyà Valls, S. A. – Verdaguer, 1 – 08786 Capellades (Barcelona)

Impreso en España - *Printed in Spain*

El manual de la WITSEC, la agencia de los U.S. Marshals que supervisa el Programa de Protección de Testigos, describe tres niveles de implicación de la misma.

Código Rojo: cuando un sujeto está en prisión preventiva, cumpliendo condena o se está celebrando su juicio.

Código Verde: cuando a dicho sujeto y su familia se les ha asignado otra identidad y lugar de residencia, y viven en condiciones de seguridad con dicha identidad, que tan sólo conoce su agente del WITSEC.

Y Código Azul: el estado más temido, cuando se sospecha que la nueva identidad de un sujeto se ha traspasado o destapado. Cuando desaparece, pierde el contacto con el agente de su caso, o escapa a la seguridad del programa. Cuando no se sabe oficialmente si esa persona está viva o muerta.

Prólogo

Al doctor Emil Varga le bastaron unos minutos para llegar al dormitorio del anciano. Dormía profundamente, soñando con una chica de sus tiempos de universitario, de eso hacía ya una eternidad, pero al oír los desesperados golpes del criado en la puerta enseguida se echó la chaqueta de lana sobre la camisa de dormir y agarró el maletín.

—Por favor, doctor —dijo, corriendo escaleras arriba por delante de él—, ¡venga enseguida!

Varga ya se sabía el camino. Llevaba semanas instalado en la hacienda. De hecho, aquel hombre testarudo e inflexible que por tanto tiempo había burlado la muerte era por aquellos días su único paciente. Algunas noches, con un coñac en la mano, Varga cavilaba sobre cómo su fiel servicio lo había llevado a abandonar a marchas forzadas una larga y distinguida carrera.

¿Se había acabado por fin...?

El médico se detuvo ante la puerta del dormitorio. La habitación, a oscuras, apestaba; las ventanas, en forma de arco y con los postigos cerrados, postergaban la llegada del amanecer. Le bastó con el olor y con ver el pecho del anciano, en silencio por primera vez en semanas. Tenía la boca abierta, la cabeza ligeramente inclinada sobre la almohada, un hilo de baba amarilla coagulada en los labios.

Varga se acercó lentamente a la gran cama de madera de caoba y dejó el maletín sobre la mesa. Ya no necesitaba ningún instrumento. En vida, su paciente estaba hecho un toro. Varga pensó en toda la violencia que aquel hombre había provocado. Pero ahora, esos pronunciados pómulos indios estaban consumidos y pálidos. Al médico le pareció que algo no encajaba: ¿cómo alguien que había causado tanto miedo y sufrimiento durante toda su vida podía tener ahora un aspecto tan frágil y marchito?

Varga oyó voces que venían del pasillo, perturbando la calma del amanecer. Bobi, el hijo menor del anciano, entró corriendo en el dormitorio aún en pijama. Se detuvo inmediatamente clavando la mirada en la forma inerte con los ojos muy abiertos.

—¿Está muerto?

El médico asintió.

—Por fin ha dejado de aferrarse a la vida después de ochenta años de tenerla bien cogida por los huevos.

La mujer de Bobi, Margarita, con el tercer nieto del anciano en brazos, rompió a llorar en la entrada del dormitorio. El hijo se acercó a la cama con sigilo y cautela, como si avanzara hacia un puma dormido que en cualquier momento pudiera lanzarse al ataque. Se arrodilló y rozó levemente con la mano el rostro y los pómulos tensos y apagados del anciano. Luego, tomó la mano de su padre, aún áspera y ajada como la de un jornalero, y le besó dulcemente los nudillos.

—Se acabaron todas las apuestas, papá —susurró mirando a los ojos sin vida de su padre.

Entonces Bobi se levantó y asintió con la cabeza.

—Gracias, doctor, por todo lo que ha hecho. Me aseguraré de que llegue a oídos de mis hermanos.

Varga trató de leer lo que había en los ojos del hijo. Dolor. Incredulidad. Tras la larga enfermedad de su padre, por fin había llegado el día.

No. Era más bien una pregunta lo que mostraban aquellos ojos. El anciano llevaba años manteniéndolo todo en pie, con la fuerza de su voluntad.

¿Pero qué pasaría ahora?

Bobi tomó a su esposa del brazo y abandonó la habitación. Varga se acercó a la ventana y abrió los postigos dejando entrar la luz de la mañana. El alba se había adueñado del valle.

Era propiedad del anciano, kilómetros y kilómetros, mucho

más allá de las verjas: los pastos; la brillante cordillera, de tres mil metros de altura. Junto a los establos había aparcados dos todoterrenos. Un par de guardaespaldas armados con pistolas automáticas sorbían café apoyados en una valla, ajenos a lo que ocurría.

—Sí —murmuró Varga—, házselo saber a tus hermanos. —Se volvió hacia el anciano—: Ya ves, hijo de puta, hasta muerto eres peligroso.

Se había abierto la compuerta y las aguas iban a desbordarse con furia. La sangre nunca se limpia con sangre.

Salvo aquí.

Sobre la cabecera de la cama había un cuadro de la Virgen y el Niño con un marco tallado a mano, Varga sabía que era regalo de una iglesia de Buenaventura, donde había nacido el anciano. El médico no era religioso pero se santiguó igualmente al tiempo que levantaba la sábana húmeda y con ella tapaba delicadamente el rostro del difunto.

—Espero que por fin encuentres paz, viejo, estés donde estés… porque lo que es aquí, se va a desatar un verdadero infierno.

No sé si es un sueño o es verdad.

Bajo del autobús de la Segunda Avenida. Estoy sólo a dos manzanas de donde vivo. Enseguida me doy cuenta de que pasa algo.

Tal vez sea el tipo que veo apartarse de la fachada de la tienda, tirando el cigarrillo a la acera, para seguirme a poca distancia. Tal vez sea el taconeo incesante de sus pasos en la acera detrás de mí, al cruzar hacia la Calle Doce.

En condiciones normales no me volvería. No le daría más vueltas. Estamos en el East Village. Está abarrotado. Hay gente por todas partes. No es más que un sonido de la ciudad. Pasa a todas horas.

Sin embargo, esta vez me vuelvo. No puedo evitarlo. Lo justo para alcanzar a ver al hispano con las manos en los bolsillos de la chaqueta negra de cuero.

«Por Dios, Kate, estás paranoica, hija.»

Sólo que esta vez no estoy paranoica. Esta vez el tipo no deja de seguirme.

Tuerzo en la Doce. Aquí está más oscuro, hay menos tráfico. Unas cuantas personas charlan de pie. Una pareja joven se mete mano entre las sombras. El tipo sigue pegado a mí. Aún oigo sus pasos muy cerca, a mi espalda.

«Aprieta el paso —me ordeno a mí misma—. Vives sólo a unas pocas manzanas.»

Me digo que no puede estar pasando. «Si vas a despertarte, Kate, ¡ahora es el momento!» *Pero no me despierto. Esta vez es de verdad. Esta vez sé un secreto lo bastante importante como para que me maten.*

Cruzo la calle, apurando el paso. El corazón se me empieza a acelerar. Ahora sus pasos son como cuchillos que me atraviesan. Alcanzo a verlo en el reflejo de un escaparate. Bigote oscuro, y cabello corto y crespo.

Ahora siento los latidos de mi corazón desbocado golpeándome las costillas.

Paso delante de un mercado donde a veces compro. Entro a toda prisa. Hay gente dentro. Por un instante me siento segura. Cojo una cesta y me escondo entre los pasillos, meto en ella cosas que finjo necesitar. Pero lo único que hago es esperar, rezando para que pase de largo.

Pago. Sonrío algo nerviosa a Ingrid, la cajera, que me conoce. Tengo un presentimiento estremecedor: ¿y si ella fuera la última persona en verme con vida?

Cuando vuelvo a salir, me siento aliviada por un momento: el tipo se habrá ido; no hay ni rastro de él. Pero entonces me quedo de piedra. Sigue ahí, apoyado con gesto indolente en un coche aparcado al otro lado de la calle, hablando por teléfono. Lentamente, sus ojos se posan en los míos.

«Mierda, Kate, ¿qué coño vas a hacer ahora?»

Correr. Primero sin que se note, luego más deprisa. Oigo sobre la acera el ritmo frenético de unos pasos que se aceleran... pero esta vez son los míos.

Revuelvo el bolso en busca del móvil. Tal vez debería llamar a Greg. Quiero decirle que le quiero. Pero sé la hora que es: está a mitad de turno. Sólo me saldría el contestador. Está visitando.

«Tal vez tendría que llamar al 911 o detenerme y gritar. Kate, haz algo... ¡ahora!»

Mi edificio queda sólo a media manzana. Ya lo veo con su toldo verde. El 445 de la calle East Seventh. Hurgo en busca de las llaves. Me tiemblan las manos. Por favor, sólo unos metros más...

En los últimos pasos emprendo la carrera. Meto la llave en la cerradura del portal, rogando que gire... ¡y gira! Me lanzo a abrir las pesadas puertas de cristal. Echo un último vistazo a mi espalda. El hombre que me seguía se ha detenido unos portales más atrás. Oigo la puerta del edificio cerrarse a mi espalda, con la cerradura —por suerte—, encajando.

Ya estoy a salvo. Siento que el corazón casi se me encoge de alivio. «Ya está, Kate. Gracias a Dios.»

Por primera vez me noto el jersey adherido al cuerpo, empapado de un sudor pegajoso. Esto tiene que acabarse. «Tienes que decírselo a alguien, Kate.» *Es tanto el alivio que hasta me echo a llorar.*

«Pero decírselo ¿a quién?» *¿A la policía? Me han mentido desde el principio. ¿A mi mejor amiga? Está entre la vida y la muerte en el hospital Bellevue. Y eso sí que no lo he soñado. ¿A mi familia?*

«Tu familia se ha ido, Kate. Para siempre.»

Ahora ya no había tiempo para nada de eso.

Cojo el ascensor y pulso el botón de mi planta. El siete. Es de esos ascensores pesados de tipo industrial, que traquetea como un tren al pasar por cada planta. Sólo quiero llegar a mi piso y cerrar la puerta a cal y canto.

En el séptimo, el ascensor se detiene con un chirrido. Ya está. Estoy a salvo. Abro la rejilla de metal de un golpe, agarro las llaves, doy un empujón a la pesada puerta exterior.

Dos hombres me impiden el paso.

Intento gritar, ¿pero para qué? Nadie me oirá. Retrocedo. Se me hiela la sangre. Sólo soy capaz de mirarlos a los ojos en silencio.

Sé que están aquí para matarme.

Lo que no sé es si vienen de parte de mi padre, los colombianos o el FBI.

PRIMERA PARTE

1

El oro había subido un dos por ciento la mañana en que la vida de Benjamin Raab empezó a venirse abajo.

Estaba reclinado en el escritorio, contemplando la calle Cuarenta y siete, disfrutando de la gran comodidad de su despacho, que se elevaba muy por encima de la Avenida de las Américas, con la cabeza ladeada y el teléfono sujeto entre la oreja y cuello.

—Sigo esperando, Raj...

Raab tenía en sus manos un contrato de compra al contado de dos mil libras de oro. Más de un millón de dólares. Los indios eran sus mayores clientes, uno de los principales exportadores de joyas del mundo. «Un dos por ciento.» Raab comprobó la pantalla Quotron. Eso eran treinta mil dólares. «Antes de comer.»

—Vamos, Raj —lo presionó Raab—. Que mi hija se casa esta tarde y si puedo, me gustaría llegar...

—¿Que Katie se casa? —El indio parecía dolido—. Ben, en ningún momento me has dicho...

—Sólo es un modo de hablar, Raj. Si Katie se casara, allí estarías tú. Pero, Raj, vamos... que estamos hablando de oro, no de *pastrami*. Que no se pudre.

A eso se dedicaba Raab. Comerciaba con oro. Hacía dos décadas que tenía su propia empresa de comercio internacional, cerca del distrito de los diamantes de Nueva York. Había empezado unos años antes, comprando las mercancías almacenadas de las joyerías familiares que cerraban. Ahora suministraba oro a la mitad de los comerciantes de la calle. Y también a varios de los mayores exportadores de joyas del globo.

En el sector todo el mundo lo conocía. Casi no le había dado tiempo a sentarse en un reservado y llevarse a la boca su sándwich de pavo del Gotham Deli de la esquina cuando ya tenía a algún fornido judío ultraortodoxo avasallándolo para hablarle de no se sabe qué deslumbrante piedra nueva que vendía (aunque siempre le recriminarán que él, siendo sefardí, ni siquiera era uno de los suyos). O cuando no era eso, era uno de los mensajeros puertorriqueños que entregaban los contratos dándole las gracias por las flores que había enviado a su boda. O los chinos, tratando de garantizarse unos dólares de algún juego de divisas. O los australianos, tentándolo con bloques sin cortar de piedras de calidad industrial.

«He tenido suerte», decía siempre Raab. Tenía una esposa que lo adoraba, tres hijos encantadores de los que se sentía orgulloso, su casa en Larchmont —mucho más que una casa— con vistas al estrecho de Long Island, y el Ferrari 585 con el que una vez había corrido en Lime Rock aparcado en un lugar privilegiado del garaje de cinco plazas. Por no hablar del palco en el estadio de los Yankees y las entradas para ver a los Knicks: abajo, en el Garden, justo detrás del banquillo.

Betsy, su ayudante desde hacía más de veinte años, entró llevando una bandeja con una ensalada del chef y una servilleta de tela, la mejor protección frente a la propensión de Raab a mancharse de aceite las corbatas de Hermès. Betsy puso los ojos en blanco.

—¿Raji, todavía…?

Benjamin se encogió de hombros al tiempo que atraía la mirada de ella hasta su bloc donde ya tenía apuntado el resultado: 648,50 dólares. Sabía que este comprador lo aceptaría. Raj siempre lo hacía; ya llevaban años representando este vodevil. «¿Pero es que siempre tenía que alargar tanto la comedia?»

—De acuerdo, amigo mío —suspiró finalmente el comprador indio rindiéndose—. Trato hecho.

—Uf, Raj —resopló Raab fingiendo alivio—. Ya están fuera los del *Financial Times*, esperando la exclusiva.

El indio también se echó a reír y cerraron el trato: 648,50 dólares tal como había escrito.

Betsy sonrió.

—Siempre dice lo mismo, ¿no? —comentó mientras cambiaba el contrato manuscrito por dos folletos de viajes de papel satinado que dejó junto a la bandeja.

Raab se metió la servilleta por el cuello de su camisa a rayas de Thomas Pink.

—Quince años.

Bastaba con entrar en el abarrotado despacho de Raab: era imposible no reparar en las paredes y aparadores repletos de fotos de Sharon, su mujer, y sus hijos —Kate, la mayor, licenciada por la Universidad de Brown; Emily, de dieciséis años, que jugaba en la liga nacional de *squash*; y Justin, dos años menor— y todos los fabulosos viajes que habían hecho en familia a lo largo de los años.

En el chalet de la Toscana. De safari en Kenia. Esquiando en Courchevel, en los Alpes franceses. Ben vestido de piloto con Richard Petty en la escuela de conducción de Porsche.

Y eso es lo que hacía durante el almuerzo, planear su próximo gran viaje, el mejor de todos. Machu Picchu. Los Andes. Y luego una fantástica ruta a pie por la Patagonia. Pronto cumplirían veinticinco años de casados. La Patagonia siempre había sido uno de los sueños de Sharon.

—En mi próxima vida —sonrió Betsy, al tiempo que cerraba la puerta del despacho—, me aseguraré de volver como uno de tus hijos.

—En mi próxima vida —respondió Raab—, yo también.

De repente se oyó un gran estrépito fuera, en la oficina. Al principio Raab creyó que se trataba de una explosión o ladrones. Pensó en hacer sonar la alarma. Se oían voces fuertes y desconocidas repartiendo órdenes a gritos.

Betsy volvió a entrar corriendo, con el pánico reflejado en el semblante. A un paso de ella, se abrieron camino dos hombres vestidos con traje y cazadora azul marino.

—¿Benjamin Raab?

—Sí… —Se levantó y miró de frente al hombre alto y medio calvo que se había dirigido a él y era el que parecía estar al mando—. No pueden entrar aquí a empujones, así sin más. ¿Qué diablos pasa...?

—Pasa, señor Raab —le contestó arrojando sobre la mesa un documento doblado—, que tenemos una orden de detención de un juez federal contra usted.

—¿Detención...? —De repente había gente con chaquetas del FBI por todas partes. Habían reunido a los empleados y les estaban ordenando desalojar la oficina—. ¿Y de qué demonios se me acusa?

—Blanqueo de dinero, cooperación e instigación a actividades delictivas, conspiración para estafar al Gobierno de Estados Unidos —leyó en voz alta el agente—. ¿Qué me dice, señor Raab? Confiscaremos el contenido de esta oficina como prueba material para el caso.

—¿Cómo?

Antes de que alcanzara a pronunciar otra palabra, el segundo agente, un joven hispano, lo obligó a volverse pegándole los brazos bruscamente a la espalda y lo esposó delante de toda la oficina.

—¡Esto es un disparate! —exclamó Raab retorciéndose y tratando de mirar al policía a la cara.

—Ya lo creo —rió el agente hispano. Le arrebató de las manos los folletos de viajes—. Lástima —dijo guiñando un ojo y volviéndolos a tirar sobre el escritorio—. Tenía muy buena pinta ese viaje.

2

—Mira estos pequeñines —murmuró Kate Raab, mientras observaba detenidamente por el potente microscopio Siemens.

Tina O'Hearn, su compañera de laboratorio, se inclinó sobre el aparato.

—¡Caray!

En medio de la reluciente luminiscencia que creaba la lente de alta resolución se veían dos células ampliadas y resplandecientes. Una era el linfocito, el glóbulo blanco defectuoso con un anillo de partículas peludas que sobresalían por su membrana. La otra célula era más fina, con forma de garabato y un gran punto blanco en el centro.

—Es el chico Alfa —dijo Kate, corrigiendo poco a poco el aumento—. Los llamamos Tristán e Isolda. Fue idea de Packer. —Cogió una minúscula sonda metálica del mostrador—. Y ahora mira esto...

Cuando Kate lo pinchó, Tristán se abrió paso hacia el linfocito más denso. El glóbulo defectuoso se resistía, pero la célula con forma de garabato volvía una y otra vez, como buscando un punto débil en la membrana del linfocito. Como atacando.

—A mí me parecen más bien Nick y Jessica —rió Tina, inclinada sobre la lente.

—Fíjate.

Como si la hubiera oído, la célula con forma de garabato daba la impresión de estar explorando los bordes peludos del glóbulo blanco hasta que las dos jóvenes presenciaron cómo la membrana atacante parecía penetrar en la de su presa y ambas se fusionaban en una sola célula más grande con un punto blanco en el centro.

Tina levantó la vista.

—¡Ay!

—Quien bien te quiere te hará llorar, ¿verdad? Es una línea progenitiva de células madre —explicó Kate, levantando la vista del microscopio—. El glóbulo blanco es un linfoblasto, lo que Packer llama el «leucocito asesino». Es el agente patógeno de la leucemia. La semana que viene veremos lo que pasa en una solución plasmática similar a la sangre. Voy a anotar los resultados.

—¿Haces esto todo el día? —dijo Tina frunciendo el ceño.

Kate soltó una risita. Bienvenida a la vida en la placa petri.

—Todo el año.

Kate llevaba ocho meses trabajando como investigadora para el doctor Grant Packer en la Facultad de Medicina Albert Einstein del Bronx, cuya labor sobre la leucemia citogenética empezaba a dar de qué hablar en los círculos médicos. Estaba becada por la Universidad de Brown, donde ella y Tina habían sido compañeras de laboratorio en el último curso.

Kate siempre había sido buena estudiante, pero no una «empollona», como recalcaba siempre: tenía veintitrés años y le gustaba pasarlo bien, probar restaurantes nuevos, ir a discotecas, desde los doce años descendía por las pistas de esquí en *snowboard* mejor que casi todos los chavales y tenía novio, Greg, que llevaba dos años de médico residente en el Centro Médico de la Universidad de Nueva York. Se pasaba casi todo el día inclinada sobre un microscopio, anotando datos o trasladándolos a ficheros digitales, pero ella y Greg —cuando conseguían verse— siempre bromeaban diciendo que con una rata de laboratorio en su relación ya era suficiente. Aun así, a Kate le encantaba su trabajo. Packer empezaba a destacar en el seno de la comunidad científica y Kate tenía que reconocer que trabajar con él era la mejor opción que se le había presentado en mucho tiempo.

Además, creía que su verdadera marca distintiva era el hecho de ser la única persona que conocía capaz de recitar el *Ten Stages of Cellular Development* de Cleary y que además tuviese un tatuaje de la doble hélice del ADN en el trasero.

—Citosis fagocítica —explicó Kate—. Mola bastante, la primera vez que lo ves, pero espera a que sean mil veces. Mira lo que pasa ahora.

Se volvieron a inclinar sobre el microscopio doble. Sólo quedaba una célula: Tristán, más grande, y con forma de garabato. El linfoblasto defectuoso casi había desaparecido.

Tina, impresionada, dejó escapar un silbido.

—Eso mismo en modelo vivo es Premio Nobel seguro.

—Igual en diez años. Personalmente, me conformaría con una tesis de licenciatura —respondió Kate sonriendo.

En ese momento, su móvil empezó a vibrar. Pensó que sería Greg, a quien le encantaba enviarle fotos divertidas de las visitas, pero al comprobar la pantalla sacudió la cabeza y volvió a meterse el móvil en el bolsillo de la bata.

—Mi mamá me mima… —suspiró.

Kate llevó a Tina a la biblioteca, donde había unas mil repeticiones de la línea de células madre en formato digital.

—¡La obra de mi vida!

Le presentó a Max, el tesoro de Packer, el microscopio citogenético de 2 millones de dólares que separaba los cromosomas en las células y lo hacía todo posible.

—Antes de que acabe el mes te sentirás como si salieras con él.

Tina lo observó y se encogió de hombros, como dando su aprobación.

—Los he visto peores.

Fue entonces cuando volvió a sonar el móvil de Kate. Lo sacó. Otra vez su madre. Esta vez era un mensaje de texto.

KATE, HA PASADO ALGO. ¡LLAMA A CASA ENSEGUIDA!

Kate se quedó mirándolo. Nunca antes había recibido un mensaje así. No le gustaba cómo sonaban esas palabras. Recorrió mentalmente las posibilidades… y todas eran malas.

—Perdona, Tina, pero tengo que llamar a casa.

—No te preocupes. Empezaré a darle palique a Max.

Presa de los nervios, Kate marcó el número de la casa de sus padres en Larchmont, grabado en la memoria del móvil. Su madre descolgó el teléfono al primer tono. Kate le notó en la voz que estaba preocupada.

—Kate, es tu padre...

Algo malo había pasado. Se estremeció de miedo. Su padre nunca había estado enfermo. Estaba en plena forma. Si tenía buen día, hasta podía aguantar un partido de *squash* con Em.

—¿Qué ha pasado, mamá? ¿Está bien?

—No sé... Acaba de llamar su secretaria. Han detenido a tu padre, Kate. ¡Lo ha detenido el FBI!

3

Le quitaron las esposas en el cuartel del FBI de Foley Square, en
Lower Manhattan, y lo llevaron a un estrecho cuarto de paredes
desnudas donde había una mesa de madera, unas sillas metálicas y
un par de carteles de «Se busca» con las esquinas dobladas sujetos
con chinchetas a un tablón de anuncios que colgaba de la pared.

Raab se sentó y clavó la mirada en un pequeño espejo que sabía que era falso, de esos que salen en las series policíacas de la tele.
También sabía lo que debía decirles. Lo había ensayado una y otra
vez: que se trataba de algún error disparatado; que él no era más
que un hombre de negocios, que jamás había hecho nada malo en
toda su vida.

Al cabo de unos veinte minutos se abrió la puerta. Raab se levantó. Entraron los mismos dos agentes que lo habían detenido seguidos de un joven delgado con traje gris y pelo muy corto que
puso un maletín sobre la mesa.

—Soy el agente especial en jefe Booth —anunció el agente
medio calvo—. Ya conoce al agente especial Ruiz. Le presento al
señor Nardozzi. Es del Departamento de Justicia y conoce su
caso.

—¿Mi caso…? —Raab se obligó a esbozar una sonrisa dubita-
tiva mientras miraba los gruesos expedientes con algo de recelo,
sin creerse la palabra que acababa de oír.

—Vamos a hacerle unas cuantas preguntas, señor Raab —empezó el agente hispano, Ruiz—. Vuelva a sentarse, por favor. Le
aseguro que será mucho más fácil si contamos con su plena cola-
boración y se limita a responder sincera y sucintamente según su
leal saber y entender.

—Desde luego. —Raab asintió, volviendo a sentarse.

—Y vamos a grabarlo, si le parece bien —dijo Ruiz, poniendo una grabadora de casete normal encima de la mesa—. Es también por su propia seguridad. En cualquier momento, si lo desea, puede pedir la presencia de un abogado.

—No me hace falta abogado —dijo Raab negando con la cabeza—. No tengo nada que ocultar.

—Eso es bueno, señor Raab —le respondió Ruiz con un guiño afable—. Es cuando la gente no tiene nada que ocultar que este tipo de cosas tiende a resolverse favorablemente.

El agente sacó un montón de papeles del expediente y los ordenó de un modo determinado encima de la mesa.

—¿Ha oído hablar de Paz Export Enterprises, señor Raab? —empezó volviendo la primera página.

—Claro —confirmó Rab—. Es uno de mis mejores clientes.

—¿Y qué servicio les presta exactamente? —preguntó el agente del FBI.

—Compro oro para ellos. En el mercado abierto. Son del sector de los artículos de regalo o algo así. Lo envío a un intermediario en nombre suyo.

—¿Argot Manufacturing? —terció Ruiz volviendo una página de sus notas.

—Sí, Argot. Mire, si se trata de eso…

—Y Argot ¿qué hace con todo este oro que usted les compra? —lo volvió a interrumpir Ruiz.

—No sé. Son fabricantes. Lo transforman en chapado de oro, o lo que les pida Paz.

—Artículos de regalo —dijo Ruiz con cinismo al tiempo que levantaba la vista de sus notas.

Raab le devolvió la mirada.

—Lo que hagan con él es asunto suyo. Yo me limito a comprar el oro para ellos.

—¿Y cuánto hace que suministra oro a Argot en nombre de Paz? —preguntó el agente especial Booth tomando las riendas del interrogatorio.

—No estoy seguro. Tendría que consultarlo. Puede que seis, ocho años...

—Entre seis y ocho años. —Los agentes se miraron—. Y después de todo ese tiempo, señor Raab, ¿no tiene usted ni idea de qué productos fabrican con el oro que les envía?

Sonaba a pregunta retórica. Pero parecían esperar una respuesta.

—Fabrican muchas cosas. —Raab se encogió de hombros—. Para distintos clientes. Joyas. Cosas chapadas en oro, adornos de escritorio, pisapapeles...

—Pues consumen bastante oro —dijo Booth, recorriendo con la mirada una columna de números— para hacer un puñado de adornos de escritorio y pisapapeles, ¿no le parece? El año pasado más de una tonelada. A unos seiscientos cuarenta dólares la onza, eso son más de treinta y un millones de dólares, señor Raab.

La cifra cogió por sorpresa a Raab. Sintió que una gota de sudor le recorría la sien. Se humedeció los labios.

—Ya le he dicho que yo me dedico a las transacciones. Firmamos un contrato y yo lo único que hago es suministrar el oro. Mire, tal vez si me dijeran de qué va todo esto...

Booth le devolvió la mirada, como desconcertado, con una sonrisa cínica pero que a Raab le pareció que ocultaba hechos. Ruiz abrió su carpeta y sacó más hojas. Fotografías. En blanco y negro. De veinte por veinticinco. Todo eran imágenes de objetos cotidianos como sujetalibros y pisapapeles y varias herramientas básicas: martillos, destornilladores, azadas.

—¿Reconoce alguno de estos objetos, señor Raab?

Por primera vez, Raab sintió que el corazón empezaba a dispararársele. Negó con la cabeza recelosamente.

—Recibe pagos de Argot, ¿verdad, señor Raab? —Ruiz lo cogió desprevenido—. Sobornos.

—Comisiones —lo corrigió Raab, irritado por el tono de voz del agente.

—Además de sus comisiones. —Ruiz, sin apartar los ojos de él, deslizó otra hoja sobre la mesa—. Las comisiones en el mercado de materias primas rondan el uno y medio, si acaso dos por ciento, ¿no? Las suyas llegan hasta el seis, incluso el ocho por ciento, señor Raab, ¿no es así?

Ruiz no dejaba de observarlo. De pronto, a Raab se le secó la garganta. Se dio cuenta de que estaba jugueteando con los gemelos de oro de Cartier que Sharon le había regalado cuando cumplió los cincuenta y paró en seco. Su mirada iba y venía entre los tres agentes, tratando de adivinar lo que tenían en mente.

—Como ha dicho, usan bastante oro —respondió—. Pero lo que hagan con él no es asunto mío. Yo me limito a suministrárselo.

—Lo que hacen con él —la voz del agente Booth se volvió firme, estaba perdiendo la paciencia— es exportarlo, señor Raab. Esos artículos de regalo, como usted los llama, no están hechos de acero o latón ni chapados en oro. Son sólidos lingotes de oro, señor Raab. Están pintados y tratados para que parezcan objetos cotidianos, como sospecho que sabrá. ¿Tiene idea de dónde acaban estos artículos, señor Raab?

—En algún lugar de Sudamérica, creo. —Raab trató de recobrar la voz, agarrotada en lo más profundo de su garganta—. Ya se lo he dicho, me limito a comprar el oro para ellos. No sé si acabo de entender lo que pasa.

—Pasa, señor Raab —Booth le miró a los ojos— que ya tiene un pie metido en un buen montón de mierda y nos gustaría saber si también tiene el otro pie metido. Dice que lleva trabajando con Argot entre seis y ocho años. ¿Sabe de quién es la empresa?

—De Harold Kornreich —respondió Raab, más convencido—. Conozco bien a Harold.

—Entendido. ¿Y Paz qué? ¿Sabe quién está al frente?

—Creo que se llama Spessa o algo así. Víctor. Nos hemos visto unas cuantas veces.

—Pues Víctor Spessa, cuyo verdadero nombre es Víctor Concerga —Ruiz le acercó una de las fotos—, no es más que socio ejecutivo de Paz. Los estatutos, que el agente Ruiz le está mostrando ahora mismo, son de una sociedad de las Islas Caimán, BKA Investments, Limited. —Ruiz esparció unas cuantas fotos más sobre la mesa. Fotos de vigilancia de hombres con inconfundible aspecto hispano—. ¿Le suena alguna de estas caras, señor Raab?

Entonces sí que Raab empezó de verdad a preocuparse. Una gota de sudor frío le recorrió lentamente la espalda. Cogió las fotos, las miró de cerca, una por una. Negó con la cabeza, temblando.

—No.

—Víctor Concerga. Ramón Ramírez. Luis Trujillo —fue enumerando el agente del FBI que llevaba la batuta—. Estos individuos constan como los principales directivos de BKA, consignataria de los objetos cotidianos en que se convierte su oro. Trujillo —agregó Ruiz empujando hacia Raab una foto donde aparecía un hombre bajo y fornido con traje subiendo a un Mercedes— es uno de los gestores más importantes de la familia Mercado del cártel colombiano.

—¡Colombia! —repitió Raab, con los ojos saliéndosele de las órbitas.

—Y vamos a hablar claro, señor Raab. —El agente Ruiz le guiñó el ojo—. No son precisamente aficionados.

Raab lo miraba fijamente, boquiabierto.

—El oro que usted, señor Raab, compra en nombre de Paz se funde y vierte en objetos caseros de uso común, luego se enchapa o se pinta y se devuelve a Colombia, donde se convierte de nuevo en lingotes. Paz no es más que una tapadera. Pertenece en su totalidad al cártel de Mercado. El dinero que le pagan a usted por sus… «transacciones», como usted las llama, procede del negocio de distribución de narcóticos. El oro que usted suministra —continuó el agente, abriendo más los ojos— es el modo en que lo envían a su país.

—¡No! —Raab se levantó de un salto, esta vez con la mirada ardiente y desafiante—. No tengo nada que ver con eso. Lo juro. Suministro oro. Nada más. Tengo un contrato. Víctor Concerga vino a mí, como muchos otros. Si lo que pretende es asustarme, muy bien, ya lo ha conseguido. ¡Le ha salido bien! Pero colombianos... Mercado... —Negó con la cabeza—. De eso nada. ¿Qué demonios se ha creído que está pasando aquí?

Booth se limitó a rascarse la mandíbula, como si no hubiera oído ni una palabra de lo que había dicho Raab.

—Cuando vino a verle el señor Concerga, señor Raab, ¿qué fue lo que dijo que quería hacer exactamente?

—Dijo que necesitaba comprar oro, que quería fabricar con él ciertos objetos.

—¿Y cómo es que primero se lo presentó a Argot Manufacturing?

Raab retrocedió. Ahora veía muy claro adónde iba a parar todo aquello. Argot era de su amigo. Harold. Él los había presentado.

Y hacía años que Raab recibía un pago generoso como artífice del trato.

Fue entonces cuando Nardozzi, el letrado del Departamento de Justicia, que hasta entonces se había mantenido en silencio, se inclinó hacia delante y dijo:

—Entiende el concepto de blanqueo de dinero, ¿verdad, señor Raab?

4

Raab se sentía como si le hubieran propinado un puñetazo en el estómago. Se puso completamente pálido.

—¡No sabía nada! —Negó con la cabeza. De repente, el sudor había empezado a empaparle la camisa por detrás—. Está bien, acep... acepté pagos de Argot —tartamudeó—. Pero era más bien una comisión, no un soborno. No era más que un intermediario. Es una práctica habitual. Pero juro que no tenía ni idea de lo que hacían con el oro. Esto es de locos. —Buscó una mirada comprensiva entre los rostros de los agentes—. Hace veinte años que me dedico a esto...

—*Veinte años.* —Ruiz cruzó las manos sobre el vientre, meciéndose hacia atrás—. En algún momento volveremos sobre esa cifra. Pero de momento... ¿dice que Concerga lo vino a ver primero?

—Sí. Dijo que quería fabricar artículos de oro —asintió Raab—, que yo constaría como su agente si encontraba a alguien, que sería muy lucrativo. Lo puse en contacto con Harold. Ni siquiera había oído hablar de BKA Investments. Ni de Trujillo. Harold es un buen hombre. Lo conozco desde que empezamos a dedicarnos a esto. Necesitaba trabajo y punto.

—Conoce los estatutos federales RICO, ¿verdad, señor Raab?
—El fiscal federal descorrió el cierre de su maleta—. ¿O la ley antiterrorista, la Patriot Act?

—RICO... —Raab palideció—. Eso es para mafiosos. ¿La ley antiterrorista? ¿Quién demonios se cree que soy?

—Según los estatutos RICO, tener conocimiento de una empresa delictiva o una pauta de comportamiento que sugiera participación en una ya constituye un delito grave, y su labor como agente en el acuerdo entre Paz y Argot, por no hablar del torrente de pagos ilícitos que ha recibido de los mismos durante varios años, lo deja bien claro.

—Permítame recordarle también, señor Raab, que, desde 2001, según la ley antiterrorista, es ilegal no declarar los cheques por un valor de más de veinte mil dólares procedentes de cualquier entidad extranjera.

—¿La ley antiterrorista? —A Raab se le había disparado la rodilla, arriba y abajo, como un martillo neumático—. ¿De qué demonios me hablan?

—De lo que hablamos —interrumpió el agente especial Booth, rascándose como si nada los cortos cabellos pelirrojos de la sien— es de que la ha cagado a base de bien, señor Raab; disculpe mi falta de delicadeza. Y, ahora mismo, más le valdría empezar a pensar en cómo salir de ésta.

—¿Salir de ésta? —Raab sintió el calor de la sala bajo el cuello de la camisa. Por un momento, vio a Sharon y los niños. ¿Cómo reaccionarían? ¿Cómo iba tan siquiera a empezar a explicar...? Sintió que la cabeza empezaba a darle vueltas.

—No tiene muy buena cara, señor Raab —dijo el agente Ruiz, como si le preocupara. Se levantó y le sirvió un vaso de agua.

Raab dejó caer la frente entre las manos.

—Creo que ahora necesito a mi abogado.

—Oh, no le hace falta abogado. —El agente en jefe Booth lo miraba fijamente, con los ojos muy abiertos—. Para salir de ésta, lo que le hace falta es todo el puto Departamento de Justicia.

Ruiz volvió a la mesa y alargó el agua a Raab.

—Naturalmente, tal vez todavía haya un modo de que salve el pellejo.

Raab se pasó las manos por el cabello. Bebió un sorbo de agua y se refrescó la frente.

—¿Qué modo?

—El modo de que no se pase los próximos veinte años en una prisión federal —respondió Booth, sin esbozar ni una sonrisa.

Raab sintió una punzada de dolor en el estómago. Tomó otro sorbo de agua, conteniendo una mezcla de mucosidad y lágrimas calientes.

—¿Cómo?

—Concerga, señor Raab. Concerga lleva hasta Ramírez y hasta Trujillo. Ya lo ha visto en las películas. Aquí también funciona así. Usted nos ayuda a subir peldaños y nosotros encontramos la manera de hacer desaparecer las cosas. Naturalmente, como comprenderá —añadió el agente del FBI, meciéndose hacia atrás y encogiendo los hombros con indiferencia—, su amiguito Harold Kornreich también entra en el lote.

Raab se quedó mirándolo fijamente sin comprender. Harold era amigo suyo. Él y Audrey habían asistido al *bar mitzvah* de Justin. Acababan de admitir en Middlebury a su hijo Tim. Raab negó con la cabeza.

—Hace veinte años que conozco a Harold Kornreich.

—Él ya está acabado, señor Raab —respondió Booth, poniendo los ojos en blanco—. No querrá que le hagamos a él las mismas preguntas que le hemos hecho a usted sobre él.

Ruiz rodeó la mesa sin levantarse de la silla con ruedas en que estaba sentado y la acercó a Raab, como si fueran colegas.

—Vive usted bien, señor Raab. En lo que debe pensar es en cómo conseguir que eso no cambie. He visto las fotos que tiene en el despacho. No sé qué tal le sentarían veinte años en una prisión federal a una familia tan agradable como la suya.

—¡Veinte años!

Ruiz se echó a reír.

—¿Lo ve? Ya le he dicho que volveríamos sobre esa cifra.

Raab sintió que empezaba a ser preso de la ira. Se levantó de un salto. Esta vez lo dejaron. Fue hasta la pared. Empezó a golpearla con el puño, luego se detuvo. Volvió a girarse.

—¿Por qué me hacen esto? Lo único que hice fue presentar a dos personas. La mitad de los que trabajan en la Sexta Avenida hubieran hecho lo mismo, joder.

Me ponen la ley antiterrorista delante de las narices. Me proponen que incrimine a mis amigos. Yo sólo compré el oro. ¿Quién demonios se creen que soy?

No dijeron nada. Si limitaron a esperar a que Raab volviera poco a poco a la mesa. Le escocían los ojos, se dejó caer en la silla y se los secó con las palmas de las manos.

—Tengo que hablar con mi abogado ahora.

—Si quiere que lo representen, es su decisión —respondió Ruiz—. Sea como sea, está perdido, señor Raab. Lo mejor que puede hacer es hablar con nosotros y acabar con esto. Pero antes de hacer esa llamada, hay una última cosa a la que tal vez le gustaría echar un vistazo.

—¿Y qué es? —preguntó Raab, fulminándolo con la mirada, sintiéndose más y más frustrado.

El agente del FBI sacó otra foto del expediente y la deslizó al otro lado de la mesa.

—¿Y esta cara, señor Raab? ¿Le suena?

Raab la cogió. Se quedó mirándola, casi con respeto, palideciendo.

Ruiz empezó a mostrar una serie de fotos. De vigilancia, como antes. Sólo que esta vez eran de él. Junto a un hombre bajo y fornido de bigote fino, medio calvo. Una la habían hecho a través de la ventana de su propio despacho, desde el otro lado de la calle. En otra estaban los dos en el China Grill, almorzando. A Raab se le cayó el alma a los pies.

—Iván Berroa —murmuró, mirando la fotografía como alelado.

—Iván Berroa —asintió el del FBI, reprimiendo una sonrisa.

Justo entonces, se abrió la puerta de la sala de interrogatorios y entró otra persona.

Raab abrió los ojos como platos.

Era el hombre de la foto. Berroa. Con una ropa con la que Raab nunca lo había visto. No llevaba chaqueta de cuero y vaqueros, sino traje.

Y placa.

—Creo que ya conoce al agente especial Espósito, ¿verdad, señor Raab? Pero si necesita que le refresquen la memoria, siempre podemos poner las grabaciones de sus reuniones, si le parece.

Raab levantó la mirada, con el semblante pálido. Lo habían pillado. La había jodido.

—Como le hemos dicho al principio —dijo el agente Ruiz, empezando a recoger las fotos con una sonrisita—, este tipo de cosas tiende a resolverse favorablemente cuando la gente no tiene nada que ocultar.

5

Kate por poco no perdió el tren de las 12.10 en Fordham Road para ir a casa de sus padres en Larchmont. Se metió en el último vagón cuando las puertas estaban a punto de cerrarse.

No alcanzó más que a coger unos cuantos enseres personales y, por el camino, dejar un críptico mensaje para Greg.

–Ha pasado algo con Ben. Voy para casa. Te avisaré cuando sepa alguna cosa más.

Hasta que el tren no hubo salido de la estación y Kate se enfrentó al vacío del vagón propio de aquella hora del día, no cayó en la cuenta —o, mejor dicho, se estrelló en la cuenta— de lo que había dicho su madre.

El FBI había detenido a su padre.

Si no le hubiera notado el pánico en la voz, habría creído que se trataba de alguna broma. Blanqueo de dinero. Conspiración. Era un disparate… Su padre era una de las personas más íntegras que conocía.

Claro que de vez en cuando se las arreglaba para llevarse alguna comisión. O cargaba alguna que otra comida familiar en la cuenta de la empresa. O amañaba alguna que otra declaración de impuestos… Todo el mundo lo hacía.

Pero los estatutos federales RICO… instigación a actividades empresariales delictivas… el FBI… no tenía ni pies ni cabeza. Conocía a su padre. Sabía qué clase de hombre era. De ninguna manera podía…

Kate compró el billete al revisor y luego apoyó la cabeza en la ventana, tratando de recobrar el aliento.

Su padre siempre decía que para él la reputación lo era todo. En ella se basaba su negocio. No disponía de comerciales ni de ningún programa estrambótico de arbitraje o cuarto trasero repleto de vendedores reventándose a trabajar. Se tenía a sí mismo. Tenía sus contactos, sus años en el sector. Tenía su reputación. ¿Qué podía contar más que su palabra?

Kate recordaba que una vez se había negado a gestionar una gran operación inmobiliaria —una cifra que alcanzaba los siete ceros—, sólo porque el albacea se la había ofrecido también a un competidor amistoso de la misma calle y a papá no le hacía gracia que pareciera que había negociado en contra de su amigo para llevarse el encargo.

Y en otra ocasión había aceptado, al cabo de dos años, la devolución de un diamante de ocho quilates de una venta privada en la que había ejercido de agente. Sólo porque algún tasador sinvergüenza que el comprador había conocido más tarde insistía en que la piedra estaba algo gastada. Una operación de seis ceros. ¿Gastada? Hasta Em y Justin le dijeron que era una locura . ¡La piedra era la misma! Lo que pasaba es que aquella mujer ya no la quería.

El tren de la línea Metro-North pasó traqueteando por delante de las obras del Bronx. Kate se encogió en el asiento. Estaba preocupada por él, por cómo debía sentirse. Cerró los ojos.

Era la mayor... seis años. ¿Cuántas veces le había dicho su padre el vínculo especial que eso creaba entre ellos? «Es nuestro secretillo, corazón.» Hasta tenían su propio saludo personal. Lo habían visto en alguna película y con él se habían quedado: un gesto con el dedo.

Ella era algo distinta del resto de la familia. Tenía los ojos grandes y era guapa, del estilo de Natalie Portman, le decía siempre todo el mundo. El cabello, castaño claro, le llegaba a los hombros. El resto de miembros de la familia eran más gruesos y morenos. Y esos profundos ojos verdes... ¿de dónde salían? «Esos cromosomas majaras», explicaba siempre Kate. «Ya sabes, el Y dominanterecesivo... que salta una generación.»

—Tan guapa —le decía su padre tomándole el pelo—. No entiendo cómo ha salido tan lista.

Apoyada en el cristal, Kate pensó en cuántas veces había acudido en su ayuda.

En ayuda de todos.

En cómo salía antes del trabajo para ir a casa y llegar a tiempo a sus partidos de fútbol del instituto. En una ocasión incluso adelantó su vuelo de vuelta de Asia un día cuando su equipo llegó a las finales del distrito. O cómo conducía por todo el nordeste para asistir a los torneos de *squash* de Emily —estaba clasificada entre las primeras del campeonato de alevinas del condado de Westchester— y lograba aplacarla cuando ese famoso temperamento suyo alcanzaba sus máximas cotas al perder un partido difícil.

O los tiempos de Brown, después de que Kate enfermara, cuando ella empezó con lo del remo y él conducía hasta allí los fines de semana para verla remar.

Kate siempre se figuró que su padre era un tipo tan entregado a su familia porque, la verdad sea dicha, es que en su juventud él no había disfrutado mucho de la suya... Su madre, Rosa, había llegado de España cuando él era niño. Su padre había muerto allí, de un accidente en un tranvía o algo así. Lo cierto es que Kate nunca había sabido gran cosa de él. Y su madre también había muerto joven, cuando él empezaba a pagarse los estudios en la Universidad de Nueva York. Todo el mundo admiraba a su padre. En el club, en su empresa, sus amigos... por eso aquello no tenía ni pies ni cabeza.

«¿Qué coño has hecho, papá?»

De pronto, Kate empezó a sentir como si le estallara la cabeza. Notó la familiar sensación de presión atravesándole los ojos, la sequedad en la garganta seguida de un repentino cansancio.

«Mierda...»

Sabía qué podía venir después. Siempre le pasaba con la tensión. Le bastó un segundo para reconocer los síntomas.

Revolvió el bolso en busca del Accu-Chek, su medidor. Se la habían diagnosticado a los diecisiete, en el último curso del instituto.

Diabetes. Tipo 1. Así como suena.

Al principio Kate se había deprimido un poco. Su vida cambió radicalmente. Tuvo que dejar de jugar a fútbol. No se presentó a las pruebas de acceso a la universidad. Los sábados por la noche, cuando todo el mundo salía a comer una pizza o de fiesta, ella tenía que controlar estrictamente su dieta.

Y una vez incluso había caído en un coma hipoglucémico. Estaba estudiando a toda máquina para un examen en la cafetería del instituto cuando los dedos se le empezaron a entumecer y se le cayó el bolígrafo de la mano. Kate no sabía qué le pasaba. Empezó a ver las caras algo borrosas. Trató de gritar... «¿Qué demonios pasa?...»

Lo siguiente que recordaba era que se despertó en el hospital al cabo de dos días, enganchada a lo que debía ser una docena de monitores y tubos. De eso ya hacía seis años. En este tiempo había aprendido a manejar la situación. Aún tenía que pincharse dos veces al día.

Kate se clavó la aguja del Accu-Chek en el índice. El instrumento digital marcaba 282. Lo normal en ella era unos 90. Madre mía, estaba que se salía.

Hurgó en el monedero hasta encontrar el kit. Siempre tenía uno de recambio en el frigorífico del laboratorio. Sacó una jeringuilla y el frasco de Humulin. El vagón del tren no estaba abarrotado; no había razón para no hacerlo ahí mismo. Levantó la jeringuilla y la metió en la insulina, extrayendo el aire: 18 unidades. Kate se arremangó el jersey. Para ella era pura rutina. Llevaba seis años haciéndolo dos veces al día.

Se clavó la aguja en la parte blanda del vientre, bajo el tórax. Apretó suavemente.

Qué lejos parecía ahora aquella inquietud inicial sobre lo que implicaba vivir con diabetes. Había entrado en Brown. Se había centrado en otra cosa, había empezado a pensar en la biología. Y allí empezó a remar. Al principio sólo para hacer ejercicio pero con el tiempo remar imprimió a su vida un nuevo sentido de la disciplina. En tercero —aunque sólo medía 1,65 y apenas pesaba 52 kilos— había quedado segunda en la liga All-Ivy de individuales.

De eso iba su pequeño gesto con el dedo. Aquel símbolo entre ellos. «Em tiene ese carácter suyo –le decía siempre su padre guiñándole el ojo–, pero tú sí que tienes una verdadera lucha interior.»

Kate tomó un trago de agua de una botella y sintió que empezaba a recobrar las fuerzas.

El tren llegaba a Larchmont. Empezó a aminorar la marcha, entrando en la estación de ladrillo rojo.

Kate volvió a meter el kit en el bolso. Se levantó, se colgó la cartera del hombro y esperó delante de las puertas.

Nunca lo había olvidado. Ni un solo día. Ni un solo instante: al abrir los ojos en el hospital tras dos días en coma, el primer rostro que había visto había sido el de su padre.

«Ben lo arreglará», Kate lo sabía. Como siempre. Él se encargaría. Tanto daba qué demonios hubiera hecho. Estaba segura.

Ahora bien, su madre… Suspiró al divisar el Lexus plateado que aguardaba en la esquina cuando el tren se detuvo en la estación.

Eso ya era harina de otro costal.

6

Esa tarde, a Raab, instalado en el asiento trasero de la limusina Lincoln negra que su abogado, Mel Kipstein, había conseguido, el viaje de vuelta a Westchester se le hizo largo y pesado.

Una hora antes había comparecido ante la jueza Muriel Saperstein en los juzgados de Foley Square. Nunca antes se había sentido tan humillado.

El frío fiscal federal que estaba presente en su interrogatorio se había referido a él como el «cerebro criminal» artífice de un plan ilícito merced al cual los señores de la droga colombianos podían llevarse dinero del país. Y también había mencionado que llevaba años sacando provecho de esta empresa conscientemente y que tenía vínculos con conocidos narcotraficantes.

«No», Raab había tenido que reprimirse para no gritar, «no era para nada así.»

Con cada cargo que oía leer a la juez, sentía como si lo atravesara una cuchilla dentada.

«Blanqueo de dinero. Cooperación e instigación a actividades empresariales delictivas. Conspiración para estafar al Gobierno de Estados Unidos.»

Después de un rato de negociaciones, durante el que Raab temió que ni siquiera lo dejaran libre, se fijó una fianza de dos millones de dólares.

—Veo que es propietario de una lujosa casa en Westchester, señor Raab —dijo la juez mirándolo con ojos escrutadores por encima de las gafas.

—Sí, Señoría. —Benjamin se encogió de hombros—. Eso creo.

Garabateó algo en un documento que parecía oficial.

—Me temo que ya no.

Al cabo de una hora, él y Mel se dirigían a Westchester por la Interestatal 95. A Sharon sólo le dijo que estaba bien y que se lo explicaría todo cuando llegara.

Mel pensaba que tenían donde agarrarse, sin duda. Tenía que haber una razón para que le hubieran tendido esa trampa. Hasta entonces había representado a Raab en cuestiones como disputas contractuales, el alquiler de la oficina y la creación de un fondo para sus hijos. No hacía ni dos semanas que los dos habían quedado segundos en el torneo de golf de socios contra visitantes en el Century.

—Según la ley, tendrías que haberlos ayudado conscientemente, Ben. Pero ese tal Concerga nunca te dijo lo que pretendía hacer con el oro, ¿verdad?

Raab negó con la cabeza.

—No.

—¿Nunca te dijo explícitamente que el dinero que te daba se obtuviera por medios ilícitos?

Raab volvió a negar con la cabeza. Bebió un largo trago de una botella de agua.

—Pues si no lo sabías es que no lo sabías, ¿entendido, Ben? Lo que me dices es bueno. Según los estatutos RICO, tienes que conspirar con «conocimiento» o «intención». No puedes ser partícipe, aunque los ayudaras o instigaras, si no lo sabías.

Por alguna razón, cuando Mel lo decía sonaba bien. Casi hasta él mismo se lo creía. Había cometido varios errores de cálculo fundamentales. Había actuado a ciegas, como un estúpido... llevado por la codicia. Sin embargo, nunca había sabido con quién trataba ni qué hacían con el oro. Por la mañana tenían una reunión de seguimiento con el Gobierno que seguramente sería decisiva para los siguientes veinte años de su vida.

—Pero esto último, Ben, ese tal Berroa... eso complica las cosas. Eso es malo. Es que tienen tu voz grabada. Comentando los mismos planes con un agente del FBI. —Mel se acercó a mirarlo—. Mira, Ben, esto es importante. Hace muchos años que somos amigos. ¿Hay algo que no me estés diciendo que pueda influir en la acusación? ¿Algo que pueda saber el Gobierno? Ahora es el momento de decírmelo.

Raab miró a Mel a los ojos. Hacía más de diez años que Mel era su amigo.

—No.

—Bueno, en algo tenemos suerte. —El abogado pareció sacarse un peso de encima y tomó unas notas en su bloc—. Tienes suerte de no ser quien de verdad buscan. Si no, no habría nada que decir. —Mel se quedó mirándolo un momento y luego se limitó a sacudir la cabeza—. Pero ¿en qué coño estabas pensando, Ben?

Raab dejó caer la cabeza hacia atrás y cerró los ojos. Veinte años de su vida, al garete...

—No lo sé.

Lo que sí sabía es que lo más duro aún estaba por llegar. Y llegaría cuando entrara en casa. Cuando cruzara la puerta y tuviera que explicar a su familia, que había confiado en él y lo había respetado, que, por decirlo en pocas palabras, la suave curva ascendente que había sido su vida en las dos últimas décadas se había desplomado. Que todo aquello con lo que contaban y que daban por sentado había desaparecido.

Él siempre había sido la roca, el sostén de la familia. Un apretón de manos suyo era una garantía. Ahora todo estaba a punto de cambiar.

Raab sintió un nudo en el estómago. ¿Qué pensarían de él? ¿Cómo iban a entenderlo?

El coche tomó la salida 16 de la autopista y se dirigió por Palmer a la población de Larchmont. Ésas eran las calles, comercios y mercados que veía cada día.

Mañana ya sería todo de dominio público. Saldría en los periódicos. En el club, en las tiendas del barrio y en la escuela de Em y Justin, no se hablaría de otra cosa.

Raab sintió que se le empezaba a encoger el estómago.

«Algún día lo entenderán —se dijo a sí mismo—. Algún día volverán a verme igual que antes: como marido y sostén; como padre; como la persona que siempre había sido. Y me perdonarán.»

Había entrenado a Emily. Le había dado a Kate la insulina cuando estaba enferma. Había sido un buen marido para Sharon. Todos esos años.

Eso no era ninguna mentira.

La limusina torció hacia Larchmont Avenue, en dirección al mar. Raab se puso tenso. Las casas empezaron a resultarle familiares. Eran las personas que conocía, los padres de los compañeros de clase de Sus hijos.

En Sea Wall la Lincoln giró a la derecha y, tras una corta manzana, con el mar justo delante de ellos, llegaron a los grandes pilares de piedra sin labrar, y luego a la espaciosa casa Tudor que había al final del camino ajardinado.

Raab soltó un leve suspiro.

Sabía que les había traicionado: su fe, su confianza. Pero ya no había vuelta atrás. Y sabía que no se acabaría con lo de hoy.

Cuando se supiera la verdad, aún los defraudaría más.

—¿Quieres que entre contigo? —le preguntó Mel, apretándole el brazo, cuando el coche se detuvo en el camino empedrado.

—No. —Raab negó con la cabeza.

No era más que una casa. Lo importante es quien está dentro. Tanto daba lo que él hubiera tenido que hacer, su familia no había sido una mentira.

—Esto tengo que hacerlo solo.

7

Cuando la limusina negra llegó al camino, Kate estaba en la cocina con su madre y Em.

—¡Es papá! —gritó Emily, aún vestida con la ropa de *squash* y fue directa hacia la puerta.

Kate vio cómo dudaba su madre. Era como si no pudiera moverse o le diera miedo hacerlo. Como si la asustara lo que revelaría esa puerta al abrirse.

—No pasará nada. —Kate la tomó del brazo y la condujo hasta la puerta—. Sea lo que sea, ya sabes, papá no dejará que pase nada.

Sharon asintió.

Lo vieron bajar del coche acompañado de Mel Kipstein, a quien Kate conocía del club. Emily bajó corriendo las escaleras y se arrojó en brazos de su padre.

—¡Papá!

Raab se quedó quieto un momento, abrazándola, mirando por encima del hombro de su hija pequeña a Kate y a la madre de ésta, de pie en el rellano. Una sombra ceniciienta le teñía el semblante. Apenas era capaz de mirarlas.

—¡Oh, Ben…! —Sharon bajó lentamente las escaleras, con lágrimas en los ojos.

Se abrazaron. Fue un abrazo que expresaba todo el dolor de la angustia y la incertidumbre, el más profundo que Kate recordara haber presenciado en años.

—Corazón. —El rostro de su padre se iluminó cuando sus ojos se encontraron con los de Kate—. Qué bien que hayas venido.

—Pues claro que he venido, papá. —Kate corrió hasta el camino y también lo rodeó con sus brazos. Apoyó la cabeza en el hombro de él. No recordaba haber visto antes vergüenza en el semblante de su padre.

—Y tú también, campeón. —Alargó la mano en dirección a Justin, que acababa de aparecer a su espalda, y despeinó el enmarañado cabello castaño de su hijo.

—Eh, papá. —Justin se apoyó en él—. ¿Estás bien?

—Sí. —Se esforzó por sonreír—. Ahora sí.

Entraron todos juntos.

Kate nunca había sentido que aquella enorme casa de piedra a la orilla del agua fuera de verdad su hogar. Su «hogar» había sido el rancho de los años cincuenta, más modesto, donde se había criado, en Harrison, a un par de pueblos de allí. Con su estrecha habitación de la esquina, forrada de pósteres de U-2 y Gwyneth Paltrow, el pequeño estanque pantanoso de detrás y el zumbido constante del tráfico que se alejaba por el puente trasero de la carretera de Hutchinson.

Pero Raab había comprado esta casa cuando ella estaba en el último curso del instituto. La casa de sus sueños: con sus grandes ventanas de estilo paladino que daban al mar, la gigantesca cocina donde había dos de todo —dos frigoríficos, dos lavaplatos—, la ostentosa sala de cine del sótano que algún tipo de Wall Street había adornado como un palacete, y el espacioso garaje de cinco plazas.

Se sentaron todos en el salón de altos techos con vigas a la vista. Kate con su madre, delante de la chimenea. Emily se dejó caer en el regazo de su padre, en el sillón de cuero de respaldo alto. Justin cogió la otomana con flecos.

Se produjo un extraño e incómodo silencio.

—De entrada, cuéntanos qué tal te ha ido el día —bromeó Kate, tratando de rebajar la tensión—, ¿o preferís que os cuente cómo me ha ido a mí?

Eso hizo sonreír a su padre.

—Primero, no quiero que ninguno de vosotros se asuste —dijo—. Vais a oír de mí cosas espantosas. Lo más importante es que entendáis que soy inocente. Mel dice que contamos con argumentos sólidos.

—Claro que sabemos que eres inocente, Ben —dijo Sharon—. ¿Pero inocente de qué?

El padre de Kate soltó un suspiro nervioso y dejó con cuidado a Emily en una silla contigua.

—Blanqueo de dinero. Conspiración para estafar. Cooperación e instigación a actividades empresariales delictivas... ¿queréis más?

—Conspiración... —Sharon se quedó boquiabierta—. ¿Conspiración con quién, Ben?

—Lo que dicen, a grandes rasgos —respondió, entrecruzando los dedos— es que he suministrado mercancía a personas que acabaron haciendo cosas nada buenas con ella.

—¿Mercancía? —repitió Emily, sin entender.

—Oro, cariño. —Ben resopló.

—¿Y qué? —Kate, se encogió de hombros—. Te dedicas al comercio, ¿no? Es tu trabajo.

—Te aseguro que he tratado de decírselo, pero en este caso tal vez he cometido algunos errores.

Sharon lo miró fijamente.

—¿A quién le vendiste ese oro, Ben? ¿De qué clase de gente hablamos?

Raab tragó saliva. Acercó un poco su silla a la de ella y le rodeó la mano con los dedos.

—Narcotraficantes, Sharon. Colombianos.

Sharon soltó un grito ahogado, debatiéndose entre la risa y la incredulidad.

—Será una broma, Ben.

—Escucha, no sabía quiénes eran, y lo único que hice fue suministrarles el oro, Sharon, tienes que creerme. Pero hay más. Les presenté a alguien. Alguien que transformaba lo que les vendía. Ilegalmente. En cosas como herramientas, sujetalibros, adornos de escritorio... y las pintaba. Para poder mandarlas de vuelta a casa.

—¿A casa? —Sharon entrecerró los ojos. Miró a Kate—. No lo entiendo.

—Fuera del país, Sharon. De vuelta a Colombia.

La madre de Kate se llevó la mano a la mejilla.

—Oh, Dios mío, Ben, ¿qué es lo que has hecho?

—Mira, esta gente vino a verme. —Raab le apretó la mano con la suya—. No sabía quiénes eran ni a qué se dedicaban. Era una empresa exportadora. Hice lo de siempre. Les vendí oro.

—Pues no lo entiendo —interrumpió Kate—. ¿Cómo pueden detenerte por eso?

—Por desgracia, es algo más complicado, corazón —respondió su padre, volviéndose hacia ella—. Los puse en contacto con alguien que les proporcionaría lo que querían. Y también recibí pagos, lo que hace que parezca que estaba metido en el ajo.

—¿Lo estabas?

—¿Si estaba el qué, Sharon?

—¿Estabas metido en el ajo?

—Claro que no, Sharon. Yo sólo…

—¿Y a quién diablos les presentaste, Ben? —Sharon alzó la voz, tensa e inquieta.

Raab se aclaró la garganta y bajó la mirada.

—A Harold Kornreich. A él también lo han detenido.

—Por el amor de Dios, Ben, ¿qué habéis hecho?

Kate sintió que se le hacía un nudo en la boca del estómago. Harold Kornreich era uno de los amigos de papá: se dedicaban a los mismo, iban juntos a ferias. Él y Audrey habían ido a su *bar mitzvah*. Parecían el típico caso de dos pardillos metidos en un chanchullo sin comerlo ni beberlo. Sólo que su padre no era precisamente un pardillo. Y había aceptado dinero… de delincuentes. Narcotraficantes. No hacía falta ser ningún experto en la constitución para darse cuenta de que aquello no se resolvería así como así.

—A ver… no hay nada que demuestre que supiera exactamente lo que se cocía —dijo su padre—. Ni siquiera estoy seguro de que de verdad quieran ir a por mí.

—Entonces ¿qué quieren? —preguntó Sharon, con los ojos muy abiertos y expresión preocupada.

—Lo que quieren es que cante.

—¿Que cantes…?

—Que testifique, Sharon. Contra Harold. Y también contra los colombianos.

—¿En un juicio?

—Sí. —Tragó saliva, resignado—. En un juicio.

—¡No! —Sharon se levantó. Lágrimas de ira y perplejidad brillaban en sus ojos—. ¿Así es como vamos a seguir con nuestra vida como hasta ahora? ¿Incriminando a uno de tus mejores amigos? No lo harás, ¿verdad, Ben? Sería como admitir que eres culpable. Harold y Audrey son amigos nuestros. Vendiste oro a esa gente. Lo que hicieran con él es cosa suya. Vamos a luchar, ¿verdad, Ben? ¿Sí o no?

—Claro que vamos a luchar, Sharon. Pero es que…

—¿Pero es que qué, Ben? —Sharon le clavó la mirada, penetrante como una cuchilla.

—Pero es que los pagos que he aceptado de esos tipos todos estos años no me hacen parecer precisamente inocente, Sharon.

Había subido el tono de voz y Kate detectaba algo en ella que nunca antes había oído en su padre: que tenía miedo y que no estaba completamente exento de culpa, que tal vez no sería capaz de evitar que pasara nada. Se quedaron todos sentados mirándolo, tratando de adivinar lo que eso significaba.

—No vas a ir a la cárcel, ¿verdad, papá?

Era la voz de Justin, tensa y vacilante.

—Claro que no, campeón. —Su padre lo atrajo hacia sí, acarició su espeso cabello castaño y miró por encima de él a Kate.

—Nadie de esta familia va a ir a la cárcel.

8

Luis Prado no era hombre de muchas preguntas.

Llevaba cuatro años en Estados Unidos. Según sus papeles, estaba aquí para visitar a una hermana pero era falso. Aquí no tenía familia.

Había venido a trabajar. Lo habían escogido por el modo en que se manejaba en su país. Y sabía hacer muy bien su trabajo.

Hacía encargos para los Mercado. Trabajos sucios. De ésos que se hacen obligado por un juramento que se ha hecho. Sin mirar a la gente a la cara. Como si fuera transparente. Sin preguntar por qué.

Así es como había salido de las barriadas de Cármenes. Así es como podía enviar dinero a su mujer e hijo… más del que jamás hubiera podido imaginar si se hubiera quedado en las barriadas. Así es como pagaba los elegantes trajes que llevaba y las mesas privadas en las salas de salsa… y las mujeres que allí conocía de vez en cuando y lo miraban con orgullo.

Era lo que lo distinguía de los *desesperados* de su país. Hombres sin ningún valor. Sin importancia. Nada.

El conductor, un chaval con pinta de gallito llamado Tomás, jugaba con el dial de la radio del Cadillac Escalade mientras conducía.

—¡Ja! —Tamborileó con las manos en el volante al ritmo invariable de la salsa—. José Alberto. *El Canario.*

El chaval no tendría más de veintiún años, pero ya se había estrenado y era capaz de conducir por el interior de un edificio si tenía que salir por el otro lado. No tenía miedo y era bueno, carajo, aunque tal vez algo imprudente, pero ahora eso era justo lo que necesitaba. Luis ya había trabajado antes con él.

Salieron del Bronx por el norte. Cruzaron una clase de barrios que nunca habían visto. Sitios que, cuando Luis era pequeño y vivía en su país, se ocultaban tras verjas altas, con guardias en las entradas. Tal vez, pensaba Luis al pasar, si cumplía los encargos y jugaba bien sus cartas, algún día viviría en una casa como ésas.

Tras dejar la autopista, recorrieron la carretera prestando mucha atención. Volvieron sobre ella, asegurándose de conocer los semáforos, las curvas. Habría que volver sobre la misma ruta, rápido, cuando se fueran.

La cosa se remontaba a muy atrás, pensó Luis. Primos, hermanos. Familias enteras. Todos hacían el mismo juramento. *Fraternidad*. Si tenía que morir por su trabajo, que así fuera. Era un vínculo de por vida.

Bajaron por una calle oscura y sombreada. Se detuvieron delante de una gran casa. Apagaron las luces del coche. Alguien paseaba un perro a la orilla del agua. Esperaron hasta que dejó de estar a la vista, comprobando los relojes.

—Vamos, hermano. —Los dedos de Tomás tamborileaban sobre el volante—. ¡A bailar salsa!

Luis abrió la cartera que tenía a los pies. Su jefe había dado instrucciones muy precisas para este trabajo. Sobre lo que había que hacer exactamente. A Luis tanto le daba. No conocía a la persona. Para él ni tan siquiera tenía nombre. Sólo le habían dicho que podían hacer daño a la familia… y con eso bastaba.

Y con eso ya estaba todo dicho.

Luis nunca se planteaba mucho los detalles cuando se trataba de trabajo. De hecho, al salir del coche, delante de la lujosa y bien iluminada casa, y sacar la pistola automática TEC-9 con un cargador extra, sólo se le cruzó una palabra por la mente: «maricón». Esto te pasa por hacer daño a la familia.

9

Kate decidió quedarse esa noche en casa de sus padres. Su madre estaba muy cansada y se encerró en la habitación; Emily y Justin parecían traumatizados. Kate hizo cuanto pudo por tranquilizarlos. Papá nunca les había fallado, ni una sola vez, ¿no? Esta vez no estaba segura de que se lo creyeran. A eso de las nueve, Em conectó su iPod y Justin volvió a su videojuego. Kate descendió a la planta baja.

La luz de la sala estaba encendida. Allí estaba su padre, con una revista en el regazo, viendo la CNN en la descomunal tele de plasma.

Kate llamó discretamente a la puerta. Su padre levantó la vista.

—¿Es buen momento para hablar de mi asignación para el alquiler? —Se quedó en el umbral, haciendo una mueca.

En el rostro de su padre se dibujó una sonrisa.

—Si se trata de ti, siempre es buen momento, corazón. —Bajó el volumen de la tele—. ¿Ya te has pinchado?

—Sí. —Kate asintió poniendo los ojos en blanco—. Me he pinchado. He ido a la universidad, papá. Prácticamente vivo con un médico. Tengo veintitrés años.

—Vale, vale... —Su padre suspiró—. Ya lo sé... es instintivo.

Kate se acurrucó junto a él en el sofá. Por un momento eludieron lo obvio. Él le preguntó por Greg. Por cómo marchaba todo en el despacho.

—Con la citosis fago...

—Citosis fagocitaria, papá. Y es un laboratorio. No un despacho. Y algún día estarás orgulloso de mí por lo que hacemos. Pero nunca sabrás pronunciarlo.

Volvió a sonreír y dejó la revista.

—Yo siempre estaré orgulloso de ti, Kate.

Kate miró a su alrededor. La sala de estar estaba llena de fotos de todos los viajes que habían hecho. Colgada en la pared, había una máscara de los indios del noroeste que habían comprado cuando habían ido a esquiar a Vancouver. Una cesta africana que habían traído de Botswana, adonde habían ido de safari. Kate siempre se había sentido a gusto en esta sala, repleta de los más cálidos recuerdos. Ahora todos esos recuerdos parecían amenazados.

Kate lo miró a los ojos.

—Papá, tú me lo dirías, ¿verdad?

—¿Decirte el qué, cariño?

Vaciló.

—No sé. Si de verdad has hecho algo malo.

—Ya te lo he dicho, Kate. Mel cree que contamos con buenas posibilidades para enfrentarnos a esto. Dice que los estatutos RICO...

—No me refiero desde el punto de vista legal, papá. Quiero decir si de verdad has hecho algo malo. Algo que debamos saber.

Se volvió hacia ella.

—¿Qué es lo que me estás preguntando, Kate?

—No estoy segura. —No le salían las palabras—. Si supieras...

Él asintió, sin apartar los ojos de ella, y entrecruzó las manos. No respondió.

—Es que para mí es importante, papá... quién eres tú. Todas estas cosas, estos viajes, cuando siempre hablábamos de la familia... para mí no son simples palabras, fotos y recuerdos. En este momento todos necesitamos creer en algo para superar esto, y yo escojo creer en ti. Porque es en lo que siempre he creído. —Kate sacudió la cabeza—. Ahora mismo no es que me apetezca mucho empezar a buscar a otra persona.

Ben sonrió.

—No hace falta, corazón.

—Es que no me cuesta nada animar a mamá —dijo Kate, con los ojos brillantes— y recordarles a Emily y Justin que tú nunca nos fallas... ¡porque nunca lo has hecho! Pero tengo que saber, por encima de todo, papá, que la persona que ha entrado esta noche por esa puerta, que mañana va a salir a luchar como sé que lo harás, es la misma que he conocido toda mi vida. La persona que siempre creí conocer.

Su padre la miró, luego le tomó la mano y se la masajeó, tal como ella recordaba de cuando estaba enferma.

—Soy el mismo hombre, corazón.

Los ojos de Kate se llenaron de lágrimas. Asintió.

—Ven aquí... —La atrajo hacia sí y Kate apoyó la cabeza en él. La hizo sentir como siempre que estaba entre sus brazos. A salvo. Especial. A miles de kilómetros de cualquier amenaza. Se secó las lágrimas de la mejilla y levantó el rostro hacia él.

—Blanqueo de dinero, conspiración... —Negó con la cabeza—. Es que no encaja contigo, papá.

Él asintió, apesadumbrado.

—Lo sé. Lo siento.

—Hombre, si fueras un delincuente fiscal... —Kate se encogió de hombros—. O ladrón de joyas... Eso ya sería otra cosa.

Su padre sonrió.

—La próxima vez le pondré más ganas.

De repente, Kate fue incapaz de contenerse, apretó la mano de su padre y sintió que un torrente de lágrimas le surcaba las mejillas... se sintió como una boba, igual que una cría pequeña, pero le era imposible reprimirse. Le dolía, cuando su padre siempre había controlado tanto las cosas —cuando todo había estado siempre tan controlado—, saber que ahora no podía evitarlo, que su vida iba a cambiar. Por mucho que hiciera como si aquello fuera a pasar. No pasaría. Planearía sobre sus cabezas. Era algo malo.

—¿Sabes que están hablando de entre quince y veinte años? —dijo su padre en voz baja, mientras la abrazaba—. En una prisión federal, Kate. Ahí, nada de televisor de plasma. Para entonces ya estarás casada. Y con críos... de la edad que tiene Em ahora...

—Harás lo que tengas que hacer, papá —dijo Kate, estrechándolo más fuerte—. Estamos contigo, sea lo que sea.

Se oyeron unos pies arrastrándose. Sharon se asomó a la puerta. Iba en bata, con una taza de té. Dedicó a Ben una mirada algo inexpresiva.

—Me voy a acostar.

Fue entonces cuando oyeron el clic de la portezuela de un coche que se abría delante de la casa. Oyeron pasos que llegaban a la entrada.

—¿Quién es? —La madre de Kate se volvió.

Su padre suspiró.

—Será el puto *New York Times*.

De pronto, los disparos hicieron estallar las ventanas.

10

Se produjo una demoledora ráfaga de disparos: cristales por doquier, balas silbándoles por encima de la cabeza, fogonazos en medio de la oscuridad.

Raab se acurrucó sobre Kate. Por un instante, Sharon se quedó ahí, paralizada, hasta que él alargó la mano y la agarró de la bata, arrastrándola hasta el suelo, y las estrechó a ambas con fuerza contra su cuerpo.

—¡No os levantéis! ¡No os levantéis! —gritó.

—Por el amor de Dios, Ben, ¿qué pasa?

El ruido era espantoso... ensordecedor. Las balas rebotaban por todas partes, impactando en armarios y paredes. Nada quedaba de la gran ventana de estilo paladino. La alarma de la casa resonaba. Todos gritaban, con la cara pegada al suelo. El ruido era tan espantoso y sonaba tan cerca, justo sobre ellos, que Kate tuvo la aterradora sensación de que quien fuera el que estaba disparando había entrado en la sala.

Estaba segura de estar a punto de morir.

Entonces, de pronto, oyó voces. Gritos. El mismo pensamiento los paralizó a todos de inmediato.

Los niños. Arriba.

El padre de Kate arqueó la espalda y gritó en medio del estruendo:

—¡Em, Justin, no bajéis! ¡Echaos al suelo!

Prosiguió la ráfaga. Tal vez fueron veinte o treinta segundos, pero a Kate, acurrucada con las manos en los oídos y el corazón desbocado, se le hizo eterno.

—Aguantad, aguantad —no dejaba de repetir su padre, cubriéndolas. La joven oyó gritos, lloros. Ni siquiera sabía si eran suyos. La ventana estaba abierta de par en par. Las balas volaban en todas direcciones. Kate rezaba: «Seas quien seas, quieras lo que quieras, por favor, Dios, por favor, no entres».

Y entonces se produjo el silencio. Tan rápido como había empezado.

Kate oyó pasos retirándose, un motor y un vehículo alejándose con una sacudida.

Se quedaron pegados al suelo durante largo rato. El miedo les impedía hasta levantar la vista. El silencio era igual de aterrador que el ataque. Sharon gimoteaba. Kate estaba tan petrificada que no podía ni hablar. Se oía un martilleo continuo muy cerca, fuerte, por encima del pitido de la alarma.

Poco a poco, casi con júbilo, Kate se dio cuenta de que era el sonido de su propio corazón

—Se han ido. Se han ido —suspiró por fin su padre, rodando por el suelo hasta quitarse de encima de ellas—. Sharon, Kate, ¿estáis bien?

—Creo que sí —farfulló la madre de Kate.

Kate se limitó a asentir. No podía creérselo. Había agujeros de bala por todas partes. Cristales por todo el suelo. Aquello parecía un campo de batalla.

—Oh, por Dios, Ben, ¿qué demonios está pasando?

Entonces oyeron voces que bajaban por las escaleras.

—¿Mamá... papá...?

Justin y Emily. Entraron corriendo a la sala.

—Oh, gracias a Dios...

Sharon se levantó literalmente de un salto y los estrechó entre sus brazos, cubriéndolos de besos. Y luego también a Kate. Todos lloraban, sollozaban, se abrazaban los unos a los otros, con lágrimas de alivio en los ojos.

—Gracias a Dios que estáis bien.

Poco a poco el pánico empezó a desvanecerse, cediendo paso al horror de ver lo que había pasado. Sharon miró a su alrededor, comprobando los estragos sufridos por la que había sido su preciosa casa. Todo estaba hecho añicos. Tenían suerte de seguir con vida.

Sus ojos volvieron a posarse en su marido. En ellos ya no había terror. Había otra cosa… reproche.

—¿Qué demonios nos has hecho, Ben?

11

—El objetivo de esta reunión —explicó James Nardozzi, el fiscal federal, mirando fijamente al otro lado de la mesa, con los ojos clavados en Mel— es que usted y su cliente entiendan completamente la gravedad de los cargos a los que se enfrenta, y determinar el curso de actuación que más le favorezca. Y que más favorezca a su familia.

La sala de reuniones del despacho del fiscal federal en Foley Square, en el sur de Manhattan, era estrecha y con paneles de cristal. En sus blancas paredes colgaban fotos de George W. Bush y el Fiscal General. Booth y Ruiz estaban sentados enfrente de Mel y Raab. En un extremo de la mesa, un taquígrafo, que parecía un maestro de escuela, tomaba nota de todo. La familia de Raab estaba recluida en la casa, ahora acordonada y custodiada por el FBI.

—Para empezar, el señor Raab cree que no ha hecho nada malo —respondió enseguida Mel.

—¿*Nada malo*? —El fiscal federal frunció el ceño, como si no hubiera oído bien.

—Sí. Niega haber sido consciente en ningún momento de estar participando en ningún plan para blanquear dinero o estafar al Gobierno de Estados Unidos. En ninguna ocasión ha ocultado las sumas de dinero que percibía de estas transacciones. Incluso se encuentra al corriente en el pago de todas sus obligaciones fiscales con respecto a las mismas. Las actividades existentes entre el señor Kornreich y el señor Concerga, fueran las que fueran, se llevaron a cabo en su totalidad sin el cononocimiento de mi cliente.

El agente especial Booth se volvió hacia Mel, sorprendido.

—¿Su cliente niega ser consciente de que Paz Export Enterprises era una empresa fundada para recibir mercancía transformada, destinada a blanquear dinero para el cártel de la droga de los Mercado? ¿Y que sus acciones sirvieran para ayudar o instigar a la comisión de dichos delitos cuando presentó a Paz a Argot Manufacturing?

Raab, nervioso, miró a Booth y a Ruiz. Mel asintió.

—Sí.

El fiscal federal suspiró con impaciencia, como si aquello fuera una pérdida de tiempo.

—Lo que sí admite mi cliente —continuó Mel— es que puede haber actuado de modo insensato si no equivocado, al no sospechar que se tramaba algo, sobre todo considerando los resultados habituales y, en general, lucrativos de la empresa del señor Concerga. Sin embargo, la aceptación de los pagos no supone el conocimiento de la identidad del usuario final ni de los fines con que se utilizaba el producto acabado.

El agente especial Booth se rascó un momento la cabeza y asintió pacientemente.

—Como ha explicado el señor Nardozzi, señor Raab, tratamos de darle la oportunidad de mantener unida a su familia, antes de tomar otras medidas.

—Los estatutos RICO establecen muy claramente —dijo Mel— que el sospechoso debe idear deliberada y conscientemente...

—Señor Kipstein —el agente Ruiz interrumpió al abogado de Raab a media frase—, ya sabemos lo que establecen los estatutos RICO. El hombre que ayer presentamos a su cliente es un agente especial del FBI. El agente Espósito se identificó como un conocido del trabajo de Luis Trujillo. Su cliente le ofreció hacer negocios con él del mismo modo que contribuía a la transformación de oro para Paz. Eso es blanqueo de dinero, señor Kipstein. Y conspiración para cometer una estafa.

—Le tendieron una trampa a mi cliente —adujo enseguida

Mel—. Lo empujaron a cometer un acto ilícito. Pusieron su vida, y la vida de su familia, en peligro. Eso es incitación a la comisión de un delito. Es más que eso. ¡A mi modo de ver, es exposición temeraria!

Booth se reclinó.

—Sólo le diré que tal vez en ese punto su modo de ver sea un poco borroso, letrado. —Su semblante parecía el de un jugador de póquer ocultando una mano ganadora.

Booth le hizo un gesto de asentimiento a Ruiz, que revolvió en su carpeta y sacó una casete.

—Tenemos la voz de su cliente grabada, señor Kipstein. En los últimos ocho años ha viajado a Colombia en seis ocasiones. ¿Quiere que reproduzca lo que dijo? —Deslizó la casete hasta el otro lado de la mesa—. ¿O nos ponemos a trabajar en lo que hoy nos ocupa, que es salvar la vida de su cliente?

—No faltaba más —respondió Mel Kipstein.

El agente se encogió de hombros y alargó la mano hacia la grabadora.

Raab puso la mano en el brazo de su abogado.

—Mel…

El abogado lo miró de hito en hito.

Raab siempre había sabido que algún día pasaría. Hasta cuando fingía a diario que nunca llegaría el día, que todo seguiría como estaba para siempre.

Tenían su relación con Argot, las cantidades que había recibido. Tenían su voz grabada. Bastaba con que los estatutos RICO establecieran una pauta de crimen organizado. Sólo con estar al corriente de dicha actividad bastaba para condenarlo. Según la ley antinarcos, podían encerrarlo veinte años.

Lo sabía. Siempre lo había sabido. Sólo que no estaba listo para sentirse tan vacío. No estaba listo para que doliera tanto.

—¿Qué es lo que quieren de mí? —asintió con desánimo.

—Sabe perfectamente lo que queremos de usted, señor Raab

—respondió Booth—. Queremos que testifique. Queremos a Trujillo. Queremos a su amigo. Que nos diga todo lo que sepa de Paz y Argot. Veremos lo que el señor Nardozzi está dispuesto a hacer.

Le expusieron sucintamente cómo iban a embargarle los bienes.

La casa. Las cuentas bancarias. Los coches. Querían que incriminara a todo el mundo, incluido su amigo; de lo contrario, lo meterían entre rejas.

—Naturalmente, si no le parece bien, podemos quedarnos sin hacer nada. —Ruiz se encogió de hombros con una sonrisa de deleite—. Dejarlo ahí fuera. Que se las arregle usted solo. Dígame, señor Raab: después de lo de anoche, ¿cuánto cree que duraría así?

Raab se apartó de la mesa de un empujón.

—¡Yo sólo compré el oro! —Los fulminó con la mirada—. Yo no he robado nada. No he hecho daño a nadie. Presenté a dos personas. Hice lo que hubieran hecho mil como yo.

—Miren —dijo Mel, con una voz que revelaba desesperación—, mi cliente es un miembro respetado de la comunidad empresarial y de la sociedad. Nunca antes ha estado implicado en ningún delito. Desde luego, aunque sus acciones contribuyeran inadvertidamente a la comisión de un delito, esos cargos son, como poco, una exageración. No dispone de la información que buscan. Ni siquiera es él a quien de verdad quieren. Eso tendría que contar para algo.

—Sí que cuenta, señor Kipstein —respondió el agente Booth—. Cuenta para lo que le estamos diciendo a usted, señor Raab, y no a Harold Kornreich.

Raab lo miró fijamente y tocó el hombro de Mel. Se acabó. Ya estaba sentenciado. De repente, vio todas las consecuencias cerniéndose sobre él, como las pesadas vigas de un edificio derrumbándose.

—Oigan, me están destrozando —dijo mirando fijamente a

Booth—: mi vida, mi familia. Han acabado con ellas. Todo ha desaparecido.

El hombre del FBI cruzó las piernas y miró a Raab.

—Francamente, señor Raab, teniendo en cuenta lo de anoche, me parece que tiene cosas más importantes de las que preocuparse.

12

—Se trata de su seguridad personal —lo interrumpió el agente Ruiz.

—Mi seguridad... —De pronto, Raab palideció, al recordar lo sucedido la noche anterior.

—Sí, y la de su familia, señor Raab —asintió el agente.

—Creo que es hora de explicar unas cuantas cosas. —Booth abrió un dossier—. Ahora mismo hay una guerra, señor Raab. Una guerra por el control, entre facciones de los cárteles de la droga colombianos. Entre los que operan en este país y los que lo hacen allí, en Sudamérica. ¿Ha oído hablar de Óscar Mercado...?

—Claro que he oído hablar de Óscar Mercado —respondió Raab, palideciendo. Como todo el mundo.

Ruiz deslizó hacia él una foto en blanco y negro desde el otro lado de la mesa. Rostro delgado y curtido, cabellos largos, ojos insensibles y vacíos. Tenía la barbilla cubierta por una espesa perilla. Traía a la memoria imágenes de familias y jueces asesinados por haberse puesto en medio.

—Se sospecha que Óscar Mercado lleva varios años oculto en Estados Unidos o México —empezó a explicar el agente Booth—. Nadie lo sabe. La gente con quien usted hacía negocios es parte del brazo financiero de su organización. Esa gente asesina a sangre fría, señor Raab, y protege hasta la muerte lo que considera suyo. En los últimos años, su organización se ha visto sacudida por varias deserciones internas. El patriarca familiar ha fallecido. Hay una guerra por el control. No van a permitir que «el típico ejecutivo judío de escuela de empresariales» que lleva varios años viviendo tan ricamente con lo que saca de ellos desmonte todo lo demás con su declaración en un juicio.

—Ya ha visto lo que esa gente hace, señor Raab —intervino Ruiz—. No se limita a ir a por ti, como en esas películas de la mafia. Estamos hablando de la fraternidad, señor Raab. De la fraternidad de Mercado. Te matan a la familia. A tu mujer. A tus preciosos críos. Joder, hasta te matan al perro como ladre. ¿Vio en las noticias lo de aquella familia entera que asesinaron en Bensonhurst el mes pasado? Dejaron a un bebé de seis meses en una trona, con una bala en la cabeza. ¿Está preparado para eso? ¿Está su mujer preparada para eso? ¿Y sus hijos? Permítame preguntarle, señor Raab: ¿está preparado para no pegar ojo ni una sola noche durante el resto de su vida?

Raab se volvió hacia Mel, sintiendo un retortijón en la tripa, cada vez más fuerte.

—Podemos luchar, ¿no? Nos arriesgaremos a ir a juicio.

Booth habló con más crudeza.

—No nos está escuchando, señor Raab. Está en peligro. Toda su familia está en peligro. Sólo por el hecho de encontrarse aquí.

—Y aunque opte por luchar —añadió Ruiz, tímidamente—, ellos nunca estarán del todo seguros de lo que puede llegar a decir, ¿verdad, señor Raab? ¿Está preparado para afrontar ese riesgo?

El retortijón de Raab fue a más, acompañado de náuseas.

—Lo tienen agarrado por las pelotas, señor Raab. —El agente hispano se rió entre dientes—. Me extraña que no se lo planteara cuando se paseaba por el centro con ese Ferrari suyo tan lujoso.

Raab sentía como si las tripas se le estuvieran deslizando lentamente por un acantilado. Estaba acabado. De nada servía mantener su defensa. Ahora tenía que hacer lo que le correspondía.

Ya no podía evitar que aquel tren se estrellara. Que se estrellara contra él. Veinte años de su vida arrancados…

Miró con tristeza a Mel.

—Tienes que cuidar de tu familia, Ben —le aconsejó el abogado, agarrándole el brazo.

Raab cerró los ojos y soltó un doloroso suspiro.

—Puedo llevarlos hasta Concerga —le dijo a Booth tras abrir de nuevo los ojos—. Y también Trujillo. Pero tengo que proteger a mi familia.

Booth asintió, dirigiendo a Ruiz y el fiscal federal una mirada triunfante.

—A cambio de su testimonio —dijo Nardozzi—, podemos pedir prisión preventiva para usted y trasladarle junto con su familia a un lugar seguro. Podemos conseguir que conserve un porcentaje de sus activos, para que pueda mantener un estilo de vida similar al actual. Cumplirá diez meses en algún lugar... hasta el juicio. Luego usted y su familia simplemente van a desaparecer.

—¿Desparecer? —Raab lo miró boquiabierto—. ¿Como en el Programa de Protección de Testigos, se refiere? Eso es para mafiosos, delincuentes...

—En el programa WITSEC hay todo tipo de personas —lo corrigió Booth—. Lo único que tienen en común es el temor a sufrir represalias por su testimonio. Allí estará seguro. Y, lo que es más importante, su familia también. Nunca nadie ha conseguido traspasar el programa cuando se han respetado las reglas. Hasta puede escoger la zona del país donde deseen vivir.

—No tiene alternativa, señor Raab —lo apremió Ruiz—. Su vida no vale nada, ya sea en la calle o en prisión, tanto si se enfrenta a estas acusaciones como si no. Se cavó su propia tumba el día que empezó a tratar con esta gente. Desde entonces lo único que ha hecho es ir cambiando de sitio la mugre.

«¿Qué vamos a hacer frente a esto?», pensó Raab, con las palabras del agente clavándosele como balas huecas. ¿Y Sharon y los niños? Su vida... todo cuanto conocían, todo con lo que contaban, ¡desaparecido! ¡Esfumado! ¿Qué podía decirles para que lo entendieran?

—¿Cuándo...? —asintió Raab, derrotado, con los ojos vidriosos—. ¿Cuándo empieza todo esto?

Nardozzi sacó unos papeles de su portafolios y los deslizó sobre la mesa, delante de Raab. Una hoja que parecía oficial con el encabezamiento «Departamento de Justicia de Estados Unidos. Formulario 5-K. Acuerdo de testigo colaborador». Destapó un bolígrafo.

—Hoy, señor Raab. En cuanto firme.

13

Estaban todos reunidos en casa. Kate y Sharon podaban unas hortensias en la cocina, tratando de mantener a raya los nervios, cuando un sedán azul y un jeep negro giraron y comenzaron a avanzar por el camino.

Ben había llamado hacía una hora para decirles que tenía que hablarles de algo muy importante. No quiso explicarles cómo había ido la reunión con el FBI. En todo el día no habían salido de casa. Los niños no asistieron a la escuela. Había habido policías y agentes del FBI en los alrededores de la casa constantemente.

Un hombre y una mujer con traje bajaron del sedán seguidos de Raab. El jeep dio media vuelta y bloqueó la entrada del camino.

—Tengo un mal presentimiento. —dijo Sharon dejando las tijeras.

Kate le respondió asintiendo con la cabeza mientras contenía la respiración. Esta vez ella también lo tenía.

Su padre entró en la casa y se quitó el abrigo, lívido. Le guiñó el ojo a Kate, con poco entusiasmo; abrazó con formalidad a Sharon.

—¿Quién es esta gente, Ben?

Él se limitó a encogerse de hombros.

—Hay que hablar de varias cosas en familia, Sharon.

Se sentaron en torno a la mesa del comedor, lo que no les tranquilizó precisamente, porque nunca se sentaban en el comedor. Ben pidió un vaso de agua. Apenas podía mirarlos a los ojos. Un día antes habían estado pensando en las pruebas de acceso a la universidad de Em y planeando su viaje de invierno. Kate nunca había notado tanta tensión en la casa.

Sharon lo miró, inquieta.

—Ben, nos estás empezando a asustar a todos.

Él asintió.

—Hay algo que no os acabé de comentar anoche —dijo—. Alguien más vino a verme a la oficina, y también se lo presenté a Harold. Alguien que buscaba el mismo trato que el tipo del que os hablé, Paz. Transformar dinero en efectivo en oro y sacarlo del país…

Sharon negó con la cabeza.

—¿Quién?

Él se encogió de hombros.

—No lo sé. De todos modos, da igual. Tal vez me propuso algunas cosas que yo no debería haber aceptado. —Bebió un sorbo de agua—. Tal vez tienen grabadas cosas que dije.

—¿Grabadas? —Sharon abrió los ojos como platos—. ¿A qué clase de cosas te refieres, Ben?

—No sé… —Miraba al vacío con expresión extraviada, seguía evitando mirar a los ojos a ninguno—. Nada muy concreto. Pero lo suficiente para, sumado a los pagos que recibí, complicar de verdad las cosas. Con lo que todo tiene bastante mala pinta.

—¿Mala pinta…? —Sharon empezaba a preocuparse. Y Kate también. ¡Anoche les habían disparado! El mero hecho de que las conversaciones se hubieran grabado era una locura.

—¿Qué nos estás diciendo, Ben?

Él se aclaró la garganta.

—Ese otro tipo… —Por fin levantó la mirada, pálido—. Era del FBI, Sharon.

Fue como si un peso muerto se hubiera estrellado en el centro de la habitación. Al principio nadie dijo nada, sólo miraban horrorizados.

—Oh, Dios mío, Ben, ¿qué has hecho?

Empezó a contárselo con voz ronca y monótona. Que todo el dinero de los últimos años —con el que habían pagado la casa, los viajes, los coches— era dinero sucio. Dinero de la droga. Que lo sabía pero había seguido haciéndolo, hundiéndose cada vez más, que no había sido capaz de dejarlo. Y ahora lo tenían: tenían su voz grabada ofreciendo el mismo trato a un agente secreto, tenían las cantidades que había recibido, sabían que había organizado el enlace.

Kate no podía creer lo que oía. Su padre iba a ir a la cárcel.

—Podemos luchar, ¿no? —dijo su madre—. Mel es buen abogado. Mi amiga Maryanne, del club, conoce a alguien que ha llevado casos de fraude de valores. Aquellos de Logotech. Les consiguió un trato.

—No, no podemos luchar, Sharon. —Ben negó con la cabeza—. Esto no es un fraude de valores. Me han negado los derechos. He tenido que hacer un trato. Puede que tenga que ir una temporada a la cárcel.

—¡A la cárcel!

Asintió.

—Luego tendré que testificar. Pero es que eso no es todo. Hay más. Mucho más.

—¿Más? —Sharon se levantó. Aún llevaba puesto el delantal—. ¿Qué puede haber más que esto, Ben? ¡Casi nos matan! Mi marido acaba de decirme que irá a la cárcel! ¿Más…? Suplica. Paga una multa. Devuelve lo que te llevaste injustamente. ¿Qué diablos quiere de ti esta gente, Ben…? ¿Tu vida?

Raab se puso en pie de un salto.

—No lo entiendes, Sharon. —Fue hacia la ventana—. No se trata de una mala transacción. ¡Son colombianos, Sharon! Puedo perjudicarlos. Ya viste lo que hicieron anoche. Son mala gente. ¡Asesinos! Nunca permitirán que vaya a juicio.

Descorrió las cortinas. Había dos agentes apoyados en el jeep a la entrada del camino. Un coche de la policía bloqueaba la entrada aparcado junto a los pilares.

—Esta gente, Sharon… no han venido por hacerme el favor de traerme a casa. Son agentes federales. Están aquí para protegernos. Eso es exactamente lo que quieren de mí esos hijos de puta. —Se le llenaron los ojos de lágrimas y la congoja inundó su voz—. ¡Quieren mi vida!

14

Sharon se dejó caer de nuevo en la silla, con la mirada vidriosa, distante y perpleja. Un silencio denso se instaló en la estancia.

Kate miraba fijamente a su padre. De pronto, lo veía distinto. Ahora se daba cuenta. Ya no había por qué ocultarlo. Él lo sabía. Cada noche al cruzar la puerta. En cada viaje que emprendían juntos. Hasta cuando anoche la abrazaba y le prometía que nunca iría a la cárcel...

Mentía.

Lo sabía.

—¿Qué estás diciendo, papá? —preguntó Justin, boquiabierto—. ¿Que esta gente quiere matarte?

—¡Ya lo has visto, Just! Lo viste anoche. Puedo dejar al descubierto parte de su organización. Puedo desenmascararlos en el juicio. Son gente peligrosa, hijo. —Volvió a sentarse—. El FBI... no cree que podamos volver a hacer vida normal.

—¿*Podamos*...? —Emily se levantó de un salto, esforzándose por entender—. ¿Quieres decir todos nosotros? ¿Que estamos *todos* en peligro?

—Ya viste lo que pasó anoche, cariño. No creo que ninguno de nosotros pueda arriesgarse.

—Y cuando hablas de «vida normal», ¿a qué te refieres, papá? ¿A que estos guardas nos acompañarán por un tiempo cuando vayamos a la escuela? ¿O al centro? ¿A que, en pocas palabras, vamos a estar prisioneros...?

—No, no me refiero a eso. —Raab se sentó, negando con la cabeza—. Lo siento, pero es mucho más que eso, Em.

Se produjo una pausa, como si un terremoto hubiera sacudido el tejado y estuvieran ahí sentados observándolo a punto de derrumbarse. Pero no era el tejado, sino sus vidas, lo que de pronto se venía abajo. Todos miraban fijamente a Raab, tratando de imaginar lo que eso significaba.

—Ben, vamos a tener que mudarnos —dijo Sharon con gravedad—. ¿Verdad? —No era ni una pregunta. Las lágrimas le nublaban los ojos—. Vamos a tener que escondernos, como delincuentes. Los de ahí fuera han venido para eso, ¿verdad, Ben? Nos van a trasladar de casa.

El padre de Kate apretó los labios y asintió.

—Eso creo, Shar.

Ahora las lágrimas surcaban libremente las mejillas de su mujer.

—¿A dónde nos van a llevar, papá? —gritó Emily, contrariada—. ¿Cerca de aquí, te refieres? ¿A otra escuela cerca? —Era su vida lo que le estaban arrancando de repente. La escuela, los amigos. El *squash*. Cuanto conocía.

—No creo, Em. Y me parece que no podrás decirle a nadie dónde estás.

—¡Mudarnos! —Se volvió hacia su madre; luego hacia Kate, esperando que alguien dijera que aquello era alguna especie de broma—. ¿Cuándo?

—Pronto. —Su padre se encogió de hombros—. Mañana, pasado...

—¡Esto es un disparate, joder! —chilló Emily—. ¡Oh, Dios mío!

Era como si, al llegar a casa, les hubiera dicho que toda la gente que conocían, todo cuanto hacían, hubiera desaparecido en algún terrible accidente. Sólo que eran más bien ellos los desaparecidos.

Todos a cuantos conocían. Su historia. Su vida hasta ese momento quedaría en blanco, muerta.

Abandonada.

—¡No pienso irme a ningún sitio! —gritó Emily—. Yo me quedo. Vete *tú. Tú* eres quien nos ha hecho esto. *¿Qué coño has hecho, papá...?*

Salió disparada del salón, sus pasos resonaron en las escaleras. Se oyó un portazo en su dormitorio.

—Tiene razón. —Kate miró a su padre—. ¿*Qué* has hecho, papá?

Una cosa era verlo así. Sin ser la persona fuerte y respetada por la que siempre lo había tenido sino alguien débil, derrotado. Eso podía afrontarlo. La gente engaña a su mujer o pierde el juicio, roba en la empresa. Los hay que hasta van a la cárcel.

Pero esto... haberlos puesto a todos en peligro. Haberlos convertido a todos en objetivos. A todos aquellos a los que en principio quería. Kate no podía dar crédito. Su familia se estaba resquebrajando ante sus ojos.

—¿Y Ruthie, Ben? —Sharon lo miró con los ojos vidriosos. Su madre—. No podemos dejarla sin más. No se encuentra bien.

Raab se limitó a encogerse de hombros, impotente.

—Lo siento, Shar...

—No lo entiendo —dijo Justin—. ¿Por qué no podemos vivir aquí y ya está? ¿Por qué no pueden protegernos y punto? Es nuestra casa.

—Nuestra casa... —Su padre suspiró—. Ya no será nuestra. El Gobierno va a embargarla. Puede que tenga que ir a la cárcel hasta que se celebre el juicio. Creen que puedo conmutarme la pena por el tiempo cumplido. Luego me reuniría con vosotros.

—¿Te reunirías con nosotros...? —la madre de Kate dio un grito ahogado. Abrió los ojos desmesuradamente, había en ellos una expresión temblorosa, implacable—. ¿Te reunirías con nosotros dónde exactamente, Ben?

Él negó con la cabeza. Tenía la mirada perdida.

—No sé, Shar...

15

Emily, en el piso de arriba, estaba fuera de sí. Kate hizo cuanto pudo por calmarla. Su hermana estaba tumbada boca abajo en la cama, con los brazos y piernas extendidos, llorando y dando puñetazos al colchón.

Tenía sus torneos, su entrenador, su clasificación en la liga de la costa este... Este año todas sus amigas cumplían sus dieciséis añitos. El sábado siguiente se presentaba a las pruebas de acceso a la universidad.

—Éste es nuestro hogar, Kate. ¿Cómo vamos a arrancar de cuajo nuestras vidas, irnos y ya está?

—Ya, Em...

Kate se tumbó a su lado y abrazó a su hermana, como cuando eran niñas y escuchaban música juntas. El techo del cuarto de Em estaba pintado de color azul cielo, con una bóveda de pegatinas de estrellas que brillan en la oscuridad.

Kate las miró.

—¿Te acuerdas cuando vivíamos en la otra casa y el precio del oro estaba por los suelos? Ese año no fuimos a ninguna parte porque papá estaba pasando una mala racha. Yo iba al instituto, pero tú estudiabas en Tamblin. No te sacó de ahí, Em. Aunque le costó. No lo hizo para que pudieras seguir jugando al *squash*.

—Con eso no se arregla, Kate. —Emily la miró, airada, secándose las lágrimas.— No arregla lo que ha hecho. Tú ya te has ido. Tú no estás aquí. ¿Qué se supone que vamos a decirle a la gente? Mi padre es narcotraficante y está en la cárcel y, además, nos tenemos que ir por unos años, con que nos vemos en la universidad. Es nuestra vida, Kate...

—Y con eso no se resuelve, Em... Ya lo sé. Sólo que...

Em se incorporó y la miró fijamente.

—¿Sólo que *qué*, Kate?

—Tienes razón. —Kate le apretó la mano—. Con eso no se arregla nada.

Justin estaba sentado en el escritorio, con el ordenador, inclinado hacia atrás y con los pies en la mesa, como en trance, jugando a un videojuego. Kate le preguntó qué tal estaba. Él se limitó a mirarla con expresión extraviada y le respondió entre dientes, como siempre.

—Estoy bien.

Ella volvió a su antiguo cuarto al final del pasillo.

Lo conservaban más o menos como cuando ella vivía en casa. A veces aún se quedaba a dormir los fines de semana o durante las vacaciones. Kate levantó la vista hacia las estanterías rojas que todavía albergaban muchos de sus viejos libros de texto y carpetas. Las paredes estaban empapeladas con sus viejos pósteres. Bono de U-2. Brandi Chastain: la famosa foto futbolística donde salía arrodillada, cuando el equipo estadounidense se llevó el oro olímpico. A Kate siempre le había gustado más Brandi que Mia Hamm. Leonardo DiCaprio y Jeremy Bloom, el campeón de *snowboard*. Volver aquí siempre resultaba agradable.

Pero esta noche no. Em tenía razón. Con eso no se arreglaba.

Kate se dejó caer en la cama y sacó el móvil. Seleccionó un número de la memoria y comprobó la hora. En ese momento necesitaba a alguien. Gracias a Dios, él descolgó el teléfono.

—¿Greg?

Se habían conocido en Beth Shalom, la sinagoga sefardí de la ciudad a la que asistía su familia. Él fue directamente hacia ella, en el *kiddush*, tras la celebración de *Rosh Hashanah*. Ella se había fijado en él desde el otro lado del templo.

Greg era estupendo. Una especie de judío errante, de Ciudad de México. Aquí no tenía familia. Cuando se conocieron, estaba en el último curso de medicina en Columbia. Ahora era residente de segundo año de ortopedia infantil. Era alto, delgado, desgarbado y a Kate le recordaba un poco a Ashton Kutcher, con esa mata de pelo denso y castaño.

Desde hacía un año vivían prácticamente juntos en el piso de ella del Lower East Side. Ahora que empezaban a ir en serio, la gran pregunta era dónde acabaría ejerciendo él. ¿Qué pasaría con ellos si tenían que irse de Nueva York?

—¡Kate! Dios mío, estaba de lo más preocupado. Con esos mensajes crípticos que has dejado... ¿Todo bien por ahí?

—No —respondió Kate. Contuvo las lágrimas—. No anda todo bien, Greg.

—¿Es Ben? Dime qué ha pasado. ¿Está bien? ¿Puedo ayudar en algo?

—No, no es cosa de médicos, Greg. No puedo explicártelo. Pronto te lo contaré, te lo prometo. Pero hay algo que necesito saber.

—¿El qué, bicho? —Así es como la llamaba. Su mascota. Parecía muy preocupado por ella. Se lo notaba en la voz.

Kate se sorbió las lágrimas y preguntó:

—¿Me quieres, Greg?

Se produjo una pausa. Sabía que lo había sorprendido, que se estaba comportando como una niñita boba.

—Ya sé que nos lo decimos sin parar. Pero ahora es importante para mí oírlo. Es que necesito oírlo, Greg...

—Claro que te quiero, Kate. Ya lo sabes.

—Ya lo sé —respondió Kate—. Pero no me refiero sólo a eso... Quiero decir que puedo confiar en ti, ¿verdad Greg? Quiero decir... ¿con lo que sea? ¿Conmigo...?

—Kate, ¿estás bien?

—Sí, estoy bien. Es que necesito oírtelo decir, Greg. Ya sé que suena raro.

Esta vez él no dudó.

—Puedes confiar en mí, Kate. Te lo prometo, puedes. Pero dime qué demonios está pasando ahí. Déjame que vaya. Tal vez pueda ayudar.

—Gracias, pero no puedes. Sólo necesitaba oír eso, Greg. Ahora todo está bien.

Se había decidido.

—Yo también te quiero.

16

Kate lo encontró en el porche trasero, sentado en una silla Adirondack, bajo la fría brisa de finales de septiembre, contemplando el mar.

Ya le notaba algo distinto. Tenía los dedos cerrados delante de la cara y la mirada fija en el agua, con un vaso de bourbon en el brazo de la silla, a su lado.

Ni siquiera se volvió.

Kate se sentó en el columpio de enfrente. Él la miró por fin, con una sombra inquietante en los ojos.

—¿Quién eres, papá?

—Kate... —Se volvió y quiso cogerle la mano.

—No, necesito oírtelo decir, papá. Porque, de repente, no lo tengo claro. De repente, trato de entender qué parte de ti, qué parte de todo esto, no es una mentira disparatada. Con todo eso que pregonabas sobre lo que nos hacía ser fuertes: nuestra familia... *¿Cómo has podido, papá?*

—Soy tu padre, Kate —respondió, hundiéndose aún más en la silla—. Eso no es mentira.

—No. —Sacudió la cabeza—. Mi padre era aquel hombre honrado en quien se podía confiar. Él nos enseñó a ser fuertes y a cambiar las cosas. Él no me decía mirándome a los ojos que confiara en él y al día siguiente confesaba que toda su vida era una mentira. Lo sabías, papá. Sabías en todo momento lo que hacías. Lo sabías cada día que volvías a casa con nosotros, joder. Cada día de nuestras vidas...

Él asintió.

—Lo que no es mentira es que te quiero, calabaza.

—¡No me llames así! —dijo Kate—. Nunca vuelvas a llamarme

así. Es el precio que has de pagar. Mira a tu alrededor, papá: mira el daño que has hecho.

Su padre se estremeció. De pronto, a Kate le pareció que empequeñecía, que se debilitaba.

—No puedes levantar como si nada este muro en el centro de tu vida y decir: «Por este lado soy buena persona —buen padre—, pero por el otro soy un mentiroso y un ladrón». Ya sé que lo sientes, papá. Estoy segura de que te duele. Me gustaría apoyarte, pero no sé si volveré a ser capaz de mirarte del mismo modo.

—Pues no te quedará más remedio, Kate. Para pasar por esto, todos vamos a necesitarnos los unos a los otros, ahora más que nunca.

—Pues de eso se trata. —Kate negó con la cabeza—. No voy con vosotros, papá. Me quedo.

Raab se volvió, con las pupilas fijas y dilatadas. Alarmado.

—Tienes que venir, Kate. Podrías estar en peligro. Sé que estás muy enfadada. Pero si testifico, cualquiera que pueda conducir hasta mí...

—No —lo interrumpió ella—. No. No tengo por qué, papá. Soy mayor de edad. Mi vida está aquí. Mi trabajo, Greg. Tal vez puedas arrastrar contigo a Em y Justin, y Dios quiera que encuentres el modo de reparar el daño que has hecho. Pero yo no me voy. ¿No te das cuenta de que has destrozado vidas, papá? Y no sólo la tuya. Las de personas a las que querías. Les has arrebatado a alguien a quien querían y admiraban. Lo siento, papá. No dejaré que arruines también la mía.

Él la miraba fijamente, atónito por lo que estaba oyendo. Entonces bajó la mirada.

—Si no vienes —dijo—, ya sabes que puede que pase mucho tiempo hasta que nos vuelvas a ver.

—Lo sé —respondió Kate— y eso me rompe el corazón, papá. Casi tanto como me lo rompe mirarte ahora.

Él contuvo la respiración y le tendió la mano, como buscando algún tipo de perdón.

—Yo sólo compré el oro —dijo—. Jamás he visto una bolsa de cocaína.

—No, papá, no es tan fácil —respondió Kate, enfadada. Le cogió la mano, pero esos dedos no eran los mismos que había tocado el día anterior… ahora eran extraños, desconocidos y fríos—. Mira a tu alrededor, papá. Ésta era nuestra familia. Lo que has hecho es mucho peor que eso.

17

Al día siguiente por la tarde, dos miembros de los U.S. Marshals se presentaron en casa.

Uno de ellos, alto y fornido y de cabello canoso, se llamaba Phil Cavetti. La otra, una mujer agradable y atractiva de unos cuarenta años, llamada Margaret Seymour, que les cayó bien enseguida, explicó que sería quien llevaría su caso. Les dijo que la llamaran «Maggie».

Eran del WITSEC. El Programa de Protección de Testigos.

Al principio Kate dio por sentado que sólo habían venido a explicarles el programa. Lo que tenían por delante. Sin embargo, tras hablar unos minutos con ellos, quedó claro lo que en realidad pasaba.

Habían venido a poner bajo su custodia a la familia ese mismo día.

Les dijeron a todos que hicieran una sola maleta. El resto —según les explicaron—, incluyendo los muebles y los objetos personales, llegaría en unas semanas. ¿Llegaría adónde?

Justin metió el iPod y la PlayStation en una mochila. Em recogió con gesto mecánico sus raquetas y gafas de *squash*, un póster de Third Eye Blind y unas cuantas fotos de sus mejores amigos.

Sharon estaba hecha polvo. No podía creer que hubiera partes de su vida que no pudiera llevarse, que tuviera que dejar atrás.

Su madre. Sus álbumes familiares. La vajilla de porcelana de la boda. Todas sus cosas queridas.

Sus vidas.

Kate hizo cuanto pudo por ayudar.

—Llévatelas —dijo Sharon, dejando en manos de Kate unas carpetas llenas de viejas fotos.

—Son de mi madre y mi padre, y de sus familias...

Sharon cogió un pequeño jarrón que contenía las cenizas de su viejo schnauzer, *Fritz*. Miró a Kate, a punto de perder la compostura. «¿Cómo voy a dejar atrás estas cosas como si nada?»

Cuando hubieron hecho las maletas, bajaron todos al salón. Ben, vestido con *blazer* y camisa a cuadros, no decía gran cosa. Sharon llevaba vaqueros y un *blazer*, y el cabello recogido hacia atrás, como si fuera a emprender un viaje o algo así. Se sentaron todos en silencio.

Phil Cavetti empezó a exponer lo que iba a ocurrir.

—Su marido pasará a disposición del fiscal federal hoy —informó a Sharon—. Empezará a cumplir condena en un lugar seguro hasta el juicio. Serán ocho, diez meses. Según el acuerdo que ha firmado, tendrá que testificar en los juicios adicionales que vayan surgiendo.

»Ustedes estarán en custodia preventiva hasta que se fije un lugar de residencia definitivo. Bajo ninguna circunstancia pueden revelar a nadie dónde se halla ese lugar. —Miró a Em y a Justin—. Eso significa que ni un correo electrónico a vuestro mejor amigo. Ni un mensaje de texto. Es por su propia seguridad... ¿entienden?

Asintieron tímidamente.

—¿Ni siquiera a Kate? —Em levantó la mirada hacia su hermana.

—Ni siquiera a Kate, desgraciadamente. —dijo Phil Cavetti negando con la cabeza—. Una vez instalados, podemos organizar unas cuantas llamadas y podrán enviar correos electrónicos a través de una dirección de intercambio de información del WITSEC. Y también podremos organizar encuentros familiares un par de veces al año, en un lugar seguro bajo nuestra supervisión.

—Un par de veces al año —suspiró Sharon tomando la mano de Kate.

—Eso es. Se les darán nuevas identidades. Nuevos carnés de conducir. Números de la Seguridad Social. A los ojos de todos, nada de esto ha existido. ¿Entienden que es sólo por su propia seguridad? —preguntó mirando a los chicos—. Su padre está haciendo algo que le granjeará el odio de la gente contra la que testificará. Y ya han sido testigos de lo que es capaz esta gente. La agente Seymour y yo hemos llevado varios casos similares, incluso de miembros de la propia familia Mercado. Si siguen las reglas, no les pasará nada. Aún no ha habido un solo caso en que el protegido haya sido descubierto.

—Ya sé que les parecerá que esto da mucho miedo —dijo Margaret Seymour. Tenía un pequeño lunar a la derecha de la boca y hablaba con acento sureño—. Pero, cuando encuentren un hogar, no estará tan mal. Me he encargado de muchas reubicaciones como la suya. Familias en situaciones parecidas. Hasta podría decirse que me he especializado en los Mercado. Tendrán más de lo que tiene la mayoría de familias. Dinero suficiente para vivir cómodamente. Tal vez no acabe de ser el estilo de vida al que estaban acostumbrados, pero haremos lo posible por encontrar un lugar cómodo. —Sonrió a Emily que, a todas luces, lo estaba pasando mal—. ¿Has ido alguna vez a California, cariño? ¿O a la costa noroeste?

—Juego al *squash*, agente Seymour. —Em se encogió de hombros—. Estoy federada.

—Llámame Maggie. Y te prometo que seguirás haciéndolo, cariño. Lo solventaremos. Irás a la escuela y a la universidad. Como hubieras hecho aquí. Uno se adapta a las cosas. Sabrás arreglártelas. Y lo más importante: estaréis juntos. Naturalmente —miró a Kate—, sería mejor si os fuerais todos.

—No, ya está decidido. Yo me quedo —dijo Kate, aferrando más fuerte la mano de su madre.

—Entonces tendrás que tratar de no llamar para nada la atención —insistió Phil Cavetti—. Te iría bien cambiar de domicilio. Asegurarte de que las facturas del teléfono y la luz no vayan a tu nombre.

Kate asintió.

—Ya hablaremos de cómo te manejarás cuando tus padres se hayan ido.

—¿Podremos volver algún día? —preguntó Em, no muy convencida.

—Como suele decirse, «nunca digas de este agua no beberé». —La agente Seymour sonrió—. Pero la mayoría de familias acaban sintiéndose cómodas en su nuevo hogar. Echan raíces. Por desgracia, los Mercado tienen buena memoria. Creo que lo mejor es que consideren esto como una nueva fase de su vida. Ahora serán estas nuevas personas. Se acostumbrarán. Lo juro sobre un montón de raquetas de *squash*... ¿Algo más?

—Así que se acabó todo. —Sharon tomó aire. Recorrió rápidamente la habitación con la mirada, a punto de echarse a llorar—. Nuestra casa. Nuestros amigos. Nuestra vida. Todo lo que hemos construido.

—No. —Kate negó con la cabeza. Tomó la mano de su madre y la apretó firmemente contra su pecho—. No se acabó todo, mamá. Esto es lo que habéis construido. No lo olvides nunca. Nos llamamos Raab, mamá. Kate, Justin y Emily Raab. Eso nunca nos lo podrán arrebatar.

—Oh, cariño, te voy a echar tanto, tanto de menos... —Su madre la abrazó fuerte durante un largo rato. Kate notó unas lágrimas, las lágrimas de Sharon, en el hombro. Emily se unió a ellas. Las dos la abrazaron.

—Tengo un poco de miedo —anunció Em. Aunque en la pista de *squash* se mostrara dura como el acero, no era más que una chica de dieciséis años a punto de separarse de cuanto conocía en la vida.

—Yo también tengo miedo, cielo —respondió Kate, estrechando más a su hermana—. Tienes que ser fuerte —le susurró al oído—. Ahora quien lucha eres tú.

—Entonces estamos todos de acuerdo —interrumpió su padre. Apenas había pronunciado una palabra en toda la reunión. Phil Cavetti asintió en dirección a un joven agente del WITSEC que había junto a la puerta. Se acercó y tomó a Raab del brazo respetuosamente.

—Está bien. —Sharon se secó los ojos, dando un último largo vistazo a su alrededor—. No pienso decir nada más. No es más que un lugar. Habrá más. Vámonos y punto.

De pronto, Kate se dio cuenta de que veía a su familia —tal como la conocía hasta entonces— por última vez. No se iban de viaje. No iban a volver. Caminó hasta la puerta estrechando en los brazos a Em y Justin. Los miró, con el corazón latiéndole atropelladamente.

—No sé qué decir.

—¿Qué vamos a decir? —Su madre sonrió y le secó las lágrimas de la mejilla—. Tengo algo para ti, mi amor—. Se sacó un pequeño joyero marrón del *blazer* y lo puso en la mano de Kate.

Kate abrió la tapa. Dentro había una fina cadena de oro con un colgante. Era medio sol hecho de oro labrado con un diamante incrustado. Tenía las esquinas recortadas, como si lo hubieran partido en dos. Parecía azteca… o puede que inca.

—Contiene secretos, Kate. —Sharon sonrió y se lo colgó a Kate del cuello—. Tiene una historia. Algún día te la contaré. Algún día encajarán las piezas, ¿de acuerdo?

Kate asintió, conteniendo las lágrimas.

Entonces, de pronto, se volvió a mirar a su padre.

—Te he hecho una transferencia a tu cuenta —le dijo fríamente su padre—. Mel se ocupará de ello. En principio, tendrás que mantenerte con eso durante un tiempo.

—Estaré bien. —asintió Kate. No acababa de tener claro cómo sentirse.

—Ya sé que estarás bien. —Entonces la atrajo hacia sí y la estrechó entre sus brazos. Kate no se resistió. No quería. Apoyó la cabeza en el hombro de su padre.— Sigues siendo mi hija —le dijo—. Sientas lo que sientas. Eso no cambiará.

—Lo sé, papá. —Kate aspiró por la nariz tratando de contener el llanto y le devolvió el abrazo.

Se separaron. Las lágrimas humedecían las mejillas de Kate. Miró por última vez sus ojos marrones de párpados caídos.

—Pórtate bien, calabaza. Contrólate el azúcar. Ya sé que tienes veintitrés años. Pero si no estoy yo aquí para recordártelo, ¿quién lo hará?

Kate asintió y sonrió.

—Pórtate bien tú también, papá.

Un agente federal lo tomó del brazo. Lo llevaron fuera, hasta un jeep negro con una luz en el techo. Besó a Sharon.

Abrazó a Justin y a Em. Entonces subió al coche. Empezó a lloviznar.

De pronto, Kate sintió que la presión que albergaba en su interior estaba a punto de estallar

—Aún podría ir. —Se volvió hacia su madre—. Sólo hasta que papá salga…

—No. —Margaret Seymour negó con la cabeza—. Aquí es o todo o nada, Kate. Si vienes, vienes para siempre. No puedes marcharte.

Sharon agarró a su hija y sonrió, casi imperceptiblemente.

—Vive tu vida, Kate. Es lo que quiero que hagas. Por favor…

Kate, titubeante, asintió con la cabeza a modo de respuesta. Entonces todo empezó a desmoronarse, esa compostura que tanto se había esforzado por guardar.

Los agentes los llevaron hasta un Explorer de los U.S. Marshals que había llegado en silencio. Su equipaje ya estaba en el maletero. Subieron. Kate se acercó corriendo y apoyó la palma de la mano en la ventanilla mojada.

—Os quiero a todos…

—Yo también te quiero —le dijo su madre. Juntó su mano extendida con la de Kate desde el otro lado del cristal.

El Explorer empezó a alejarse. Kate se quedó mirando, petrificada. Ahora las lágrimas resbalaban por sus mejillas. Le costó horrores no abalanzarse sobre el coche, arrancar la puerta y precipitarse en el interior. No podía dejar de pensar que quizás era la última vez que los veía.

—¡Nos vemos pronto! —gritó cuando se alejaron.

Todos se volvieron tras el vidrio oscurecido y le dijeron adiós con la mano. El Explorer se detuvo al final del camino. Luego giró en los pilares de piedra. Las luces de los frenos destellaron... y desaparecieron.

Kate se quedó allí de pie, con la mano levantada, bajo la lluvia que cada vez calaba más.

Entonces dos agentes subieron a los asientos de delante del jeep. Encendieron el motor. Kate veía el rostro de su padre a través del cristal teñido de gris. De pronto, el pánico le atravesó las entrañas.

El vehículo empezó a alejarse.

Kate avanzó unos pasos tras él.

—¡Papá!

Ahora el corazón le latía desbocado. No podía dejarlo marchar así. Tanto daba lo que hubiera hecho. Quería que lo supiera. Él tenía que saberlo.

Lo quería. Sí que lo quería. Empezó a correr tras el vehículo.

—¡Papá, para, por favor...!

El jeep se detuvo casi al final del camino. Kate avanzó uno o dos pasos más. El vidrio de la ventanilla trasera descendió poco a poco.

Vio el rostro de él. Se miraron, con la lluvia arreciando cada vez más. En su semblante había tristeza... una muda resignación. Kate sintió que tenía que decir algo.

Entonces el vehículo volvió a ponerse en movimiento.

Kate hizo lo único que se le ocurrió, cuando el vidrio de la ventanilla empezó a subir y sólo pudo verle los ojos. Lo único que sabía que él entendería, mientras el vehículo se alejaba.

Le dijo adiós con un dedo.

18

Greg detuvo el coche delante de los pilares de piedra de Beach Shore Road. Un coche sin matrícula de los U.S. Marshals estaba allí, impidiendo el paso. Hacía tres días que la familia de Kate estaba bajo custodia preventiva.

Un joven agente salió del coche y comprobó la documentación de ambos, mirando muy de cerca a Kate. Luego, asintiendo cordialmente, les hizo señas para que pasaran.

Mientras se acercaban por el largo y empedrado camino, Kate miró fijamente la casa silenciosa y cerrada.

—Esto es de lo más increíble, Greg —dijo—. Es mi casa.

Kate no tenía ni idea de dónde estaba su familia. Sólo que estaba a salvo y bien y que pensaba mucho en ella; eso le había dicho Margaret Seymour.

El garaje de cinco plazas estaba ahora vacío. Ya habían embargado el Ferrari de su padre. Y también el Chagall, los grabados de Dalí y lo que había en la bodega, según le habían dicho. El Range Rover de su madre estaba aparcado fuera, en la curva. No tardaría en reunirse con todo lo demás.

Era cuanto quedaba.

En la puerta había pegado un anuncio. La casa había sido embargada. Con sólo cruzar la puerta hasta el vestíbulo de dos pisos, Kate sintió la inquietud y la soledad más profundas que jamás había experimentado.

Las cosas de la familia estaban empaquetadas y dispuestas en el primer corredor. Listas para embarcar a algún destino desconocido.

Las posesiones estaban allí… pero su familia se había ido.

Kate recordó el aspecto de la casa el día que se trasladaron.

—Qué grande es —había dicho su madre, dando un grito ahogado.

—Nosotros la llenaremos —había respondido su padre, sonriendo. Justin encontró un cuarto con buhardilla en el tercer piso y se lo adjudicó. Volvieron a salir todos y miraron hacia el mar.

—Es como un castillo, papá —había dicho Em, atónita—. ¿De verdad es nuestra?

Ahora lo único que llenaba la casa era aquel vacío inquietante. Como si todos hubieran muerto.

—¿Estás bien? —Greg le apretó la mano. Los dos estaban de pie en el vestíbulo.

—Sí, estoy bien —mintió Kate.

Subió al segundo piso, mientras Greg comprobaba cómo estaba todo abajo. Kate recordaba los sonidos del lugar: los pasos resonando en las escaleras, Emily quejándose a gritos de su pelo, papá viendo la CNN en la pantalla grande del cuarto de estar. El perfume de las flores de mamá.

Se asomó al cuarto de Emily. Aún había fotos pegadas en las paredes. Instantáneas con sus amigos de la escuela. Su equipo de *squash* de los Juegos Macabeos Juveniles. Se habían tenido que ir tan deprisa… aquellas eran cosas importantes.

¿Cómo podían haber quedado atrás?

Una por una, Kate empezó a despegar las fotos. Luego se sentó en la cama y se quedó mirando al cielo azul estrellado.

Se dio cuenta de que echaría de menos ver crecer a su hermana pequeña. No la vería ir al baile del colegio. Ni graduarse. Ni la vería merendándoselos a todos y quedando campeona de su escuela. Ni siquiera volverían a tener el mismo apellido.

Las lágrimas resbalaron por las mejillas de Kate, furiosas e inexplicables.

Greg llegó corriendo por las escaleras.

—Eh, ¿dónde estás? ¡Mira esto! —gritó.

Entró en la habitación de Em llevando unas grandes caretas de Bill Clinton y Monica Lewinsky, de alguna fiesta de Halloween a la que habían ido sus padres el año pasado. Vio el semblante de Kate y se detuvo.

—Ay, Kate. —Se sentó a su lado y la estrechó entre sus brazos.

—¡No lo puedo evitar! —dijo ella—. Es que estoy enfadadísima, joder.

—Ya lo sé... Ya lo sé... —respondió él—. Tal vez no hemos hecho bien en venir. ¿Nos vamos?

Kate negó con la cabeza.

—Ya estamos aquí. A la mierda. Vamos a hacerlo.

Cogió las fotos de Emily y antes de bajar abrió la puerta del cuarto de sus padres. Había montones de cajas. Ropa, perfumes, fotos. Todo empaquetado. Listo para que se lo llevaran.

Uno de los cajones del tocador estaba abierto y Kate vio algo dentro: una carpeta de piel abarrotada de papelotes viejos que nunca había visto antes. Debía ser de su padre. Estaba llena de viejas fotos y documentos. Fotos de cuando él y Sharon empezaban a salir, de cuando él estudiaba en la Universidad de Nueva York y ella hacía primero en Cornell. Unos cuantos certificados gemológicos. Una foto de su madre, Rosa. Cartas... ¿Cómo iba dejar todo eso atrás como si nada?

Cerró la carpeta tras meter dentro las fotos de Em. Aquello era todo cuanto Kate tenía.

Bajaron y se detuvieron por última vez en el vestíbulo de techos altos.

—¿Estás lista? —preguntó finalmente Greg. Kate asintió.— ¿Quieres llevártelas? —dijo sonriendo mientras le mostraba las caretas de Bill y Monica.

—No, mi padre odiaba a Clinton. Le hacían gracia las chorradas así.

Greg las tiró en un cubo de basura que había junto a la puerta. Kate se volvió por última vez.

—No sé cómo sentirme —dijo—. Voy a salir por esa puerta y dejar atrás todo mi pasado. —La invadió una ola de tristeza—. Ya no tengo familia.

—Sí que la tienes —dijo Greg, y la atrajo hacia él—. Me tienes a mí. Casémonos, Kate.

—Genial. —Se sorbió la nariz—. Tú sí que sabes cómo acabar de hacer polvo a una chica cuando está por los suelos. A la mierda el bodorrio, ¿no?

—No, en serio —respondió—. Nos queremos. Dentro de dieciocho meses estaré ejerciendo. Me da igual que seamos sólo tú y yo. Hagámoslo, Kate... ¡casémonos!

Ella lo miró fijamente, muda de asombro, con los ojos brillantes.

—Ahora yo soy tu familia.

SEGUNDA PARTE

19

CATORCE MESES DESPUÉS...

—Eh, *Fergus*... ¡venga, chico, vamos!

Una fresca mañana de otoño, Kate entraba haciendo *footing* en el parque de Tompkins Square con *Fergus*, el *labradoodle* de seis meses que ella y Greg habían adoptado y que, en ese momento, atado a su correa retráctil, iba persiguiendo una ardilla, a poca distancia.

Los hechos terribles del año anterior parecían ahora muy lejos.

Ahora se llamaba Kate Herrera. Ella y Greg se habían casado ocho meses atrás en el Ayuntamiento. Vivían en un loft, en el séptimo piso de un edificio de almacenes remodelado, unas cuantas manzanas por encima de la calle Siete. Ahora Greg estaba acabando su último año de residencia.

Kate corría con *Fergus* casi todas las mañanas antes de ir al trabajo. Y también salía temprano a remar otros dos días, los miércoles y los sábados, desde el embarcadero de Peter Jay Sharp en el río Harlem. Seguía trabajando en el laboratorio. Dentro de un año tendría el máster. Luego no sabía lo que haría. Greg había pedido trabajo en varios sitios. Todo dependería de dónde acabara ejerciendo. En este último año, habían tenido que distanciarse de muchos de sus viejos amigos.

Kate seguía sin tener idea de dónde estaba su familia. En algún lugar del oeste... era cuanto sabía. Cada dos semanas le llegaban correos electrónicos y cartas, alguna llamada ocasional a través de un enlace WITSEC seguro. Em volvía a jugar al *squash* y empezaba a pensar en la universidad. Y a Justin le costaba adaptarse a una nueva escuela y sus nuevos amigos. Quien la preocupaba, no obstante, era su madre. Eso de estar escondida en ese nuevo lugar, sin hacer lo que se dice amigos, la estaba minando. Desde que habían soltado a su padre, Kate se había enterado de que entre él y mamá las cosas estaban bastante tensas.

Kate sólo había visto a su padre en una ocasión. Justo antes del juicio. Los del WITSEC lo habían organizado... en secreto. No querían que la vieran asistir a las sesiones. Apenas unas semanas antes, habían matado a tiros a uno de los testigos clave, una contable de Argot —una mujer de cuarenta años con dos hijos—, en medio de la Sexta Avenida. En plena hora punta. Todos los periódicos y telediarios se habían hecho eco de la noticia, que había causado una nueva oleada de temor. Por eso se habían quedado con el perro, bromeaban. Pero no tenía ninguna gracia, desde luego. Daba un miedo de cojones.

Y, de todos modos, de lo único que *Fergus* sería capaz si alguien intentaba algo era de matarlo a lametones.

—¡Venga, compañero! —Kate tiró de *Fergus* mientras se dirigía hacia un banco. Había un mimo callejero actuando en el sendero, haciendo su número habitual. Allí casi siempre había algo que ver.

Al final, Concerga, el tipo colombiano de Paz al que todos buscaban, había abandonado el país antes del juicio. Al otro, Trujillo, lo habían soltado, porque, sin el testigo principal, el Gobierno no podía seguir acusándolo. Habían condenado a Harold Kornreich. El amigo de papá. Así era cómo su familia se había desmoronado: su padre en la cárcel; el compañero de golf de su padre... en la prisión federal, cumpliendo veinte años.

Kate comprobó la hora. Ya eran las ocho pasadas. A las nueve y media tenía que estar en el laboratorio. Había que ponerse en marcha.

Contempló un minuto más al artista, mientras partía un pedazo de barrita energética para aumentar su nivel de azúcar. *Fergus* también parecía divertido.

—Es bueno, ¿eh?

La voz, que provenía de un banco de enfrente, sobresaltó a Kate. Era un hombre con la barba cuidada y canosa, vestido con una arrugada chaqueta de pana y una gorra plana. Tenía un periódico en el regazo. Kate lo había visto en el parque unas cuantas veces.

—No sé si conozco esta raza. —Sonrió y señaló a *Fergus*. Cuando se inclinó y le hizo señas para que se acercara, *Fergus*, que era más manso que un corderito, lo complació alegremente.

—Es un *labradoodle* —respondió Kate—. Un cruce de labrador golden y caniche.

El hombre tomó entre sus manos la cara de *Fergus*.

—Todas estas novedades... otra cosa de la que no sabía absolutamente nada. Y yo que creía que sólo era Internet — dijo sonriendo.

Kate también sonrió. Le pareció notar algún tipo de acento. En cualquier caso, daba la impresión de que *Fergus* estaba disfrutando con la atención que le dispensaban.

—La he visto por aquí alguna que otra vez —dijo él—. Me llamo Baretto. Chaim, ahora que somos viejos amigos.

—Yo soy Kate —respondió ella. Los del WITSEC le habían dicho que siempre tuviera cuidado y nunca revelara su apellido. Pero este tipo... Se sentía algo tonta manteniendo las distancias. Era inofensivo—. A *Fergus* creo que ya lo conoce.

—Encantado de conocerte, Kate. —El hombre se inclinó educadamente. Tomó la pata de *Fergus*—. Y a ti también, amiguito.

Por un instante, volvieron a contemplar al mimo, y entonces él le dijo algo que la pilló del todo desprevenida.

—Es usted diabética, señorita Kate, ¿verdad?

Kate lo miró. Se sorprendió agarrando la correa de *Fergus* algo más fuerte. Se estremeció de la cabeza a los pies.

—No se asuste, por favor. —El hombre trató de sonreír—. No pretendía ser atrevido. Es que la he visto de vez en cuando y me he fijado en que se mide el azúcar después de correr. A veces come un pedazo de algo dulce. No pretendía atemorizarla. Mi mujer era diabética, eso es todo.

Kate se tranquilizó y sintió algo de vergüenza. La reventaba tener que reaccionar de ese modo, mostrarse tan cautelosa con la gente que no conocía. Aquel tipo le estaba tendiendo la mano y ya está, nada más. Y, sólo por esta vez, resultaba agradable abrirse a alguien.

—¿Cómo está? —preguntó Kate—. Su mujer...

—Gracias —respondió el hombre cariñosamente—, pero hace mucho que falleció.

—Lo siento —dijo Kate, mirando sus ojos brillantes.

El artista callejero acabó su actuación. Todo el mundo le dedicó un aplauso. Kate se levantó y miró el reloj.

—Tengo que irme, señor Baretto. Tal vez nos volvamos a encontrar.

—Eso espero. —El anciano se quitó la gorra. Entonces, por segunda vez, dijo algo que hizo que a Kate se le pusiera un nudo en las entrañas.

—Y «buenos días» también a ti, *Fergus*.

Había dicho «buenos días» en español. Kate se esforzó por sonreír, mientras empezaba a retroceder, con el corazón latiéndole cada vez más deprisa. Siempre tenía presente la voz de Cavetti: «Si alguna vez algo te parece sospechoso, Kate, te vas y punto».

Tomó a *Fergus* de la correa.

—Vamos, grandullón, hay que ir a casa.

Kate se dirigió a la entrada del parque, diciéndose a sí misma que no mirara. Sin embargo, al acercarse a la puerta de la Avenida C, miró a su alrededor.

El hombre se había puesto las gafas y volvía a leer el periódico.

«No puedes ir por la vida poniéndote nerviosa con todo el mundo— se regañó a sí misma— ¡Que tiene más años que tu padre, Kate!»

20

Kate tuvo presente el episodio del parque durante un par de días. Le daba vergüenza, hasta la enfadaba un poco. Nunca se lo dijo a Greg.

Sin embargo, al cabo de dos días, lo que empezó a asustarla fue el pestillo de la puerta del piso.

Volvía del trabajo a toda prisa, con los brazos cargados con la compra. Oyó sonar el teléfono y a *Fergus* ladrar dentro. Greg estaba en el hospital. Kate metió la llave en la cerradura y la giró, sosteniendo la compra contra la puerta con la rodilla.

La puerta no se abría. Estaba echado el pestillo.

Kate se asustó.

Ella nunca cerraba con pestillo.

Ellos nunca echaban el pestillo.

Era uno de esos pesados cacharros de acero, de los que se usaban en las puertas de los almacenes. Abrirlo era un verdadero quebradero de cabeza. Y siempre se estaba atascando. El juicio se había acabado hacía tiempo. Tenían alarma. El contrato de alquiler y el teléfono estaban a nombre de Greg.

Kate rebuscó la llave del pestillo y empujó con cuidado la puerta.

Algo pasaba...

Kate lo supo nada más entrar.

—¿Greg...? —lo llamó. Pero sabía que Greg no estaba. *Fergus* se le acercó meneando la cola. Kate miró a su alrededor. Todo parecía en orden. El piso era de techos elevados, con ventanas altas en forma de arco que daban a levante, a la Avenida C. El desorden de la noche anterior seguía intacto: revistas, cojines, una botella de agua, el mando de la tele en el sofá... tal como lo había dejado esa mañana.

Era raro, y algo espeluznante. Sabía que era un disparate. Acarició a *Fergus*. Todo parecía igual.

No conseguía librarse de la sensación de que alguien había entrado.

Al día siguiente, ella y Tina estaban tomando un café en la cafetería de la unidad de investigación.

Llevaban un año trabajando juntas y se habían hecho grandes amigas. Como hermanas. De hecho, si Tina se hubiera teñido más claro el pelo, hasta hubieran empezado a parecerse un poco.

Tina explicaba a Kate el nuevo proyecto que Packer le había asignado.

—… al inyectar esta solución isotrópica en el material nucleico básicamente lo que ocurre es que dispersa el fluido de la superficie y…

De pronto, algo captó la atención de Kate al otro lado de la cafetería.

Un tipo, al fondo de la cafetería, sentado solo en una mesa. Tenía el cabello corto y crespo, patillas y bigote oscuro. Rasgos hispanos. Kate tuvo la sensación de haberlo visto antes en alguna parte. Pero no lograba ubicarlo… De vez en cuando, notaba su mirada clavada en ella.

Trató de seguir atendiendo a lo que Tina le decía, pero no dejaba de observar al tipo, cuya mirada se encontró una o dos veces con la suya. La hacía sentir incómoda. Pero había que reconocer que últimamente se había sentido incómoda muy a menudo… desde que habían matado a esa testigo en la Sexta Avenida.

Cuando volvió a mirar, el tipo se había ido.

—Tierra llamando a Kate. Hola… —Tina chasqueó los dedos—. Ya sé que es aburrido, pero, ¿estás aún aquí?

—Perdona —dijo Kate—. La solución isotrópica… —Miró a su alrededor.

Entonces volvió a ver al hombre.

Esta vez se había levantado. Se abría paso entre las mesas. Hacia ella. Llevaba puesto un impermeable oscuro, abierto, como si fuera a sacar algo. Kate sintió una punzada de pánico.

—Kate. —Tina agitó la mano delante de su cara—. ¿Qué pasa?

«Esto es una locura», se dijo a sí misma. Pero su corazón no atendía a razones. Se le salía del pecho. «Este sitio está hasta los topes. Aquí no puede pasar nada.» Él avanzaba directo hacia ella.

Se sintió palidecer.

—Tina…

Lo que trataba de encontrar el latino era un busca. Fue directamente hacia ella y se detuvo delante de la mesa. Kate por poco salta de la silla.

—Trabajas para Packer, ¿verdad?

—¿Cómo?

—Te llamas Kate, ¿verdad? —El tipo latino sonrió—. Hace más o menos un mes estuve en tu despacho. Trabajo para Thermagen. ¿Te acuerdas? Os vendo la Dioxitriba.

—Sí. —Kate sonrió, aliviada—. Me llamo Kate…

Aquello se le estaba escapando de las manos.

Al cabo de un rato, Kate estaba en la estrecha sala de ordenadores que llamaban biblioteca, copiando las notas de los resultados en un CD. Llamaron a la puerta.

Se volvió y vio a Tina en el umbral. Se la veía perpleja y algo preocupada.

—¿Piensas decirme que es lo que pasaba antes ahí dentro?

—¿Abajo, te refieres? —Kate se encogió de hombros con aire de culpabilidad.

—No. En Italia. En tercero de carrera. Pues claro que abajo, en la cafetería. ¿Qué pasa, Kate? Se te acerca un tipo cualquiera y casi pierdes la chaveta… en medio de la cafetería. Llevas toda la semana ligeramente en las nubes. Linfoblástico… el otro día lo clasificaste en ciclospórico. ¿Va todo bien?

—No estoy segura. —Kate apartó la silla del ordenador. Cogió aire—. Me siento un poco rara. No sé, como si imaginara cosas. Ya sabes, relacionadas con mi padre.

—¿Con tu padre? —Tina se acercó a la mesa. No hacía falta ni que se lo explicara—. ¿Y por qué ahora?

—No sé. Algo encendió la mecha el otro día. —Le contó a Tina la conversación con el tipo del parque, cuando estaba con *Fergus*—. Puede que sólo sea porque se ha acabado el juicio y ahora está en la calle. Es como si imaginara cosas. Tengo un poco la sensación de estar volviéndome majareta...

—No estás majareta, Kate. Has perdido a tu familia. Cualquiera lo entendería. ¿Y qué dice el bueno del doctor al respecto?

—¿Greg? Dice que sólo es que estoy nerviosa. Y a lo mejor tiene razón. Y el otro día tuve la sensación de que alguien había toqueteado las cerraduras de casa y entrado en el piso, estaba convencida. Hasta *Fergus* me miraba un poco raro.

—Creo que en el centro médico tratan bastante bien la paranoia esquizofrénica aguda. Igual Packer te consigue un descuento —dijo Tina, reprimiendo una sonrisa.

—Gracias. —Kate le dedicó una mueca burlona de agradecimiento—. A lo mejor es sólo que echo de menos a mi familia, Tina. Ya hace más de un año.

—Ya sé lo que es —dijo Tina.

Kate miró a su amiga.

—¿Qué?

—Laboroputofobia —respondió Tina.

—¿Cómo?

—Laboroputofobia —respondió Tina—. En pocas palabras: pasas demasiado tiempo en este dichoso sitio.

—Vale. —Kate se echó a reír—. Gracias a Dios lo hemos pillado a tiempo. ¿Síntomas?

—Mírate en el espejo, cariño. Pero por suerte conozco el remedio. Tienes que largarte de aquí, Kate. Vete a casa. Pasa una bonita noche romántica con tu príncipe azul. Esta noche ya acabo yo.

—No, si seguro que tienes razón. —Kate suspiró y volvió a arrastrar la silla hasta el puesto de trabajo—. Pero es que hoy me quedan cosas por hacer.

—De verdad. —Tina la agarró del brazo—. Recuerda que te llevo ventaja. A mí me falta un año menos para doctorarme. Vete a casa y punto, Kate. No estás loca. Echas de menos a tu familia. ¿Quién no la echaría de menos? Ya sabemos por lo que has pasado.

Kate sonrió. Tal vez Tina estuviera en lo cierto. Tal vez eso era cuanto necesitaba. Despejarse, acurrucarse en la cama con algo de comida china y alguna chorrada de película de Adam Sandler de las de «pago por visión». Hacer algo romántico. Greg incluso había comentado que tenía la noche libre.

—La verdad es que tampoco me moriré por salir de aquí una noche.

—Pues claro, joder. Así que hazlo, mujer, antes de que me arrepienta. Ya cierro yo.

Kate se levantó y abrazó a su amiga.

—Eres un encanto. Gracias.

—Lo sé. Y, Kate…

Kate se volvió desde la puerta.

—¿Sí?

Tina le guiñó el ojo.

—Procura no tener un ataque de nervios si de camino a casa se te sienta al lado el tipo equivocado.

21

Cuando Kate llegó a casa, había velas encendidas por todo el loft. En el equipo de música sonaba algo relajante y romántico... Norah Jones.

Greg salió a recibirla sigilosamente, vestido con su camiseta que imitaba a un esmoquin y una corbata al cuello.

—Signora Kate... —*Fergus* se abrió paso meneando el rabo, también con corbata en el collar.

Kate miró a Greg con recelo.

—Tina te ha llamado, ¿no?

—A mí no. —Greg le guiñó el ojo señalando a *Fergus* con la barbilla—. A él.

Kate se rió al tiempo que se quitaba la chaqueta.

—Muy bien, casanova, ¿qué tienes en mente?

Greg la llevó hasta la mesa plegable que habían comprado por cinco dólares en una tienda de segunda mano y habían instalado delante de las ventanas. El puente de Williamsburg estaba bellamente iluminado. En la mesa había una vela titilante y una botella de vino.

—Iba a segvigle un Mazis-Chambertin de 1990 —dijo Greg, con un ridículo acento tipo inspector Clouseau que recordaba más a su propio acento mexicano que al francés—. Pego en su lugag he aquí un pjimo lejano, tintogo de dos doglages la botella. —Lo sirvió—. Un gesidente de tegceg año no puede pegmitigse más.

—Cosecha de 2006. Julio. ¡Rico! —rió Kate. Greg le puso en el regazo una servilleta de papel.— ¿Y para acompañar...?

—Para acompañar —Greg hizo un gesto elegante hacia la cocina—, un plato que lleva la firma de nuestro chef... ternera con curri verde y Pad Thai de gambas, servidos ceremoniosamente —como siempre—, en sus recipientes tradicionales.

Kate vio un par de envases de comida para llevar —de su restaurante tailandés del barrio que más le gustaba—, aún en una bandeja, con los palillos al lado.

Rió en señal de aprobación.

—¿Eso es todo?

—¿Cómo que si eso es todo? —Greg soltó un bufido burlón—. Y para después, y como broche de oro a la cita romántica de sus sueños... —Se sacó de detrás de la espalda una caja de DVD.

Jack Black. *Escuela de rock.*

—¡Perfecto! —Kate no pudo sino echarse a reír. La verdad era que esa noche le vendría bien ver una auténtica chorrada bien tonta. Igual Tina estaba en lo cierto. Igual era cuanto necesitaba.

—¿Impresionada, *mademoiselle*? —preguntó Greg, sirviendo un poco más de vino.

—Muy impresionada. —Kate le guiñó el ojo—. Sólo que puede que yo también tenga una idea.

—¿Y de qué se tgata? —preguntó Greg, mientras acercaba su copa de vino a la de ella para brindar.

—Irme al cuarto. Pongamos... ¿dos minutos? Sólo para lavarme y perfumarme y salir oliendo fenomenal.

Greg se rascó la barbilla y dejó la tontería del acento.

—Sobreviviré.

Kate se levantó de un salto, dándole un beso burlón en los labios. Luego se metió a toda prisa en el baño y se quitó la camiseta y los vaqueros.

Se metió en la ducha, sintiendo cómo sus poros resucitaban al contacto con el agua tibia en la cara. Con los horarios locos de Greg y toda la tensión del año anterior, se habían convertido en una especie de matrimonio de ancianos. Habían olvidado lo que era divertirse sin más.

Kate dejó que el agua le empapara el pelo y se embadurnó con un jabón de aroma sexy a lavanda que había comprado en Sephora.

De pronto, se abrió la mampara de la ducha y Greg se metió dentro con una sonrisa pícara.

—Lo siento, no he podido esperar.

Los ojos de Kate lanzaron un destello lleno de picardía.

—Pero bueno, ¿cómo es que has tardado tanto?

Se besaron, con el rocío caliente derramándose sobre ellos. Greg la atrajo hacia sí y ella sintió como si cada célula de su cuerpo cobrara vida.

—Qué bien hueles —suspiró él, acariciándole los hombros con la barbilla, mientras con las manos masajeaba sus nalgas firmes, sus pechos.

—Y tú hueles a sala de urgencias. —le respondió ella entre risas—. ¿O es la salsa de chile?

Él se encogió de hombros a modo de disculpa.

—Lidocaína.

—¡Ah!. —Kate abrió mucho los ojos, sintiendo cómo Greg se apretaba afectuosamente contra ella—. Pero ya veo que te has traído el Pad Thai.

Se echaron a reír y Greg le dio media vuelta, inclinándole delicadamente la espalda mientras se abría paso en su interior.

—Buen plan, Kate.

Él siempre sabía cómo hacérselo olvidar todo. Ella era consciente de la suerte que tenía. Se mecieron unos instantes, con las manos de él en los muslos de ella. Sentirlo en su interior hacía que una oleada de calor le recorriera todo el cuerpo y se aceleraran los latidos de su corazón. Kate dejó escapar un grito ahogado, su respiración se hizo más profunda. Más rápido y más fuerte después, con el agua salpicándolos mientras sus muslos entrechocaban. Empezaron a subir el ritmo y ella se tensó por dentro. Greg también jadeaba. Había algo bello en la apremiante urgencia de sus movimientos. Kate cerró los ojos. Al cabo de unos instantes lo tenía totalmente pegado a ella, bajo la cálida ducha, y el corazón le latía febrilmente mientras su cuerpo se liberaba y encorvaba al mismo tiempo.

—Perdón por la cena —bromeó él.

—No pasa nada. —Kate se acurrucó en el hombro de Greg y suspiró—. Habrá que conformarse con esto.

Luego cenaron en la cama, de los envases directamente.

Vieron la película de Jack Black y se rieron a carcajadas. Kate apoyó la cabeza en diagonal sobre el pecho de Greg. *Fergus* estaba hecho un ovillo a los pies de la cama, en su cesto. Hacía mucho que Kate no se sentía tan relajada.

—*Maintenant* más vino, *s'il vous plaît* —dijo Kate, inclinando la copa vacía.

—Te toca a ti —respondió él, negando con la cabeza—. Llevo todo el día matándome en la cocina.

—¿Que me toca a mí? —Le dio una patada, juguetona—. Es mi noche.

—¿Qué pasa, que no has tenido bastante ya?

—Vale —concedió Kate. Se puso el camisón—. Ya veremos si te traigo algo.

Sonó el teléfono.

—Mierda —suspiró Greg en voz alta. Habían llegado a odiar el sonido del teléfono a horas imprevistas. Solía ser del hospital para que fuera.

Kate buscó a tientas el teléfono. El número de la pantalla no le sonaba. Al menos no era el hospital.

—¿Diga? —respondió.

—Kate, soy Tom O'Hearn, el padre de Tina.

—¡Hola! —Le extrañó que llamara tan tarde. Su voz denotaba cansancio y tensión.

—Kate, ha pasado algo terrible…

Kate miró a Greg inquieta mientras un escalofrío le recorría la espalda.

—¿Qué?

—Han disparado a Tina, Kate. Ahora está en quirófano. Es grave. No saben si sobrevivirá.

22

Se pusieron el primer pantalón de chándal y sudadera que encontraron y fueron en taxi tan de prisa como pudieron hasta el Centro Médico Jacobi, en el Bronx, a unos treinta minutos de allí.

Greg no le soltó la mano en todo el trayecto. Ni al pasar por el puente Triborough ni al llegar a Bronx River Parkway. No tenía sentido. ¿Cómo podían haber disparado a Tina? Kate acababa de dejarla. Su padre decía que ahora estaba en quirófano. «Ponte bien», no dejaba de repetir Kate para sus adentros, tratando de controlar los nervios. «Vamos, Tina, tienes que conseguirlo.»

El taxi se detuvo en la entrada de urgencias. Greg sabía exactamente adónde ir. Subieron corriendo las escaleras hasta la sala del centro de traumatología, en el cuarto piso.

Kate vio a Tom y Ellen O'Hearn, los padres de Tina, acurrucados en un banco junto a la entrada del quirófano. Nada más verla, se levantaron de un salto y la abrazaron. Les presentó a Greg. Los semblantes preocupados de los O'Hearn reflejaban la misma inquietud profunda que Kate sabía que expresaba el suyo.

—¿Cómo está? —preguntó Kate.

Aún estaban operando a Tina. Le habían disparado en la nuca. Justo delante del laboratorio, cuando se iba. En medio de la calle. La cosa no pintaba muy bien. Había perdido mucha sangre, pero aguantaba.

—Es grave, Kate. —El padre de Tina no hacía más que sacudir la cabeza—. Está luchando pero el tejido está muy dañado. Los médicos dicen que no saben cómo irá.

Greg apretó el brazo de Tom y dijo que trataría de que alguien de dentro les pusiera al corriente.

—¿Quién puede haber hecho algo así? —preguntó Kate sin acabar de reaccionar mientras se sentaba en el banco junto a Ellen—. ¿Cómo ha sido?

—Al parecer, fue cuando acababa de salir del laboratorio. —Tom se encogió de hombros, impotente—. En medio de la calle. En Morris Avenue. La policía ha venido hace un rato. Por lo visto alguien vio huir a una persona. Creen que puede estar relacionado con bandas callejeras.

—¿Con bandas? —Kate abrió los ojos como platos—. ¿Qué coño tiene que ver Tina con las bandas?

—Alguna clase de rito de iniciación, han dicho. Según parece, esos animales demuestran su valía matando a alguien al azar. Dicen que ha sido como si el agresor estuviera esperando a que apareciera alguien en la calle y justo entonces ella salió del laboratorio. Acababa de llamarnos, Kate. Unos minutos antes. Estaba en el sitio equivocado a la hora equivocada.

Kate alargó los brazos y lo estrechó con fuerza. Sin embargo, lo que en un principio sólo era un dolor punzante en la boca del estómago empezó a convertirse en algo mucho más aterrador.

En medio de la calle. Delante del laboratorio. Kate entendía perfectamente lo que significaba.

—¿Cuánto tiempo lleva ahí dentro? —preguntó.

—Dos horas ya. Han dicho que era un arma de calibre corto. Es por lo único que sigue con vida.

—Tina es fuerte. —Kate apretó la mano de Tom y tiró suavemente del brazo de la madre de Tina—. Se pondrá bien.

«Por favor, ponte bien.»

Greg volvió algo más tarde y dijo que aún la estaban operando.

No podían hacer nada más que esperar. Y eso es lo que hicieron. Durante más de dos horas. Kate se sentó en el suelo, con la espalda apoyada en la pared. La verdad, que iba tomando forma a toda prisa, empezaba a asustarla de veras. Era ella quien debía haber estado en esa calle. Agarró la mano de Greg.

Por fin, pasada la una de la madrugada, salió el cirujano.

—Está viva —dijo mientras se quitaba el gorro quirúrgico—. Ésa es la buena noticia. La bala le ha entrado por el lóbulo occipital y se ha alojado en el frontal derecho. Aún no hemos podido llegar hasta ella. Hay mucha inflamación. Por desgracia, ha perdido mucha sangre. Es un procedimiento muy delicado. Me gustaría poder decirles más ahora mismo, pero es que no sabemos qué pasará.

Ellen se aferró a su marido.

—Oh, Tom…

—Está luchando —explicó el médico—. Tiene las constantes vitales estables. La hemos conectado a un respirador. De momento, vamos a hacer todo lo que podamos y ver si baja la inflamación. Ahora mismo, para ser sincero, lo único que puedo decirles es que ya veremos.

—¡Oh, Señor! ¡Dios misericordioso! —Ellen O'Hearn dio un grito ahogado, apoyando la cabeza en el pecho de su marido.

Tom acarició el cabello de su esposa.

—¿Así que sólo podemos esperar? ¿Cuánto tiempo?

—Veinticuatro o quizá cuarenta y ocho horas. Me gustaría poder darles más información pero ahora lo mejor que puedo decirles es que está viva.

Kate se agarró a Greg. La madre de Tina empezó a sollozar.

Tom asintió.

—Suponiendo que salga adelante —tragó saliva con fuerza—, estará bien, ¿no? —Su rostro expresaba claramente a qué se refería: daño cerebral, parálisis.

—Hablaremos de ello cuando llegue el momento. —El médico le apretó el hombro—. Por ahora confiemos en que sobreviva.

Confiemos en que sobreviva…

Kate dio un paso atrás doblándose por la cintura, sintiendo la cabeza pesada y vacía a la vez. Quería llorar. Se apoyó en Greg. En su fuero interno, las preguntas se habían esfumado. Un temor nuevo e implacable empezaba a surgir en sus entrañas.

Era más una certidumbre que un miedo.

Era ella, Kate, quien siempre cerraba el laboratorio. Era ella quien debería haber salido por esa puerta. Así lo había dicho la policía: ha sido como si la estuvieran esperando...

Miró a Tom y a Ellen y quiso decírselo. No era un asesinato de bandas.

No obstante, en una cosa sí tenían razón: Tina estaba en el sitio equivocado a la hora equivocada.

En el fondo de su corazón, Kate lo sabía: esa bala era para ella.

23

Emily Geller cruzó las puertas del instituto y vio el conocido Volvo todoterreno esperando al final de la larga hilera.

Ni siquiera se había acercado con el coche hasta donde estaba ella.

Raro. Emily sacudió la cabeza. La verdad era que, desde que había vuelto con ellos, papá se había estado comportando de modo algo extraño. No era el mismo de siempre —la persona llena de curiosidad, divertida y vital—, que siempre la llevaba por ahí a los torneos de *squash* y la perseguía para que acabara los deberes o se cabreaba con ella cuando llegaban unas facturas de teléfono astronómicas.

Puede que le hubiera pasado algo cuando estuvo ausente (todos habían decidido no llamarlo cárcel). Ahora, su padre siempre parecía despistado y distante. Si le explicaba algo que había pasado en la escuela o que le había dado una paliza a alguien en la pista de *squash*, se limitaba a asentir con la cabeza a modo de respuesta, con esa mirada vidriosa y medio autocomplaciente en los ojos, como si ni tan siquiera estuviera allí.

Nada era como antes.

A Emily no le gustaba aquel sitio. Echaba de menos a sus amigos, a sus entrenadores.

Y, sobre todo, echaba de menos a Kate. Ahora ya no hacían las cosas igual… en familia. Un año más y se marcharía, no dejaba de repetirse Emily… a la universidad. Lo primero que haría sería recuperar su nombre.

—¿Papá? —Emily dio un golpecito en la ventanilla del pasajero.

Tenía la mirada ausente, en el vacío, como si estuviera profundamente absorto en sus pensamientos.

—Emily llamando a papá... Emily llamando a papá...

Por fin él se percató de su presencia y abrió la puerta del copiloto.

—Em...

Ella arrojó su pesada mochila en el asiento trasero.

—¿Te has acordado de la bolsa de *squash*?

—Claro —asintió. Pero tuvo que volver la cabeza para asegurarse de que estaba ahí.

—Ya, vale —gruñó Emily al tiempo que subía al asiento delantero—. La habrá puesto mamá.

Era lo único que aún podían hacer juntos. A él parecía gustarle verla jugar. Claro que donde vivían ahora no había equipo en el colegio y las competiciones no eran lo mismo, pero había un club a unos quince minutos al que iban algunos jugadores profesionales con los que podía entrenar. Era arriesgado, pero Emily anhelaba presentarse a los torneos nacionales en primavera, con otro nombre.

Salieron del aparcamiento de la escuela y circularon por la calle principal de la típica población de área metropolitana donde vivían ahora. Al cabo de un minuto estaban en la autopista.

—Hoy juego con ese tal Brad Danoulis —le dijo Emily. Era aquel gallito que jugaba en una escuela privada, a un par de pueblos de allí—. Siempre anda jactándose de que los chicos pueden comerse con patatas a las chicas. ¿Quieres venir a verlo?

—Claro que sí, fiera —respondió su padre distraído. Llevaba chaqueta y una camisa a cuadros de vestir, como si se fuera a algún sitio. Y él ya nunca iba a ningún sitio.

—Sólo tengo que hacer una cosa. Luego vuelvo.

—Procura no llegar tarde, papá, ¿vale? —dijo Emily con dureza—. Tengo examen de química y un trabajo para casa, sobre *El Crisol*. De todos modos, querrás ver cómo me llevo de calle a ese tío.

—No te preocupes. Tú mira para arriba. Estaré en el sitio de siempre. Allí estaré.

Salieron de la autopista y entraron en el parque empresarial donde estaba el North Bay Squash Club. Había unos cuantos coches aparcados delante del edificio de paredes de aluminio. Emily alargó la mano y cogió la mochila.

—El mes que viene hay un torneo regional en San Francisco. Tengo que participar. Necesito clasificarme en la Costa Oeste. Podríamos ir. Tú y yo. Como antes.

—Podríamos —asintió su padre—. Nos lo pasábamos en grande, ¿verdad, fiera?

—Todos lo pasábamos bien —respondió Emily, con un toque de amargura. Alargó la mano y sacó la bolsa de *squash* de la parte trasera—. ¿Algún último consejo?

—Sólo éste —la miró bizqueando un poco—: Recuerda siempre quién eres, Em. Eres Emily Raab.

Ella lo miró ladeando la cabeza. Todo lo que hacía ahora era raro.

—Supongo que me esperaba algo más del estilo de «No dejes de machacarle el revés, Em».

—Eso también, fiera. —Sonrió.

Cuando Emily abrió la puerta del club de *squash*, su padre le hizo un guiño y, por un instante, le pareció atisbar algo del padre de antes, aquel que Emily hacía tanto que no veía.

—Dale una buena paliza, cariño.

Emily le devolvió la sonrisa.

—Lo haré.

Dentro, Brad ya estaba esperando en la pista, calentando muy concentrado. Llevaba puesta una camiseta que decía «CABO ROCKS».

Emily entró en los vestuarios, se recogió el pelo en una coleta y se puso los pantalones cortos. Salió y fue hacia la pista.

—Eh.

—Eh —Brad la saludó con la cabeza y haciendo gala de su chulería hizo la fanfarronada de pasarle la pelota pegándole por detrás de la espalda.

Emily puso los ojos en blanco con cierto escepticismo.

—¿Has ido a Cabo?

—Sí. Por Navidad, el año pasado. Estuvo guai. ¿Y tú?

—Dos veces.

Ella ya empezaba a asestar golpes de derecha.

Jugaron tres sets. Brad le tomó la delantera en el primero. Tenía un golpe de través letal y era rápido. No se andaba con tonterías. Pero Emily se recompuso. Logró empatar a seis y fueron alternando los puntos hasta que ella ganó con un impecable mate desde la esquina. Brad pareció enfadarse y dio con la raqueta en el suelo. Hizo como si ella hubiera ganado de chiripa.

—Otra vez.

Em también lo derrotó en el siguiente juego, 9-6. Fue entonces cuando Brad empezó a pisar con mucho cuidado, como si se hubiera hecho daño en un tobillo.

—Así que vas a fichar por Bowdoin... —dijo Emily, a sabiendas de que Bowdoin era un equipo de *squash* de primera división y que su contrincante no tenía la más mínima posibilidad. El tercer juego ya fue coser y cantar. Ganó a Brad nueve a cuatro.

Se lo merendó.

—Buen partido —Brad le estrechó la mano lánguidamente—. Eres buena. La próxima vez no me dejaré.

—Gracias. —Emily puso los ojos en blanco—. Para entonces seguramente ya se me habrá curado la muñeca.

Se sentó en el banco con una toalla en la cabeza y bebió un buen trago de agua embotellada. Fue entonces cuando le vino a la cabeza. Miró hacia las gradas.

«¿Dónde coño está papá?»

No había vuelto para ver el partido. No estaba sentado donde acostumbraba a verla jugar. Frunció los labios, contrariada y algo enfadada también. Ya eran más de las cinco. Le había pedido que volviera a tiempo.

«¿Dónde coño está?»

Emily salió y buscó el Volvo. Ni rastro. Entonces volvió a entrar y se quedó casi otra media hora mirando a dos socios de los antiguos disputarse encarnecidamente una victoria mientras ella hacía los deberes de mates, pendiente de la puerta todo el rato, hasta estar tan cabreada que ya no pudo aguantar.

Sacó el móvil y marcó el número de casa.

«Ahora no podemos atenderle...» anunció el contestador. Aquello ya empezaba a pasar de castaño a oscuro. Tendría que haber alguien en casa. ¿Dónde estaban todos? Comprobó la hora. Eran más de las seis. Tenía deberes. Se lo había dicho. Emily escuchó el mensaje y esperó impaciente a que sonara el pitido.

—Mamá, soy yo. Estoy aún en el club. Papá no se ha presentado.

24

Pasaron veinticuatro horas. Sin novedad.

Al día siguiente tampoco se produjo ningún cambio en el estado de Tina.

Los cirujanos aún no podían operar la zona donde estaba la bala. Los escáneres cerebrales eran estables pero la inflamación que rodeaba la herida era enorme, la presión intracraneal elevada, no sabían el daño que había sufrido el tejido. Lo único que podían hacer era esperar que remitiera. No sabían si Tina saldría adelante.

Kate pasó la mayor parte de los días siguientes en el hospital, con Ellen y Tom. Explicó a la policía que Tina había cerrado por ella aquella noche. Que no estaba metida en drogas ni nada ilegal. Que era la última persona sobre la faz de la Tierra que podría estar relacionada con algún tipo de banda.

Los policías aseguraban tener pistas. Habían visto a un hombre con un pañuelo rojo saltar al interior de una furgoneta blanca al otro lado de la calle y dirigirse a Morris Avenue. Los pañuelos rojos eran el sello característico de los Bloods. Según los investigadores, así era como se estrenaban. Disparando a una víctima inocente, en medio de la calle. Un informante de una banda rival les había dado el chivatazo de que así eran las cosas.

Un rito de iniciación de una banda. Su amiga estaba ingresada, en coma. Cuánto hubiera deseado Kate creer lo mismo.

Esa segunda noche ella y Greg volvieron al piso pasadas las dos de la madrugada. Ninguno de los dos pudo conciliar el sueño. Ni siquiera planteárselo. Sólo podían pensar en Tina. Se quedaron sentados en el sofá, trastornados y aturdidos.

Algún día tenía que suceder, Kate lo sabía. ¿Qué les diría? Tom y Ellen tenían derecho a saberlo.

—Tengo que ponerme en contacto con Phil Cavetti, Greg —dijo Kate—. Los del WITSEC tienen que enterarse.

Kate era consciente de que, en cuanto hiciera esa llamada, todo cambiaría: tendrían que mudarse, eso seguro, a lo mejor cambiar de nombre. Greg ya casi había acabado la residencia, no podía irse sin más. Justo empezaban a vivir como quien dice.

¿Es que aquello iba a planear de por vida sobre sus cabezas?

—La policía dice que tiene pistas —respondió Greg, tratando por todos los medios de permanecer tranquilo y recurrir a la lógica—. ¿Y si tienen razón y esto no es más que una trágica coincidencia?

—No tiene nada que ver con ninguna banda. —Kate negó con la cabeza—. ¡Lo sabemos los dos!

Aquello la consumía. Su mejor amiga, no una persona anónima de las noticias, estaba entre la vida y la muerte.

—Greg, ¡los dos sabemos que si han disparado a Tina es porque pensaban que era yo!

Él la estrechó contra su pecho y Kate se esforzó cuanto pudo por sentirse segura en sus brazos. Sin embargo lo sabía. Cavetti y Margaret Seymour se lo habían advertido: Mercado no iba a permitir que aquello se acabara. ¿Qué era lo que habían dicho? ¿Que no era sólo cuestión de venganza? Era más que eso. Lo llamaban «seguro». Un seguro de que la próxima vez que alguien como su padre se volviera contra la *fraternidad* eso no volvería a pasar.

Al final lograron dormirse allí, el uno en brazos del otro, más que nada de puro cansancio.

Y por la mañana decidieron esperar. Sólo un día más... tal vez dos. Lo justo para que la policía agotara las pistas.

Pero Kate se despertó a media noche. Se quedó allí tendida, pegada a Greg, con el corazón desbocado y la camiseta empapada en un sudor pegajoso.

Ellos lo sabían.

Las premoniciones de los últimos días eran correctas. La policía podía agotar cuantas pistas quisiera, pero Kate sólo podría ocultarlo durante ese tiempo.

La habían encontrado. Habría una segunda vez. De eso estaba convencida. Y entonces, cuando de verdad la encontraran, ¿qué pasaría?

¿Qué pasaría cuando se dieran cuenta de que habían disparado a la persona equivocada?

Kate se revolvió inquieta y se soltó del abrazo de Greg. Permaneció un momento sentada en la oscuridad, con las rodillas bien pegadas al pecho. Rezó por que su familia estuviera a salvo, allá donde anduvieran. Se sacó de debajo de la camiseta el colgante que su madre le había dado antes de irse. El sol dorado partido por la mitad. «Contiene secretos, Kate. Algún día te los contaré.» ¿Lograrían encajar algún día las dos mitades?

Mamá, cómo me gustaría oírte contar esos secretos ahora.

Kate se levantó y, en la penumbra del piso a oscuras, fue hasta la puerta. Alargó la mano hacia el pesado pestillo. Y lo corrió.

25

—Kate. —Tom O'Hearn alargó la mano hacia ella—. Vete a casa.
—La rodeó con el brazo; estaban los dos sentados en el banco de
la UCI— Se te ve agotada. Esta noche no pasará nada. Ya sé que
quieres estar aquí pero vete a casa y duerme un poco.

Kate asintió. Se daba cuenta de que tenía razón. En los últimos
dos días no había dormido ni seis horas. Tenía el azúcar bajo. No
había ido a trabajar. Desde que habían disparado a Tina, no había
estado en ningún sitio que no fuera el hospital.

—Te lo prometo —dijo acompañándola hasta el ascensor y
dándose un abrazo—: si hay novedades te llamaremos.

—Lo sé.

Habían trasladado a Tina a la sala de traumatología craneal del
Bellevue Hospital, en la calle 27, el mejor de la ciudad. Kate bajó al
vestíbulo y salió a la Primera Avenida. Había oscurecido, eran más
de las seis de la tarde. Llevaba todo el día allí. Al no ver ningún
taxi, caminó hasta la Segunda y cogió el autobús al centro.

«Bueno, todo va bien»… Kate encontró sitio en la parte trasera y, sólo por un instante, cerró los ojos. Tom tenía razón, estaba
agotada. Necesitaba dormir.

Esa mañana había salido del piso sin inyectarse la insulina.
Greg volvía a hacer turnos de dieciséis horas. Eso la inquietaba. Sería la primera vez desde que habían disparado a Tina que estaría
sola en el piso.

Kate dormitó un poco. El trayecto del autobús pasó en un
abrir y cerrar de ojos. Se despertó justo a tiempo de bajar en la
Novena, a un par de manzanas de casa. Casi se le había pasado la
parada.

En cuanto bajó del autobús y empezó a caminar por la penumbra de la Segunda Avenida, Kate tuvo la sensación de que pasaba algo.

Tal vez fuera el hombre que acababa de apartarse de un edificio justo enfrente de la parada del autobús y, tirando el cigarrillo a la acera, había echado a andar detrás de ella a poca distancia. El ritmo del ruido de sus pasos en la acera coincidía con el de los suyos. Se ordenó a sí misma no mirar atrás.

«Kate, estás paranoica y punto. Esto es Nueva York. El East Village. Está abarrotado. Pasa a todas horas.»

Alcanzó a verlo en el reflejo de un escaparate. Seguía detrás. Las manos en los bolsillos de la chaqueta negra de cuero. Una gorra calada hasta los ojos.

¡Pero no estaba paranoica! Esta vez no. No como en el piso. Empezaron a acelerársele los latidos del corazón. Un escalofrío de miedo le recorrió la espina dorsal.

«Acelera el paso —se dijo a sí misma—. Vives a pocas manzanas.»

Kate cruzó la avenida que llevaba a la Séptima. Ahora sentía los latidos de su corazón desbocado, golpeándole las costillas.

Giró y se adentró en su calle. Sentía la presencia de su perseguidor a pocos metros. Más adelante había un mercado donde compraba a veces. Se dirigió hacia allí obligándose a no mirar a su alrededor. Entró casi corriendo.

Durante un instante se sintió segura. Cogió una cesta y se metió en uno de los pasillos, rezando para que no entrara. Metió unas cuantas cosas fingiendo necesitarlas: leche, yogur, pan integral. Pero lo único que hacía era esperar, con la mirada clavada en el escaparate. Aquí había gente. Empezó a calmársele el corazón.

Sacó al monedero y se acercó al mostrador. Sonrió algo nerviosa a Ingrid, la cajera, reprimiendo un presentimiento estremecedor. ¿Y si ella fuera la última persona en verme con vida?

Kate volvió a salir. Durante un breve instante, se sintió aliviada. Gracias a Dios. Ni rastro.

Entonces se quedó petrificada.

¡El tipo seguía ahí! Apoyado en un coche aparcado al otro lado de la calle, hablando por teléfono. Lentamente, sus ojos se encontraron. Eso no se lo esperaba.

«Muy bien, Kate, ¿qué diablos es lo que sabes?»

Ahora empezó a correr. Primero disimuladamente, luego más deprisa, con los ojos clavados en su edificio, en el toldo verde, sólo a unos metros.

El hombre, a su espalda, le siguió el ritmo. Una descarga eléctrica le recorrió la columna vertebral. El corazón de Kate empezó a desbocarse.

«Por favor, Dios mío, sólo unos metros más.»

Cuando le quedaban sólo unos cuantos metros, Kate emprendió la carrera. Sus dedos hurgaron en el bolso, en busca de la llave. La metió en la cerradura del portal. La llave giró. Kate se lanzó a abrir la puerta, esperando que el hombre fuera ahora a por ella. Volvió a mirar a la calle. El hombre de la gorra se había cambiado de acera deteniéndose unos portales más atrás.

Kate se precipitó al interior del portal mientras las puertas exteriores hacían clic y la cerradura se encajaba, afortunadamente. «Ahora ya está. ¡Gracias a Dios!» Kate apoyó la espalda en la pared del vestíbulo. La tenía empapada en sudor. Y el pecho encogido de alivio.

«Esto se tiene que acabar —era consciente de ello—. Tienes que decírselo a alguien, Kate.»

¿Pero a quién?

¿A su familia? «Tu familia se ha ido, Kate. Asúmelo, se ha ido para siempre.»

¿A Greg? Por mucho que lo quisiera, ¿qué iban a hacer, coger los bártulos y marcharse? ¿En el último año de carrera de él?

¿A la policía? «¿Y qué les dirás, Kate? ¿Que les has estado mintiendo, ocultando cosas? ¿Qué tu mejor amiga está en coma, con una bala en el cerebro, una bala que era para ti?»

Ahora ya no había tiempo, ya no había tiempo para nada de eso.

Entró en el ascensor y pulsó el botón de la séptima planta.

Era de esos pesados de tipo industrial, que traqueteaba al pasar por cada planta.

Sólo quería llegar al piso y echar el pestillo de la puta puerta.

En el séptimo, el ascensor se detuvo con un chirrido. Kate agarró la llave con fuerza y abrió la pesada puerta exterior del ascensor.

Había dos hombres de pie frente a ella.

«¡Oh, no!»

El corazón le dio un brinco. Kate retrocedió y trató de gritar. ¿Pero para qué? Nadie la oiría.

Sabía para qué estaban allí.

Entonces uno de los hombres se adelantó.

—¿Señora Raab? —Alargó las manos para asirla por los hombros.

—Kate.

Ella levantó la mirada. Tenía los ojos llenos de lágrimas. Lo reconoció. Rompió a sollozar, mirando su cabello canoso.

Era Phil Cavetti. El agente del WITSEC.

26

Kate se abalanzó literalmente sobre él, con el cuerpo petrificado de miedo.

—Tranquila, Kate —dijo él, y la estrechó con cuidado entre sus brazos.

Kate asintió, con la cara pegada a la chaqueta de él.

—Creí que me seguían. Creí...

—Lo siento. —Cavetti la abrazaba con fuerza—. Seguramente era uno de mis hombres. El de la parada del autobús. Sólo queríamos asegurarnos de que se dirigía a casa.

Kate cerró los ojos y cogió aire, temblorosa, sintiendo una indescriptible mezcla de nerviosismo y un alivio. Sintió que los latidos de su corazón se calmaban. Se separó, tratando de recobrar la compostura.

—¿Cómo es que han venido?

—Éste es James Nardozzi —dijo Cavetti, presentándole al hombre que lo acompañaba: delgado, de mandíbula pronunciada, vestido con impermeable, traje gris liso y corbata roja también lisa—. Es del Departamento de Justicia.

—Sí. —Kate asintió, algo apesadumbrada—. Lo recuerdo del juicio.

El abogado sonrió fríamente.

—Tenemos que hacerle algunas preguntas, Kate —dijo el agente del WITSEC.

—Claro. —Aún le temblaban algo las manos. Le costó un poco acertar a meter la llave en la cerradura y descorrer el pestillo. *Fergus* estaba en la puerta ladrando—. Tranquilo, chico...

Abrió la puerta del piso y encendió las luces. Kate no recordaba haber sentido nunca una sensación de alivio tan abrumadora.

Gracias a Dios que estaban aquí. Dio por sentado que era por Tina. De todos modos, quería contárselo. Ya no podía seguir ocultándolo por más tiempo.

—Vale. —Dejó la compra en la encimera—. Dispare... ¡Qué expresión más poco apropiada! —Sonrió.

Poco a poco, Kate fue recuperando su centro de gravedad.

—Adelante. Sé por qué han venido.

Phil Cavetti la miró algo extrañado. Lo que dijo la desconcertó.

—¿Cuándo fue la última vez que supo algo de su padre, Kate?

27

—¿Mi padre…?

Kate lo miró pestañeando, con los ojos muy abiertos, y negó con la cabeza.

—No he hablado con él desde el juicio. ¿Por qué?

Cavetti miró al letrado del Gobierno. Luego se aclaró la garganta.

—Tenemos cosas que enseñarle, Kate. —Se sacó del impermeable un sobre de papel Manila y fue hasta la barra de la cocina. El tono imperioso que empleaba había asustado un poco a Kate.

»Lo que voy a enseñarle es altamente confidencial —dijo mientras lo abría—. Puede que también le resulte algo desagradable. Tal vez quiera sentarse.

—Me está poniendo nerviosa, agente Cavetti. —Kate lo miró, mientras se sentaba en un taburete. El corazón empezó a acelerársele.

—Lo entiendo. —Empezó a distribuir por la barra una serie de fotos en blanco y negro de veinte por veinticinco.

Fotos de una escena del crimen.

Kate contuvo un escalofrío, convencida de que estaba a punto de ver a su padre en esas imágenes. Pero no. Todas las fotos eran de una mujer. En ropa interior. Atada a una silla.

Algunas fotos eran de cuerpo entero y otras de primeros planos: su rostro, partes de su cuerpo, cubiertas de heridas. Eran aterradoras. La cabeza de la mujer colgaba hacia un lado. Tenía manchas de sangre: en los hombros, en las rodillas. Kate se estremeció. Vio que se debían a varias heridas de bala. Cautelosa, puso la mano en el hombro de Cavetti.

Había marcas en los dos pechos de la mujer, marcas profundas.

La siguiente imagen era un primer plano de uno de los pechos. Ahora Kate vio lo que eran las marcas. La habían quemado. En los pechos y los pezones. La habían carbonizado. El pezón derecho había desaparecido por completo... se lo habían arrancado.

—Lo siento, Kate —dijo Phil Cavetti poniéndole la mano en el hombro.

—¿Por qué me las enseña? —Kate lo miró—. ¿Qué tienen que ver con mi padre?

—Por favor, Kate, sólo un par más. —Cavetti mostró dos o tres fotos más. La primera era un primer plano descarnado de la parte izquierda del rostro de la víctima. Estaba completamente inflamado y amarillento, lleno de moratones desde el ojo hasta la mejilla. Fuera quien fuera, apenas resultaba reconocible.

Kate reprimió una arcada de bilis. Aquello era repugnante, horrible. ¿Qué clase de monstruo sería capaz de hacer eso?

—Las heridas que ve —Cavetti dejó por fin el sobre— no pretendían ser fatales, Kate. Pretendían mantener a la víctima viva el mayor tiempo posible, para prolongar su agonía. No hubo abuso sexual. Todas sus pertenencias estaban en orden. En una palabra, esta mujer fue torturada.

—¿Torturada...? —A Kate se le revolvieron las tripas.

—Para obtener información, creemos —intervino el letrado del Gobierno—. Para inducirla a hablar, señora Raab.

—Creía que habían venido por Tina. —Kate levantó la vista para mirarlos, confusa.

—Sabemos lo de la señora O'Hearn —dijo Phil Cavetti—. Y sabemos lo que debe significar para usted, Kate, en todos los sentidos. Pero, por favor, lo siento, una más...

El agente del WITSEC sacó una última fotografía del sobre y la puso sobre la barra, delante de Kate.

Era aún más brutal. Kate apartó los ojos.

Mostraba el otro lado del rostro de la mujer: tenía los ojos magullados e hinchados, en blanco bajo los párpados; el cabello, castaño y enmarañado, le caía por delante cubriéndole algo la cara.

Pero no lo suficiente como para ocultar el agujero oscuro, del tamaño de una moneda, que tenía en la parte derecha de la frente.

—¡Por el amor de Dios! —Kate trató de coger aire, deseando volver a apartar la mirada—. ¿Por qué me enseña esto? ¿Por qué me pregunta por mi padre?

Pero entonces algo la detuvo. Abrió los ojos como platos, petrificada.

Volvió a mirar la foto. Había visto algo. La cogió lentamente entre sus dedos y se quedó mirándola fijamente.

—Oh, Dios mío... —Kate dio un grito ahogado, palideciendo. La conozco.

Al principio no se daba cuenta... las heridas de la pobre mujer la desfiguraban tanto... pero de repente los rasgos —el lunar a la derecha de la boca— se apreciaron claramente.

Kate se volvió hacia Phil Cavetti, con las tripas retorciéndosele de asco.

La mujer de la foto era Margaret Seymour.

28

—Oh, por Dios, no... —Kate cerró los ojos, presa de las náuseas—. No puede ser. Es horrible...

Margaret Seymour había sido una mujer atractiva y agradable. Había hecho cuanto estaba en su mano para facilitarle el cambio de vida a Em. A toda la familia. A todos les caía bien. No... Dios mío.

—¿Quién lo ha hecho? —Kate sacudió la cabeza con repugnancia—. ¿Por qué?

—No lo sabemos. —Phil Cavetti se levantó, fue hasta el fregadero y le sirvió un vaso de agua—. Ocurrió el jueves de la semana pasada. En una zona de almacenes en las afueras de Chicago. Lo único que sabemos es que la agente Seymour fue allí a reunirse con alguien... relacionado con un caso. Sé lo inquietante que resulta esto.

Kate tomó un largo trago de agua, incapaz de dejar de sacudir la cabeza.

Cavetti le apretó el brazo.

—Como hemos dicho antes, creemos que la intención no era matarla enseguida sino hacerla hablar. Que revelara algo.

—No comprendo...

—El paradero de un cambio de domicilio, señora Raab —terció el abogado del Estado—, de alguien del programa.

De pronto, Kate comprendió. La invadió un temblor de preocupación.

—¿Por qué me enseña todo esto, agente Cavetti?

—Kate, hemos encontrado algo en el coche de la agente Seymour. —El agente del WITSEC se interrumpió. Sacó otra cosa del sobre.

Esta vez no era una fotografía, sino una hoja de papel de carta, en blanco, que parecía sacada de un bloc pequeño con agujeros, dentro de una bolsa de plástico.

Kate lo miró, confusa.

—Quienquiera que hiciera esto repasó el coche, Kate, de arriba abajo, para asegurarse de que estuviera limpio. Esta hoja aún estaba sujeta a un cuaderno, en el salpicadero. Habían escrito algo en la página de encima... y la habían arrancado.

—Está en blanco. —Kate se encogió de hombros. Sin embargo, al mirar más de cerca, pudo ver el contorno apenas visible de la escritura de alguien.

—Aquí, con luz ultravioleta —dijo Cavetti, sacando otra foto—, puede verlo procesado.

Kate tomó la nueva foto. Habían anotado algo. Cinco letras cobraron vida. Eran del puño y letra de Margaret Seymour.

M-I-D-A-S.

—¿Midas? —Kate puso cara de extrañada—. No lo entiendo. ¿Qué tiene que ver esto conmigo?

Cavetti la miró fijamente.

—MIDAS es el nombre en clave que asignamos a tu familia, Kate.

Fue como si le hubieran asestado un puñetazo en pleno estómago, dejándola sin oxígeno en los pulmones.

Primero Tina, en la puerta del laboratorio. Luego Margaret Seymour, la agente que llevaba el caso de su familia. Ahora le preguntaban si había tenido noticias de su padre.

—¿Qué pasa, agente Cavetti? —Kate se levantó—. ¡Mi familia! Podría estar en peligro. ¿Les ha informado? ¿Ha hablado con mi padre?

—Por eso estamos aquí. —El hombre del WITSEC hizo una pausa y la miró a los ojos—. Por desgracia, su padre ha desaparecido, Kate.

29

—¿Desaparecido? —Los labios de Kate pronunciaron la palabra con dificultad—. ¿Desaparecido desde cuándo?

—La semana pasada dejó a su hermana en un club de *squash* y luego desapareció —dijo Cavetti, volviendo a formar una pila con las fotografías y dejándolas a un lado—. No sabemos dónde está. ¿Está segura de que no se ha puesto en contacto con usted?

—¡Pues claro que estoy segura! —La angustia hizo presa en ella. Su padre había desaparecido. Habían asesinado salvajemente a la agente que llevaba su caso—.¡Mi madre! ¡Mi hermano y mi hermana! ¿Están bien?

—Están a salvo, Kate —la tranquilizó Cavetti levantando la palma de la mano con cautela—. Están bajo custodia.

Kate volvió a mirarlo, tratando de averiguar lo que aquello significaba exactamente. ¡Bajo custodia!

Se levantó del taburete y se llevó una mano a la cara. Sus peores temores se hacían ahora realidad. Habían intentado llegar hasta ella. Habían matado a Margaret Seymour. Era posible que hubieran encontrado a su familia. Kate se encaminó hacia el sofá y se sentó en el brazo. Una cosa sí sabía: su padre, fuera lo que fuera lo que hubiera hecho, amaba a su familia.

Si había desaparecido, es que algo había pasado. Nunca se iría como si nada.

—¿Está muerto mi padre, agente Cavetti?

Él negó con la cabeza.

—La verdad es que no lo sabemos. Vamos a asignarle protección, Kate. Tal vez su padre esté bien, de un modo u otro. Tal vez intente ponerse en contacto con usted. Hasta usted misma podría ser un objetivo.

—Ya lo he sido —respondió Kate. Entonces levantó de repente la mirada, sobresaltada—. Ha dicho que sabían lo de Tina.

Al principio Cavetti no respondió. Algo incómodo, se limitó a mirar en dirección a Nardozzi.

Kate se levantó y los miró fijamente.

—Sabían lo de Tina y no se pusieron en contacto conmigo en ningún momento. Ustedes...

—Kate, sabemos cómo debe sentirse con lo ocurrido, pero la policía...

Aturdida, trató de relacionar mentalmente la cronología de los acontecimientos: lo de Tina había sido hacía tres días; lo de Margaret Seymour, según decían, el jueves pasado. Su padre... ¿Cómo podía estar su padre desaparecido desde entonces? ¿Por qué no la habían avisado?

—Quiero hablar con mi familia —exigió a Cavetti—. Quiero asegurarme de que estén bien.

—Lo siento, Kate. No es posible. Ahora están bajo custodia protectiva.

—¿Qué quiere decir bajo custodia protectiva?

—Kate —dijo Cavetti, impotente—, quienes están al mando de las operaciones de Mercado serían capaces de cualquier cosa para tomar represalias contra su padre. Puede que ya lo hayan hecho. Han traspasado la seguridad de la agencia. Hasta que sepamos lo que ha pasado, lo peor que podemos hacer es comprometer la seguridad de su familia. No hay otra manera de hacer las cosas.

Kate le respondió fulminándolo con la mirada.

—¿Está diciendo que son prisioneros? ¿Qué yo también soy prisionera?

—Nadie sabe lo que la agente Seymour puede haber revelado, Kate —dijo Nardozzi en voz baja—. Ni a quién.

Fue como si un coche la hubiera atropellado de frente, embistiéndola con un golpe brutal de duda e incertidumbre que la hubiera dejado dando tumbos.

Su padre había desaparecido. Margaret Seymour estaba muerta. No la dejaban ponerse en contacto con el resto de su familia. Kate miró a Cavetti. Era la persona a quien su familia había confiado sus vidas. Y le estaba mintiendo. Lo sabía. Le ocultaba algo.

—Quiero hablar con mi familia —Kate lo miró a los ojos—. Mi padre puede estar muerto. Tengo derecho.

—Lo sé —dijo Cavetti—. Pero debe confiar en nosotros, Kate... Están bien.

30

A Kate le asignaron un agente de protección para que la vigilara.

El tipo bajito con bigote y gorra de béisbol que la había seguido al bajar del autobús resultó ser un agente del FBI llamado Ruiz.

Quizá fuera todo para bien —se dijo Kate a sí misma—: todo lo que estaba pasando, lo que le había sucedido a Tina. Greg estaba trabajando y no volvería hasta tarde. A decir verdad, Kate dormiría algo más tranquila sabiendo que había alguien allí.

Pero no podía dormir: no sabía lo que le había pasado a su padre, si estaba vivo o muerto. Pensó en su madre y en Em y Justin. En dónde diablos estarían. En si se encontrarían bien. En lo aterrados que debían estar. «Dios mío, daría cualquier cosa por oír sus voces.» Si algo sabía Kate era que, fuera lo que fuera lo que había hecho su padre, fuera quien fuera, nunca los abandonaría sin más.

Tenía la boca pastosa. Necesitaba beber algo. Notaba un hormigueo en los dedos de las manos y los pies. Tanta tensión no le convenía. Sacó el Accu-Chek del bolso y comprobó su nivel de azúcar. Maldita sea, se le había disparado. Eso no era nada bueno.

Era consciente de que últimamente había bajado el ritmo. No corría ni remaba desde hacía una semana.

Hoy no había comido más que la poca ensalada que había picado en la cafetería del hospital.

Sacó una jeringuilla del armario de la cocina, cogió la ampolla de Humulin de la nevera y se pinchó.

«Venga, Kate, tienes que cuidarte o tanto dará quién coño te encuentre.»

Atrajo al perro hacia sí y le acarició las orejas caídas.

—¿Estás bien, *Fergus*?

Kate se preparó algo de comer: un poco de atún de lata, mayonesa, kétchup, *chutney* y un huevo picado. La famosa receta de papá. Se llevó el cuenco al escritorio del ordenador, junto a la ventana. Entró en Yahoo! Sabía que sería en vano, pero hubiera dado cualquier cosa sólo por ver un mensaje de Em o mamá.

Nada.

Kate tecleó el correo electrónico de Sharon: Yogagirl123. No le llegaban los mensajes directamente, se reenviaban a través de algún tipo de sitio web de intercambio de información del WITSEC, así que siempre tenía que andar con algo de cuidado con lo que decía. Esta vez empezó a escribir sin más, con copia para Em y Justin.

Mamá... chicos, estoy preocupada por vosotros. Ni siquiera sé si llegaréis a recibir esto. Sé que papá ha desaparecido. Tengo mucho miedo de que le haya ocurrido algo malo.

Tengo algo que explicaros, algo que ha pasado aquí, pero sobre todo quiero oír vuestras voces. Me han dicho que estáis bajo custodia protectiva. Si os llega esto, por favor, pedid permiso para llamarme.

Os quiero a todos. Ruego a Dios que papá esté bien y vosotros también. Mi corazón está con vosotros, chicos. Escribidme, llamadme, dad señales de vida. No sabéis lo mucho que deseo oíros la voz.

K.

Kate hizo clic en «enviar» y vio desaparecer el mensaje. Se dio cuenta de que no le estaba enviando el mensaje a nadie.

Llamó a Greg, le salió el contestador y colgó sin dejar mensaje. Nunca se había sentido tan sola. Se acurrucó con *Fergus* en la cama, con la tele puesta.

A eso de las dos de la madrugada Greg la despertó de un sueño ligero. En la tele estaban poniendo una reposición de *Urgencias*.

—Qué bien que estés en casa —murmuró Kate, buscándole a tientas la mano.

—He pasado a ver a Tina —respondió él—. Han tenido que intervenirla. Para rebajar la presión del cerebro. Le han sacado algo de líquido y le han raspado un poco de tejido muerto.

Kate se incorporó, alarmada.

—¿Está bien?

—Está luchando, Kate. —Greg se encaramó a la cama junto a ella, aún vestido—. Ya conoces a Tina... Alargará esto una eternidad sólo para hacernos sudar la gota gorda —dijo, tratando de parecer optimista—. Lo siento, cariño. Lo de Ben. Lo de tu familia. Siento no haber podido estar aquí contigo.

Kate asintió, con la angustia reflejada en el semblante.

—He visto las fotos, Greg. De lo que le pasó en Chicago a esa agente. Era horrible. No tienen ni idea de dónde está mi padre. Estaba pensando que si le hicieron eso a ella, ¿y si...?

—No te lo plantees, Kate. —La atrajo hacia sí y se acurrucó junto a ella—. Ni lo pienses. No puedes saberlo.

—Él no se iría sin más, Greg. No de esa forma. Puedes decir lo que quieras, pero él no desaparecía sin más.

—Ya lo sé... —respondió Greg, acariciándole el cabello con dulzura. Se quedaron tumbados un rato, Kate bien pegada a él. Entonces él se echó a reír.

—Bueno, ya he conocido a Ruiz.

Kate se esforzó por sonreír.

—Tú eras el que siempre decía que quería un edificio con portero.

Él le acarició la mejilla.

—Sé que tienes miedo, Kate. Ojalá pudiera llevarte conmigo a algún sitio. Ojalá pudiera resguardarte de todo esto. Protegerte.

—Como Superman —dijo Kate, estrechándolo entre sus brazos—. Superhombre...

Greg le levantó la barbilla con el dedo.

—Sé que lo estás pasando muy mal. Todo esto. Lo de Tina. Pero de una cosa puedes estar segura, bicho: yo no me iré. Estoy aquí, Kate. No me iré a ningún sitio. Te lo prometo.

Ella apoyó la cabeza en él y cerró los ojos. Por el momento, se sintió segura. Lejos de todo. Esa sensación era lo único a lo que podía aferrarse ahora mismo.

Asintió suavemente, apoyándose en él.

—Lo sé.

31

Sonó el teléfono. Kate abrió los ojos, medio dormida.

Ya era de día. Casi las once. Debía estar agotada. Nunca dormía hasta tan tarde. Greg ya se había ido. El teléfono volvió a sonar. Kate buscó a tientas el auricular.

—¿Diga?

—¿Kate? ¿Cari…?

La voz la sacudió como una descarga de pura adrenalina.

—¡Mamá! ¿Eres tú?

—Sí, soy yo. ¿Cómo estás, cariño? No me dejarán hablar mucho rato. Sólo quería que supieras que estamos bien.

—¡Oh, Dios mío, estaba tan preocupada, mamá! Sé lo de papá. Sé que ha desaparecido. Los del WITSEC han estado aquí.

—Me lo han dicho —respondió su madre—. No aparece desde el miércoles. Nadie sabe nada de él, Kate. No sabemos dónde está.

—Oh, Dios mío, mamá. —Kate cerró los ojos, volviendo por un momento a las horribles fotos de la noche anterior—. Mamá, no sé cuánto te habrán contado, pero Margaret Seymour está muerta. Cavetti estuvo aquí. Me enseñaron fotos de ella. Creen que fue la gente de Mercado, tratando de obtener información, puede que de papá. Era horroroso, mamá. La torturaron. Tenéis que extremar las precauciones. Puede que sepan dónde estáis.

—Estamos bien, Kate. Nos tienen bajo custodia las veinticuatro horas del día. Sólo que no hemos sabido nada de tu padre.

—¿Y ellos qué te dicen? —preguntó Kate, nerviosa, luchando contra el miedo de que su padre estuviera muerto de verdad.

—No me dicen nada, cariño. No sé qué pensar.

—A mí tampoco. ¿Cómo está Em? ¿Y Justin?

—Están bien, Kate —respondió su madre—. Intentamos mantener la normalidad dentro de lo posible. Esta semana Em tiene torneo. Le va bien. Y Justin es Justin. Ya mide más de metro ochenta.

—Dios mío, cómo me gustaría oírles la voz.

—No puede ser, Kate. Están aquí los del WITSEC. Dicen que tengo que colgar ya.

—Mamá... ha pasado algo más que tienes que saber. Algo malo. Han disparado a Tina O'Hearn.

—¡Oh, Dios mío! —exclamó entrecortadamente su madre—. ¿Disparado?

—En la calle, justo delante del laboratorio. La policía cree que es algo relacionado con bandas pero, mamá, yo no me lo creo. Esa noche ella cerraba por mí. Creo que pensaron que era yo.

—Kate, no te dejes ver mucho. Y deja que esa gente te proteja.

—Ya lo hacen, mamá, están aquí. Sólo que...

—¿Cómo está Tina, cariño? —preguntó Sharon—. ¿Está muerta?

—No, pero es grave. Está aguantando pero han tenido que operarla un par de veces. No saben lo que pasará, mamá. En serio que necesito veros.

—Ya me gustaría, Kate. De verdad. Hay cosas que ya llevo mucho tiempo guardándome y ahora debes saberlas. Pero, Kate...

Una voz masculina interrumpió la línea, indicándoles que debían colgar ya.

—¡Mamá!

—Kate, ten cuidado. Haz lo que te digan. Ahora me mandan colgar. Te quiero, mi vida.

Kate se levantó de un salto, sosteniendo el teléfono con las dos manos.

—¡Mamá! —Los ojos se le llenaron de lágrimas—. Diles a Justin y a Em que les quiero. Diles que les echo de menos. Que quiero veros pronto.

—Nosotros también te echamos de menos, Kate.

La línea se cortó. Kate se quedó allí sentada, con el auricular caído sobre el regazo. Por lo menos estaban a salvo. Ésa era la mejor noticia que podían darle.

Entonces se dio cuenta de algo. Algo importante. Algo que Sharon había dicho y que, ahora, al darle vueltas mentalmente, no parecía encajar.

Margaret Seymour. Cavetti había dicho que la habían asesinado a las afueras de Chicago. El jueves pasado. Para conseguir información.

El jueves...

Entonces, ¿podría haber utilizado el asesino lo que había averiguado para encontrar al padre de Kate? Ben había desaparecido la noche anterior.

32

—¿Está muerto mi padre, agente Cavetti? —preguntó Kate atravesando las puertas del despacho del agente del WITSEC, en el Javits Building de Federal Plaza, mientras lo miraba a los ojos sin pestañear.

Había dos personas más: Nardozzi, el letrado del Gobierno de facciones angulosas, y un hombre alto y medio calvo de cabello pelirrojo claro, que no se movió del rincón. Se lo presentaron como el agente especial Booth del FBI.

—No lo sabemos, Kate —respondió Cavetti, devolviéndole la mirada.

—Yo creo que sí. La semana pasada entraron en mi piso. Un pestillo de la puerta que nunca utilizamos estaba corrido. Al principio me preocupaba que alguien fuera a por mí. Pero luego, cuando empezó a pasar todo esto, se me ocurrió que... —Kate le lanzó una mirada acusadora—. ¿Tengo los teléfonos pinchados, agente Cavetti?

—Kate. —El hombre del WITSEC se levantó y rodeó la mesa hasta llegar a ella—. Ya sabe que la seguridad de nuestra agencia está comprometida. Una de nuestras agentes ha sido asesinada salvajemente. Alguien intentaba sonsacarle información. Sabemos que tenía que ver con el caso de su padre.

—Pero resulta que mi padre desapareció el miércoles... ¿no es así, agente Cavetti? —preguntó Kate—. A Margaret Seymour no la mataron hasta el día siguiente. Así que se lo vuelvo a preguntar: ¿está muerto mi padre?

—Señora Raab... —Nardozzi se aclaró la garganta.

—Herrera. —Kate lo miró con severidad—. Ustedes quisieron que me cambiara el nombre. Es Herrera.

—Señora Herrera —dijo el abogado poniéndose de pie—. Debería estar enterada de que actualmente hay más de cuatro mil quinientas personas al amparo del Programa de Protección de Testigos. Muchas de ellas son gente normal que lo único que quería era hacer lo correcto a pesar de las represalias. Denunciantes, testigos. Otras son personajes muy conocidos del crimen organizado. Gente que ha hecho caer a familias del crimen organizado, que ha ayudado a condenar a muchos. Nombres que, de divulgarse, se reconocerían muy fácilmente.

—Aún no ha contestado a mi pregunta —insistió Kate.

—Hay otros —el fiscal del Departamento de Justicia no respondió— con quien, en ocasiones, el Gobierno llega a acuerdos en privado, personas que nos han ayudado en varios frentes de investigación. La fiabilidad de esta protección —le indicó con la cabeza que se sentara—, en el sentido de ofrecer una vida segura a quienes se arriesgan a testificar, se ha convertido en el eje central del sistema judicial federal tal y como hoy lo conocemos. Por eso se han asestado buenos golpes al crimen organizado en las dos últimas décadas. Por eso se ha reducido considerablemente el narcotráfico a gran escala. También puede muy bien ser la razón por la que no han atacado este país desde el 11 de septiembre.

—¿Por qué me cuenta todo esto? —Kate se dejó caer en una silla enfrente de ellos.

—Porque, señora Herrera —se adelantó el agente del FBI—, su padre compró un teléfono móvil hace dos semanas, a nombre de su hermano. Justin, ¿verdad?

Sorprendida, Kate asintió, casi de forma automática.

—Al principio no hubo llamadas pero el jueves las cosas empezaron a cambiar. Fue el día después de que desapareciera su padre. Hubo una llamada a Chicago.

Kate sintió que veía un diminuto rayo de luz al final del túnel.

—El número al que se efectuó la llamada, señora Herrera —dijo el hombre del FBI arrojando una carpeta sobre la mesa, delante de ella—, era la línea segura de Margaret Seymour.

Kate pestañeó.

—No comprendo.

¿Qué trataban de decirle, que su padre estaba vivo?

—Kate, un hombre que coincide con la descripción de su padre embarcó en un vuelo la noche del miércoles, en una ciudad cuyo nombre no revelaremos, con destino a Minneapolis —dijo Phil Cavetti, mostrándole unas páginas—. El pasaje se compró a nombre de un tal Kenneth John Skinner, un corredor de seguros de Cranbury, Nueva Jersey, que hace dos años había denunciado el robo del permiso de conducir. Mostramos la foto de su padre a varias agencias de alquiler de vehículos del aeropuerto de Minneapolis. El mismo Kenneth John Skinner alquiló un coche en la oficina que Budget tiene allí, y el mismo hombre lo devolvió al cabo de dos días. Según sus registros, el cuentakilómetros marcaba mil trescientos kilómetros.

—Vale… —Kate asintió, sin saber muy bien cómo sentirse.

—Si hace números, seguro que verá que mil trescientos kilómetros es más o menos la distancia de ida y vuelta entre Minneapolis y Chicago.

Kate lo miró fijamente. Por un instante, la invadió un chispazo de alegría. ¡Le estaban diciendo que su padre estaba vivo!

Sin embargo, el silencio sepulcral de ellos dio al traste con ese instante.

—En el sistema GPS del coche constaban las consultas que se habían realizado, Kate. Estaba programado para ir al polígono de Barrow, en Schaumburg, Illinois, a pocos kilómetros del centro.

—Bien… —A Kate ya le empezaba a latir más rápido el corazón.

Cavetti le puso una foto delante. Una de las fotos de la escena del crimen de Margaret Seymour.

—A Margaret Seymour la asesinaron en un almacén vacío del polígono de Barrow, Kate.

A Kate se le paró el corazón. De pronto, vio claro lo que tenían en mente.

—¡No!

—Ya sabe que su padre desapareció el día antes de que mataran a la agente Seymour. Creemos que la agente Seymour iba a reunirse con su padre.

—¡No! —Kate sacudió la cabeza. Cogió la foto de Margaret Seymour. Sintió náuseas—. ¿Qué están diciendo? —Empezó a notar que le fallaban las piernas.

—Ese permiso de conducir lo robaron hace dos años, Kate. Se habían emitido tarjetas de crédito con el mismo nombre. Dese cuenta de que quienquiera que lo hiciera llevaba mucho tiempo planeándolo.

—¡Esto es un disparate! —Kate se levantó, fulminándolos con la mirada.

Ellos no creían que hubieran matado a Margaret Seymour para averiguar dónde estaba su padre. Lo que creían era que él, el padre de Kate, la había matado. Que había asesinado a su propia agente.

—Así que la respuesta a su pregunta —Phil Cavetti se recostó en el respaldo— sobre si su padre está vivo o muerto, es, por desgracia, algo más complicada.

33

—¡No! —Kate levantó la voz, sacudiendo la cabeza, incrédula—. ¡Se equivocan! Independientemente de lo que haya hecho, mi padre no es ningún asesino. —Sus ojos se clavaron en la horrible foto del crimen. La imagen del rostro inexpresivo de Margaret Seymour casi le dio arcadas.

—Fue allí a reunirse con él, Kate —dijo Cavetti—. Se escapó de su familia. Eso lo sabemos.

—¡Me da igual! —Se puso roja de frustración—. Era imposible. Demasiado horrible hasta para planteárselo—. Ustedes arrastraron a mi padre a una condena. Le arrebataron su vida. Ni siquiera tienen pruebas de que siga con vida.

Cogió la carpeta. De buena gana la hubiera estrellado contra la pared. La cabeza le daba vueltas. Trató de centrarse en los hechos.

Alguien había comprado un móvil a nombre de su hermano. Eso no podía negarlo. Alguien había embarcado en un avión rumbo a Minneapolis la misma noche en que su padre desapareció. Alguien había hecho esa llamada a Margaret Seymour. Y había alquilado un coche. El GPS llevaba al lugar del asesinato. La nota que había garabateado Margaret Seymour.

MIDAS.

¿Por qué...?

—¿Por qué iba a querer matarla? —gritó Kate—. ¿Qué razón podía tener para matar a la única persona que trataba de mantenerlo a salvo?

—Puede que supiera algo que no quisiera que ella revelara —respondió Booth, el hombre del FBI, encogiéndose de hombros—. O que estuviera tratando de impedir que saliera a la luz algo que ella había descubierto.

—Pero usted lo sabría. —Se volvió hacia Cavetti—. Usted era el superior de Margaret Seymour. Constaría en su expediente. ¡Joder, que estamos hablando de mi padre!

—Fuera lo que fuera, sabemos que se reunió con ella, Kate.

—El agente del WITSEC se limitó a mirarla—. En cuanto al resto… ate cabos usted misma.

Kate se dejó caer en la silla de nuevo.

—Puede que haya hecho alguna que otra estupidez que le haga parecer malo. No sé por qué habrá tratado de contactar con Margaret Seymour. Puede que alguien lo persiguiera. Puede que fuera ella quien contactara con él. Pero esas fotos… —Sacudió la cabeza con los ojos desorbitados, horrorizada—. Lo que hicieron… Eso no es cosa de mi padre. No es ningún asesino. ¡Usted lo conoce, agente Cavetti! ¿Cómo puede pensar que fuera él!

De pronto, Kate cayó en la cuenta de algo que la indignó.

El pestillo. De su piso.

Volvió a mirar a Cavetti.

—Por eso no me advirtieron, ¿verdad? Cuando dispararon a Tina. Fueron ustedes los que entraron en el piso. Me estaban utilizando para encontrar a mi padre. Querían saber si se había puesto en contacto conmigo.

Cavetti la miró sin disculparse.

—Kate, no tiene ni idea de lo que está en juego en este caso.

—¡Pues dígamelo, agente Cavetti! —Kate volvió a levantarse—. Dígame lo que está en juego y yo le daré mi versión. Mi padre podría estar muerto. O, aún peor —señaló la foto—, podría haber hecho eso. Y tengo a una amiga debatiéndose entre la vida y la muerte con una bala en el cerebro que puede que fuera para mí.

»Eso es lo que yo me juego, agente Cavetti. ¡Sea lo que sea lo que ustedes se juegan, espero que sea algo por lo que valga la pena pasar por todo eso!

Kate agarró el bolso y fue hacia la puerta.

—Su padre tratará de contactar con usted, señora Herrera

—dijo el hombre del FBI—. Se lanzará un aviso de personas desaparecidas, pero tenga presente que hay mucho más que eso.

—He visto las fotos, agente Cavetti. —Kate sacudió la cabeza, enfadada—. Y no es cosa suya. No es cosa de mi padre, por muchos cabos que se aten. Testificó para ustedes. Fue a la cárcel. Se supone que es usted quien debería protegernos; pues protéjanos, agente Cavetti. Si tan seguro está de que mi padre está vivo... ¡encuéntrelo!

»Encuéntrenlo. —Kate abrió la puerta—. O les prometo que lo haré yo.

34

Palada...

Kate se inclinó hacia delante, dándose impulso con las piernas.

Palada... Cada cinco latidos. A un ritmo perfectamente sincronizado. Con los músculos en tensión.

Y luego deslizarse...

El bote de competición Peinert X25 se deslizaba con elegancia y a toda velocidad por las aguas del río Harlem. El sol de primera hora de la mañana brillaba en los bloques de pisos de la orilla. Kate mantenía los remos en posición, deslizándose hacia delante, para luego volver a la posición inicial, una y otra vez. Su palada era fluida y compacta.

Rema...

Estaba desahogándose con el río, descargando toda su indignación. Sus dudas. Dos veces por semana, como un reloj, remaba antes de ir al trabajo. Hiciera frío o lloviese. Pasando bajo los puentes del ferrocarril, más allá de Baker Field, hasta el río Hudson. Más de tres kilómetros. Tenía que hacerlo para combatir la diabetes, pero ese día lo necesitaba para poder estar tranquila.

Palada...

Kate se centró en el ritmo. Al estilo zen: dos respiraciones por palada. Con el corazón a 130. Con el agua salpicándole el rostro.

Con la camiseta de neopreno bien pegada al cuerpo se volvió a mirar la estela que iba dejando, como huellas de esquíes perfectamente marcadas en la nieve.

Palada...

No los creía. A los agentes del WITSEC. ¿Cómo iba a creerlos? Ni siquiera podían demostrar si su padre estaba vivo o muerto.

Había crecido con él. Él le había dado su amor… fuera lo que fuera lo que había hecho. Siempre iba a verla remar. Siempre la animaba. La ayudó a superar su enfermedad. Le enseñó a luchar.

En alguien tenía que creer, ¿no?

Los del WITSEC estaban ocultando algo. En pocas palabras, la habían utilizado… para llegar hasta él. «No sabes lo que está en juego en este caso.»

El dolor del pecho se volvió más intenso. Sí que lo sé.

Kate llegó hasta los acantilados del otro lado de Baker Field, a algo más de kilómetro y medio. Entonces dio media vuelta y aceleró el ritmo mientras avanzaba a contracorriente.

Ahora cada cuatro latidos.

Su madre también sabía algo, pensó Kate. «Hay cosas que ya llevo mucho tiempo guardándome y ahora debes saberlas.»

¿El qué? ¿Qué trataba de decirle?

No era justo que Kate tuviera que estar separada de ellos: Sharon, Justin y Em. No era justo que tuvieran que pasar por esto sin ella.

En el río también había dos equipos de la universidad de Columbia entrenando. El embarcadero de Peter Jay Sharp, donde guardaba su bote, estaba a poca distancia.

Kate se aplicó al máximo en los últimos doscientos metros.

Aumentó la velocidad hasta alcanzar el ritmo que tenía en la universidad, con los muslos impulsando la marcha y el cuerpo balanceándose hacia delante y hacia atrás en el interior del bote. Entonces la embarcación comenzó a deslizarse cortando limpia y uniformemente la superficie del agua con la quilla.

Más deprisa.

Aumentó hasta cada tres latidos, moviendo piernas y brazos al unísono de modo impecable.

Kate sintió que los músculos de la espalda se le tensaban, que su pulso ascendía y el fuego le ardía en los pulmones.

En los últimos cincuenta metros, emprendió un *sprint* total. Kate miró a su espalda… ya tenía delante el cobertizo del embarcadero. Palada, palada… Kate hizo una mueca, le ardían tanto los pulmones que parecían estar a punto de estallarle.

Finalmente, bajó el ritmo… la elegante embarcación se deslizó por la imaginaria línea de meta. Kate soltó los remos y se llevó las rodillas al pecho con un gesto de dolor. Se subió las Oakleys hasta la frente y dejó caer la cabeza sobre los brazos.

¿Pero qué clase de bestia se han creído que es?

Volvió mentalmente a la imagen de esas horribles fotos de la escena del crimen. Esa pobre mujer golpeada y asesinada. ¿Qué podía saber ella que hubiera llevado a su padre a hacerle eso? ¿Qué razón podía tener? Era un disparate… Tanto daban los hechos.

De repente empezó a asustarse. Toda su vida la asustaba.

Kate subió los remos y dejó que el bote llegara solo hasta el cobertizo del embarcadero. Había vuelto la voz… la voz en su interior que con tanta vehemencia había defendido a su padre hacía apenas un día.

Sólo que esta vez le decía algo distinto. Una duda que no lograba disipar.

¿Quién diablos eres, papá?

¿Quién?

El hombre que la vigilaba estaba de pie en la orilla. Se había subido al capó del coche, con los prismáticos apuntando al río. Tenía la mirada fija en la muchacha.

La había seguido muchas veces… la había visto sacar la embarcación de rayas azules en medio de la neblina de las primeras horas de la mañana. Siempre a la misma hora. A las siete. Los miércoles y los sábados. La misma ruta. Lloviera o tronara.

No te pases de lista, chica. Masticó una bola de hojas de tabaco que tenía en el carrillo. El río puede ser peligroso.

Y a una chica guapa como tú pueden pasarle cosas malas ahí fuera.

Es fuerte, pensó el vigilante, impresionado. En cierto modo la admiraba. Siempre se esforzaba mucho. Le gustaba cuando recorría los últimos metros hasta el final como una campeona. Le ponía ganas. El vigilante rió para sus adentros. Machacaría casi a cualquier tío.

La observó detenerse en el embarcadero, guardar los remos y subir la esbelta embarcación al pantalán. Se sacudió el sudor y la sal del cabello.

Es bonita. En cierto modo, confiaba en no tener que hacerle nunca nada ni causarle daño. Le gustaba observarla. Tiró los prismáticos al asiento del Escalade, junto a la TEC-9.

Pero si tenía que hacerlo, qué lástima… Se metió dentro de la camisa una gran cruz de oro colgada de una cadena.

Ella debería saberlo más que nadie. El río es un lugar peligroso.

35

Esa noche Kate se quedó en casa. Durante una temporada Greg tenía turno de urgencias hasta tarde. Le había prometido que cambiaría el horario para poder estar con ella por la noche. Era cuando Kate se sentía más sola.

Se esforzó por llenar el tiempo trabajando en la tesis, *El* Trypanosoma cruzi *y las estrategias moleculares de los patógenos intercelulares que interactúan con sus células huésped.* Los tripanosomas eran parásitos que bloqueaban la fusión de lisosomas en la membrana plasmática que contribuía a la reparación celular. Kate sabía que resultaba muy denso, e ilegible… si no eras una de las catorce personas en el mundo a quienes les chiflaba la exocitosis lisosómica.

Pero esa noche Kate no estaba por la labor. Se subió las gafas hasta la frente y apagó el ordenador.

Las dudas sobre su padre no dejaban de asediarla. Qué creer. En quién confiar. ¿Estaba vivo o muerto? Era el hombre con quien había vivido toda su vida… a quien respetaba y adoraba, que la había educado, le había inculcado sus valores, que nunca le fallaba. Ahora no tenía ni idea de quién era ese hombre.

Le vino algo a la cabeza. Kate se levantó y fue hacia el armario de estilo irlandés que habían comprado en un rastro y donde ahora tenían la tele. Se arrodilló y abrió el cajón de abajo. Muy al fondo, debajo de una vieja sudadera de Brown y un montón de manuales y revistas, encontró lo que ella misma había sepultado allí.

El sobre con fotos y recuerdos que había encontrado en el tocador de sus padres hacía más de un año.

Kate nunca había reunido el valor suficiente para mirarlo.

Cerró el cajón y se llevó el sobre al sofá, acurrucándose entre los cojines. Vació el contenido encima del viejo baúl que utilizaban como mesa de centro.

Eran un montón de cosas que nunca había visto. Las cosas de su padre. Algunas instantáneas de él y Sharon cuando iban a la universidad: de finales de los sesenta, con melenas a lo loco y tal. Un par de certificados gemológicos. El programa de su ceremonia de graduación, en 1969.

Y otras cosas que se remontaban mucho más atrás en el tiempo. Kate nunca había visto nada de aquello.

Cartas a su madre, Rosa, escritas con letra de principiante, apenas legible. Del campamento de verano. De los primeros viajes. Kate se dio cuenta de que no sabía gran cosa del pasado de su padre. Sus primeros años siempre habían sido difusos.

Su madre había llegado de España. Kate no sabía casi nada de su abuelo. Había muerto en España cuando Ben era pequeño. Por un accidente de coche o algo así. En Sevilla. Allí había una gran comunidad judía.

Kate sacó del montón una fotografía en blanco y negro muy manoseada de una mujer guapa con sombrero elegante, de pie, cogida del brazo de un hombre menudo con un sombrero de fieltro, delante de una cafetería. En España tal vez.

Estaba segura de estar viendo a su abuelo.

Kate sonrió. Rosa era guapa. Morena, de aspecto europeo y altivo. Todo cuanto Kate sabía de ella era que le encantaban la música y el arte.

Y encontró más fotografías. Una era de Rosa a caballo en el campo, con una chaqueta de montar anticuada y botas, y el cabello recogido en trenzas. Y otra, en un tranvía, en una ciudad que Kate no reconoció, con un bebé en brazos que identificó como su padre. Vio los rasgos familiares en su rostro de niño. Los rasgos de ella... Casi se le saltaron las lágrimas, lágrimas de alegría. ¿Por qué las habían escondido? Eran fascinantes. Le estaban descubriendo la historia de una familia, una familia que nunca había conocido.

Kate miró de cerca el rostro aún no plenamente definido del hombre que la había criado. ¿Qué costaba menos de aceptar —se preguntó a sí misma—, que estuviera muerto por ahí, asesinado por traición, o que estuviera vivo, ocultándose por ahí, tras abandonar a su familia y habiendo cometido ese horrible crimen?

Kate hizo un montón con las fotos y las viejas cartas. Fuera, había un agente del Gobierno en un coche sin matrícula, protegiéndola. A lo mejor Ben había ido a reunirse con Margaret Seymour. A lo mejor tenía que hablarle de algo. Pero no la había matado. Kate conocía a su padre. Le bastaba con mirar esas fotos para vérselo en la cara.

Estaba segura.

Kate empezó a meterlo todo otra vez en el sobre y, al hacerlo, cayó una de las últimas fotos del montón.

Era una instantánea pequeña y descolorida de su padre cuando era joven. Parecía hecha con una vieja Kodak. Rodeaba con el brazo a otro hombre unos años mayor que él y que Kate no reconoció. No pudo sino reparar en lo mucho que se parecían.

Estaban de pie delante de una gran puerta de madera. Parecía la entrada a una quinta, o tal vez a una vieja estancia, a un rancho, con montañas al fondo. Detrás había una cosa escrita: *Cármenes, 1967.* Entonces debía tener unos dieciocho años.

Cármenes... ¿Dónde estaba eso? ¿En España?

Kate volvió a poner la foto boca arriba. Al fondo, sobre la puerta, había escrito un nombre. Trató de descifrarlo... eran letras de madera, algo oscurecidas, difíciles de leer. Se la acercó más y entornó los ojos.

Se le heló la sangre.

Volvió a fijarse, esforzándose por leer el nombre casi ilegible. No puede ser... Corrió al escritorio donde tenían una lupa. Abrió el cajón de arriba. Cogió la lupa y despejó el escritorio, ahora ya, con el corazón acelerado. Apoyó la lupa en la foto y miró fijamente.

No a los dos hombres que había en primer plano, sino por encima de ellos, sin aliento, completamente incrédula.

Al nombre que había en la puerta.

Le entraron ganas de vomitar. Sintió que le temblaba cada hueso del cuerpo. Miró de cerca el rostro juvenil de su padre... el hombre que un día habría de criarla. En ese momento se dio cuenta de que no sabía quién era. Nunca lo había sabido. Ni de lo que era capaz. Ni lo que podía haber hecho.

El nombre que aparecía en la puerta, por encima de la cabeza de su padre, era «MERCADO».

36

Aun habiendo oscurecido, el hombre que iba al volante se dio cuenta de que el paisaje cambiaba. Ya había dejado muy atrás las praderas de Indiana y Ohio. La interestatal recorría los valles, cada vez más profundos, del paisaje de colinas de Pensylvania en dirección al este.

Sólo unas horas más…

El conductor puso la radio para combatir la fatiga. Llevaba tantas horas conduciendo que había perdido la cuenta. Recorrió con el dial los programas de entrevistas nocturnos y las emisoras de música country hasta encontrar una de viejos éxitos que le gustara. Sonaba *Have you ever seen the rain?* de Creedence Clearwater Revival.

A Benjamin Raab le escocían los ojos.

Ahora se llamaba Geller. Era el nombre con que vivía desde hacía un año.

¿O era Skinner, el que ponía en su carné de conducir? Tanto daba. Eran nombres que nunca recuperaría. En el trabajo, Raab siempre se jactaba de que la capacidad de preparación era uno de sus puntos fuertes.

Y llevaba mucho tiempo preparándose para lo que ahora estaba haciendo.

Raab vio su rostro fugazmente en el espejo retrovisor. Sus ojos habían perdido la ternura y la luz de los últimos veinte años. Su sonrisa… no sabía ni tan siquiera si se acordaba de cómo sonreír. Ahora todo eso pertenecía al pasado, estaba enterrado en las arrugas de su viejo rostro.

Su antigua vida.

Era consciente de que había hecho cosas que ellos nunca entenderían. Había actuado llevado por una parte de sí mismo que nunca había compartido con ellos. Lo desagradable… también formaba parte de todo aquello. "Aquello" se había llevado cuanto tenía. Pensó en el daño que les había hecho a todos. Todas las falsedades que había tenido que llevar a cuestas. Le dolían. Le dolían, hasta que se obligó a olvidar. A enterrarlo en el pasado. Aun ahora le dolían.

Pero bueno, el pasado nunca moría, ¿no?

Raab recordaba a Kate cogiéndole la mano aquella noche, después de que todo se destapara: «Sólo quiero saber si la persona que ha entrado esta noche por esa puerta es la misma que he conocido toda mi vida».

Y cómo él la había mirado y había respondido: «Soy el mismo hombre».

Soy el mismo hombre.

Un Chevy Blazer con matrícula de Pensilvania lo adelantó a gran velocidad. Le recordó aquello a lo que solía jugar su familia cuando emprendía largos viajes.

«¡Veo una P!» El Keystone State, el «estado clave» como solía llamarse a Pensilvania. Casi oía a Justin gritar desde el asiento trasero: «¡Ahí hay una N!»

Y a Emily responder: «Nueva Hampshire. ¡"Libertad o muerte"!»

Una sonrisa asomó a los labios de Raab. Recordó a Justin y Em peleándose, como púgiles en el ring, hasta que quedaba claro que Justin se había aprendido de memoria los cincuenta estados y Em lo acusaba de hacer trampas y ponía los ojos en blanco diciendo que, de todos modos, era una bobada de juego para críos…

Lo invadió una sensación de absoluta soledad y aislamiento. Los echaba a todos mucho de menos. Pero aun así, no dudaría. Haría lo que tenía que hacer. Tal vez algún día lo entenderían.

Tal vez incluso lo perdonarían. No había sido quien creían que era, pero nunca había mentido.

La familia— les había dicho una y otra vez—, lo que cuenta es siempre la familia.

Raab se puso tras un camión, en el carril de la izquierda. Una I. Illinois.

¡La tierra de Lincoln!, casi se oyó gritar.

La sangre se limpiaba con sangre, pensó. Ése era el código. La ley que regía su vida. Ése era él. Había acciones que debían enmendarse. No pararía hasta que estuviera hecho.

La cacería no había hecho más que empezar.

La familia seguía siendo lo que contaba.

37

Al día siguiente, Kate apenas pudo trabajar.

Se esforzó lo indecible por apartarlo de su mente: el torrente de preguntas suscitado por la foto de su padre que había descubierto la noche anterior. Miró por el microscopio y anotó el ritmo al que se dividían las células madre, la citosis fagocítica de Tristán e Isolda. No obstante, lo único que veía era el rostro de su padre delante de aquella puerta, ese nombre escalofriante.

Ahora Kate entendía que buena parte de su vida había sido una enorme mentira.

Tras mirar la foto, Kate había buscado en Internet la ciudad de Cármenes. No estaba en España, como creía. Estaba en Colombia. Colombia. De donde eran los Mercado.

En ese instante, todo en la vida de Kate había cambiado. Quería creer en él, pensar en él tal y como era antes. Sin embargo, por segunda vez, vio en su padre a alguien distinto de la persona que siempre creyó conocer. No a una víctima, sino a alguien con un pasado… un pasado que nada tenía que ver con el suyo, con un secreto terrible e importante que ocultar. Un secreto que lo cambiaba todo. Y le daba miedo. La aterraba.

Le habían destrozado la vida a su familia, habían disparado a su mejor amiga. Había muerto gente por proteger esa mentira.

¿Qué haces tú delante de ese rótulo, papá?

¿Lo sabían los agentes del WITSEC? ¿Lo sabía su madre? ¿Todos estos años? ¿Era todo mentira, cada historia de su pasado, su trabajo, el juicio? ¿Cada vez que la estrechaba entre sus brazos?

Recordó la voz de su madre: «Hay cosas que ya llevo mucho tiempo guardándome y ahora debes saberlas»…

¿Qué cosas? Kate se apartó del microscopio y se levantó. ¿Qué intentabas decirme, mamá?

La noche anterior, cuando Greg llegó por fin a casa, enseguida se dio cuenta de que algo ocurría.

Kate estaba hojeando un montón de viejos correos electrónicos y cartas que había recibido ese año de su madre y de sus hermanos. Necesitaba sentirse cerca de ellos. Mamá había dejado a Emily ir sola a un concierto por primera vez. Third Eye Blind, el grupo favorito de Em. Kate casi podía sentir la emoción de su hermana, habría estado como en el séptimo cielo...

—¿Qué pasa, Kate?

Kate le pasó la foto de su padre que había encontrado.

Al principio él no pareció sorprendido. Ni siquiera enfadado. Al fijarse en las letras que había por encima de la cabeza de Ben, abrió mucho los ojos.

—No lo entiendo... Tiene que haber una razón, Kate. —Su rostro adquirió una expresión perpleja.

—¿Qué razón, Greg? ¿Qué clase de razón quieres que haya? Que es un mentiroso. Que se ha pasado la vida ocultándonos algo. Que sí está relacionado con esa gente espantosa. ¿Cómo puede ser, Greg? Que sí hizo esas cosas horribles...

»Lo siento —dijo Kate—. Ya no puedo huir más de esto. Tengo que saberlo.

—¿Que tienes que saber el qué, Kate? —Greg dejó la foto y se sentó delante de ella en la mesa—. ¿Que tu padre no era quien te imaginabas?

»Ahora ésta es nuestra vida... no la suya. No sé lo que ha hecho, pero lo que sí sé es que no lo averiguarás mirando por un microscopio. Es peligroso, Kate. Esa gente de ahí fuera... nos hace falta. No puedo ni imaginarme si te ocurriera a ti lo que le ha pasado a Tina.

«Greg tiene razón», pensó Kate ahora recorriendo el laboratorio con mirada extraviada. «La respuesta no está bajo un microscopio.»

Era real y daba miedo, y Kate no sabía por dónde emprender la búsqueda, ni lo que encontraría cuando la emprendiera. Ni tan sólo en quién confiar.

Pero tenía que saberlo. La foto lo cambiaba todo.

Porque el nombre de la puerta que tanto le repugnaba —Mercado— significaba que ya no sólo tenía que ver con su padre. El nombre que había en esa puerta también tenía que ver con ella.

Con cada recuerdo, con cada cosa que había tocado. Cada momento de su vida en que había reído.

Los agentes del WITSEC no le permitirían ver a su familia. Tenía que encontrar otro modo de hacerlo.

Greg estaba en lo cierto, la respuesta no estaba bajo una lente.

Estaba ahí fuera. Y Kate intuía donde.

38

En el dormitorio de su casa blanca de madera, Sharon empezó a escribir las palabras en el ordenador. «Kate»...

Había como mil cosas que quería explicarle.

«Primero, quiero decirte lo mucho que te echo de menos y te quiero... y lo mucho que me entristece haberte puesto en peligro. Pero hay cosas, cosas que casi hasta yo misma había olvidado, que tengo que contarte. Es lo que pasa con el tiempo, ya sabes. Con el tiempo y la esperanza. La esperanza de que lo pasado pasado está —lo cual nunca es cierto—, y de que la persona en la que te convertirás es distinta de la persona que eres ahora.»

Un viento frío soplaba en la bahía haciendo vibrar la ventana.

«Es tarde. Justin y Em están durmiendo. A esta hora de la noche, Kate, siento como si estuviéramos solas tú y yo.»

En el piso de abajo, una agente se quedaba despierta toda la noche. Sus teléfonos llevaban localizador. Siempre había un coche al otro lado de la calle.

«Los niños lo llevan bien, supongo. Echan de menos a su padre. Echan de menos muchas cosas. Su vida. A ti. Son jóvenes y están confundidos. Es muy normal que lo estén. Y estoy segura de que tú también te sientes así.»

»Tu padre podría estar muerto... o no, no lo sé. Pero estoy segura de que no volveré a verlo. Haya hecho lo que haya hecho, no lo juzgues con demasiada dureza. Te quiere. Siempre te ha querido. Os quiere a todos. Ha intentado protegeros, todos estos años. Cuesta mucho guardar secretos. Te agujerean las paredes del alma. Olvidar es mucho más fácil.

»Así que voy a decírtelo, Kate... ahora.

Sharon escribió. Lo escribió todo, las cosas que se sentía obligada a decir. El significado del colgante que le había dejado a Kate. Todo cuanto Kate debía saber. Sobre su padre.

Hasta le contó dónde vivían.

Quería decir tantas cosas... «Que les zurzan... ven, Kate, ven. Te echamos muchísimo de menos. Tenemos que estar juntos. Me importan un comino las dichosas reglas. Encuéntranos, cariño. Ven. Tienes que saber la verdad»...

De su interior surgió todo, desbordándose como un torrente: «Lo siento, Kate. Haberlo mantenido en secreto. Que tengas que estar asustada. Lo de Tina. Tener a nuestra familia separada».

Volvía a sentirse como una verdadera madre, por primera vez en un año.

De repente, una luz brilló fugazmente en la ventana. Siempre la asustaba. Miró el reloj y supo que era la hora.

El vehículo gubernamental se detuvo al final del largo camino que llevaba a la casa. Como cada noche. Oyó abrirse la portezuela del conductor, salir al agente, decirle algo ininteligible al compañero. El cambio de guardia.

Sharon miró fijamente la pantalla. Leyó todo lo que había escrito. Puso el dedo sobre el icono «Enviar».

Entonces dudó.

«Vive tu vida», le había dicho a su hija. Y lo decía de corazón. Vive tu vida. No tienes por qué saberlo. Ahí fuera hay esperanza.

Sharon cerró los ojos, como tantas otras veces, ante el mismo mensaje que había escrito tantas otras noches. Sabía que Kate nunca llegaría a leerlo.

Sabía que no debía implicarla.

—Vive tu vida —volvió a susurrar, en voz alta.

Y pulsó «Borrar».

La carta desapareció. Sharon se quedó sentada frente a una

pantalla en blanco. Escribió tres palabras más para luego dejar caer la frente sobre la mesa, secándose una lágrima de la mejilla.

Las mismas palabras que escribía cada noche antes de acostarse.

«Te quiero, mamá.»

39

Nunca quedó del todo claro quién había denunciado al padre de Kate al FBI, cómo él mismo había admitido su culpabilidad y cómo tenían su voz grabada, nunca pareció que de verdad importara. Se declaró culpable; declaró contra su amigo; fue a la cárcel. El FBI nunca había divulgado la identidad del informante… ni siquiera a lo largo del juicio.

Todas las transcripciones estaban a disposición del público. Kate no había ido nunca al juzgado ni había leído las actas. Nunca había querido ver a su padre así. Pero ahora sí. Bastaba con ingeniárselas para que el secretario judicial se las dejara, y mostrarse prudente con todo el mundo sobre sus motivos para quererlas consultar.

Al cabo de pocos días, le dejaron el mensaje en el contestador automático. «El señor Kipstein me ha pedido que te llamara, Kate. Ya ha llegado lo que buscabas.»

Kate se dirigió al despacho del abogado, en un alto edificio de cristal en la esquina de la Cincuenta y cinco con Park. La secretaria la acompañó hasta un gran despacho donde varias pesadas carpetas negras descansaban sobre la elegante mesa de reuniones.

—Ponte cómoda, Kate —le dijo Alice—. Aquí hay agua. Si necesitas algo, sólo tienes que llamarme. El señor Kipstein está en una conferencia. Espero que no tarde.

Cerró la puerta.

Kate se dejó caer en una silla de piel y cogió el primer volumen encuadernado. Estaba lleno de documentos legales presentados ante el tribunal: declaraciones, formularios de pruebas, acuerdos de testigos. Kate ni sabía lo que buscaba. De pronto, su idea le pareció algo estúpida y abrumadora. Sólo rezaba por que allí hubiera algo.

Empezó con las exposiciones de apertura. La inquietaba ver las pruebas acumuladas contra su padre, leer que era responsable de conspiración y de graves delitos. Que se declarara culpable, que confesara sus delitos, que incriminara a su amigo.

Pasó al apartado de la Tercera Carpeta donde él era interrogado. El fiscal explicó al tribunal cómo había conspirado abiertamente para infringir la ley. Que había aceptado sobornos, mordidas. Que los había pasado a su amigo Harold Kornreich. Que siempre había sabido con quién trataba. Durante las repreguntas, el abogado defensor hizo cuanto pudo por desacreditarlo.

ABOGADO: Ha mentido sobre su implicación a prácticamente todo el mundo, ¿verdad, señor Raab?

RAAB: Sí.

ABOGADO: Mintió al FBI cuando lo detuvieron. Mintió al Departamento de Justicia. Mintió a sus empleados. Hasta mintió a su propia mujer e hijos, ¿no es así, señor Raab?

RAAB: Sí.

ABOGADO: Hable más alto.

RAAB: Sí.

A Kate se le puso el corazón en un puño. Toda esa farsa… ¡Hasta ahora nos miente!

Dolía leerlo. Verlo fingir arrepentimiento y a la vez traicionar a su amigo. Tal vez no hubiera hecho bien en venir. Kate hojeó las páginas, leyendo su testimonio. Ni siquiera sabía qué coño andaba buscando.

Entonces algo captó su atención.

Uno de los testigos del Gobierno. Su nombre no aparecía, pero los dos letrados se referían a él con un seudónimo: Smith. Decía que trabajaba para Beecham Trading. Beecham era el nombre de la calle donde vivían antes.

Era la empresa de su padre.

A Kate empezó a acelerársele el pulso cuando volvió a inclinarse sobre la carpeta encuadernada en negro con renovado interés. El siguiente en hablar fue Nardozzi, el fiscal del Estado.

NARDOZZI: ¿Qué trabajo desempeñaba en Beecham, señor Smith?

TESTIGO: Llevaba la contabilidad diaria. Los gastos en efectivo, los acuerdos comerciales.

Kate abrió los ojos como platos. Oh, Dios mío.

¡Se dio cuenta de quién era!

NARDOZZI: En el desempeño de su trabajo, ¿gestionó pagos de Paz Enterprises?

TESTIGO: Sí, señor Nardozzi. Era uno de nuestros principales clientes.

NARDOZZI: ¿E ingresos procedentes de Argot Manufacturing?

TESTIGO: [Asiente] También, señor. Ingresos también.

NARDOZZI: ¿Y sospechó en algún momento de esos ingresos de Argot?

TESTIGO: Sí, señor. Argot era fabricante. Paz le trasladaba su producto directamente, así que había mucho movimiento. Lo comenté ampliamente con el señor Raab. Varias veces. Las facturas… es que no parecían legales.

NARDOZZI: Cuando dice que no parecían legales, quiere decir que tenían un porcentaje de comisión más elevado de lo normal.

TESTIGO: [En voz baja] Sí, señor Nardozzi. Eso… y que todas

correspondían a artículos corrientes pero que se enviaban al extranjero.

NARDOZZI: ¿Al extranjero?

TESTIGO: Las Islas Caimán, Trinidad, México. Pero yo sabía que no acababan ahí. Hablé de ello con Ben. Varias veces durante estos años. Él siempre me daba largas diciendo que sólo era una cuenta diferente con la que se facturaba de otro modo. Pero yo sabía adónde iban. Conocía a la gente con la que tratábamos y el tipo de dinero que entraba. Por muy contable que sea, señor Nardozzi [ríe], tonto no soy.

NARDOZZI: ¿Y qué hizo, señor Smith, con las preguntas que tenía? ¿Después de, como dice, hablar varias veces con su jefe y que él siempre lo disuadiera?

Kate leyó la respuesta. Se apartó de la transcripción. Un escalofrio la recorrió de arriba abajo.

TESTIGO: [Pausa larga] Contacté con el FBI.

40

Kate dio un paso adelante, sorprendiendo al hombre fornido al salir del edificio de oficinas de la calle Treinta y tres.

—¿Howard?

Howard Kurtzman había trabajado veinte años para su padre. No le costó encontrarlo. La antigua secretaria de su padre, Betsy, sabía la dirección de la empresa de juguetería donde trabajaba ahora. El contable siempre había sido hombre de costumbres arraigadas. Cada día salía a comer a las doce en punto.

—¿Kate? —Sus ojos la miraron, nerviosos—. Caray, Kate, cuánto tiempo. ¿Cómo te ha ido?

Kate siempre le había tenido cariño. De pequeña, él era siempre el tipo que llevaba el día a día de la oficina. De esos que siempre parecían el alma del lugar. Era Howard quien siempre enviaba a Kate sus cheques con la asignación mensual cuando iba a la universidad. Una vez hasta la encubrió, cuando ella superó el límite de su tarjeta de crédito en Italia y no quería que su padre se enterara. Howard aún pesaba más de la cuenta, se le había caído algo el pelo de la coronilla y hablaba resollando un poco. Aún llevaba las mismas deportivas gruesas con plantillas especiales y la misma corbata ancha pasada de moda. Siempre se refería a Kate como «La hija número 1 del jefe».

—Enhorabuena —dijo, ajustándose las gafas—. Me han dicho que te casaste, Kate.

—Gracias. —Lo miró. Había algo en la situación que a Kate se le antojaba ligeramente triste.

—¿Es casualidad o qué? —trató de reír el contable—. Me temo que el antiguo talonario no da para más.

—Howard, he leído las transcripciones. —Kate dio un paso adelante.

—Las transcripciones... —Se rascó la cabeza, incómodo—. Caray, Kate, ya ha pasado un año entero. ¿Ahora?

—Howard, sé que fuiste tú —respondió Kate—. Sé que eres quien lo denunció.

—Te equivocas. —Negó con la cabeza—. El FBI me citó a declarar.

—Howard, por favor... —Kate puso la mano en el brazo del contable—. Me da igual. Sé que mi padre hizo cosas malas. Sólo quiero saber... ¿por qué lo hiciste? ¿Después de tantos años? ¿Es que te incitaron a hacerlo? ¿Te presionaron? Howard, eras como de la familia.

—Ya te lo he dicho. —Sus ojos iban y venían, inquietos—. Me citaron, Kate. No tenía alternativa.

—Entonces, ¿igual fue otra persona? En la empresa. ¿Te pagó alguien, Howard? Por favor, es importante. —Kate se dio cuenta de que parecía algo desesperada—. Tengo que saberlo.

Howard la llevó hasta el bordillo, lejos del ir y venir de los transeúntes. Kate se dio cuenta de que estaba de verdad asustado.

—¿Por qué haces esto, Kate? ¿Por qué vuelves atrás ahora?

—Para mí no se ha quedado «atrás», Howard. Mi padre ha desaparecido. Hace una semana que nadie lo ve. Mi madre está agotada. Ni siquiera hay manera de saber si está vivo o muerto.

—Lo siento —respondió él—. Pero no puedes estar aquí, Kate. Tengo una vida...

—Nosotros también, Howard. Por favor, sé que sabes algo. No puede ser que lo odies tanto.

—¿Crees que lo odio? —Su voz expresaba una tímida negativa, algo que a Kate también le pareció tristeza—. ¿Es que no lo entiendes? Trabajé para tu padre durante veinte años.

A Kate le brillaban los ojos.

—Lo sé.

Él no cedió.

—Lo siento. Te has equivocado al venir aquí, Kate. —Trató de soltarse—. Asúmelo, tu padre era un delincuente, Kate. Hice lo correcto. Tengo que irme.

Kate alargó la mano y cogió el brazo del contable. Apenas podía ocultar sus sentimientos. Conocía a Howard Kurtzman desde pequeña.

—Hice lo correcto, Kate. ¿Es que no lo entiendes? —Parecía que le fuera a dar algo—. Ahora vete, por favor. Ésta es mi vida ahora. Déjame, Kate, y no vuelvas.

41

Era una fría mañana de octubre. Kate volvía a estar en el río. El agente del WITSEC que la custodiaba la observaba desde el aparcamiento que quedaba por encima de la orilla y del cobertizo del embarcadero.

Kate se separó del pantalán y fue río arriba, hacia el Hudson. Más arriba, en el acantilado de la curva de Baker Field, el sol brillaba intensamente sobre la C pintada de Columbia.

Esa mañana las corrientes estaban algo picadas y había poco tráfico. Kate se sentía bastante sola. Empezó con paladas cada cinco latidos, lo justo para alcanzar su ritmo. El elegante bote se deslizaba con facilidad por las olas. Más adelante, había una lancha en medio del río, en el tramo llamado Narrows, entre Swindler's Cove y Baker Field.

Kate hizo una serie para apartarse. «Vale, Kate, ponle ganas… Suéltalo…»

Se inclinó hacia adelante y se impulsó hasta ir cogiendo ritmo, aumentando la velocidad a cada cuatro latidos. Su traje de neopreno no dejaba pasar el viento cortante ni el frío. Siguiendo su pauta, Kate regresó mentalmente al día interior. Lo inquieto que se había mostrado Howard. Lo nervioso que parecía por el mero hecho de encontrársela. Ocultaba algo —Kate lo tenía claro—, pero no pensaba decírselo. Alguien lo había presionado para que fuera al FBI. Y estaba segura de que su madre también sabía algo. Sharon la tenía preocupada. Allí sola. Todos la tenían preocupada. Los del WITSEC no se lo estaban diciendo todo.

Kate remó contra corriente con todas sus fuerzas, impulsándose con las piernas, con el asiento deslizándose a popa. Miró a su espalda. Se acercaba a la Curva. La corriente estaba picada, y el viento se hundía en su traje de neopreno. Ya debía haber recorrido más de kilómetro y medio.

Fue entonces cuando vio la lancha en que había reparado antes. Se acercaba por detrás.

En el río había calles. Ella tenía preferencia. Al principio Kate se limitó a refunfuñar y pensó: «Eh, despierta, capullo». No había nadie más que ellos dos. La embarcación pesaba por lo menos dos toneladas y parecía ir rápido. Sólo con la estela ya la haría volcar.

Kate cambió la remada, apartándose del camino de la otra embarcación en dirección a la costa del Bronx.

Volvió a mirar atrás. La lancha que se aproximaba también había cambiado de dirección... ¡aún la tenía encima! «Por Dios, ¿es que esta gente va dormida todavía?» Ahora los separaban unos cien metros y el casco rojo brillante empezaba a verse muy grande. Kate volvió a detener los remos y a mirar alrededor. El corazón empezó a acelerársele.

No es que la lancha fuera en su dirección.

Seguía un rumbo de colisión. Se le venía encima.

Entonces Kate empezó a asustarse. Miró a su espalda, en dirección al cobertizo y vio al agente del WITSEC, que no podía hacer nada aunque viera lo que pasaba. La embarcación iba hacia ella a toda velocidad. Podía partir en dos su bote de fibra de vidrio. Kate subió el ritmo. «¿Es que no me ven?» La lancha se acercaba. Tanto que podía ver a los dos hombres de la cabina. Uno llevaba el pelo largo y oscuro recogido en una coleta y la miraba fijamente. Fue entonces cuando se dio de bruces con la verdad.

No estaban para nada distraídos. Aquello no era ningún accidente.

Iban a estrellarse contra ella.

Desesperada, Kate la emprendió con los remos, tratando de maniobrar el diminuto bote mientras la embarcación se le echaba encima. ¡Dios mío! Abrió los ojos como platos, mirándola fijamente. ¡Vamos a chocar! En el último segundo, se oyó una bocina ensordecedora. La embarcación, con su enorme casco avanzando pesadamente por encima de ella, viró. Se oyó un horrible chirrido: su remo partiéndose en dos. Su bote se levantó en medio de la estela, como un muñeco de trapo y se partió por la popa del casco.

Oh, Dios mío... no.

En cuestión de segundos, Kate estaba en el agua, que estaba sucia y helada y la golpeó como si de un bloque de cemento se tratara. El río se precipitaba al interior de sus pulmones. Kate pataleó y revolvió los brazos atrapada en el violento remolino que había dejado tras de sí la embarcación. Sentía que luchaba por su vida. Trató desesperadamente de impulsarse hacia arriba.

De pronto, se dio cuenta: «No puedes subir, Kate».

«Esta gente intenta matarte.»

Cada célula de su cuerpo gritaba, presa de la confusión y el pánico. Kate empezó a bucear moviendo los pies a modo de tijera y nadó, rogando por tener suficiente aire en los pulmones y con intención de seguir hasta que la abandonaran las fuerzas. No estaba segura de qué dirección tomar. Cuando sintió que le fallaban los pulmones se abrió paso hacia la superficie como pudo. Durante un instante permaneció desorientada, jadeando, aspirando bocanadas del necesario y tan valioso oxígeno. Vio la orilla. La orilla del Bronx. A unos veinticinco metros. La única persona que podía ayudarla ahora estaba en el otro lado.

Kate se volvió y vio la lancha dando vueltas cerca de donde se encontraba su bote volcado. A poca distancia vio lo que quedaba de su bote Peinert azul, partido en dos y observó al hombre de la coleta en la popa del barco, escudriñando los restos para luego alzar la vista lentamente y describir con la mirada un arco cada vez más amplio en dirección a la línea de la costa.

Sus ojos se detuvieron justo sobre ella.

«Por Dios, Kate, tienes que salir de aquí ahora.»

Tomó aire y volvió a sumergirse. Por unos segundos, buceó en paralelo a la costa, con un miedo atroz de salir.

Entonces el río se volvió estrecho y poco profundo y los músculos de Kate empezaron a agotarse. Nadó como pudo los últimos angustiantes metros y se impulsó hacia la superficie para alcanzar por fin la orilla rocosa entre respiraciones entrecortadas, aspirando compulsivamente para recuperar el aliento. Rodó hasta quedar tendida boca arriba, demasiado agotada para preocuparse tan siquiera de su seguridad. Sus ojos volvieron al punto en donde creía que encontraría la embarcación.

Se había ido.

Vio cómo se alejaba a toda velocidad por el río. El de la cola seguía en la popa, devolviéndole la mirada.

Kate apoyó la cabeza en el suelo y tosió, expulsando un chorro de agua aceitosa que olía a combustible. Por alguna razón, la embarcación había virado... en el último instante. De lo contrario, estaría muerta.

No sabía si habían intentado matarla o si sólo era un aviso. En cualquier caso, entendía lo que significaba.

Mercado ya no era sólo un nombre o una amenaza.

Ahora era la clave de su supervivencia.

42

Lo había decidido, mucho antes de que llegara la policía.

Mucho antes de que encontraran la lancha, robada el día anterior en un varadero de City Island, abandonada en un embarcadero del East River.

Antes de que le curaran y vendaran el corte en el brazo provocado por el remo astillado, y antes de que Greg corriera al hospital para llevarla a casa y antes de echarse a llorar al verlo y percatarse de la gran suerte que tenía de estar viva.

Lo había decidido en la orilla.

Lo que tenía que hacer.

Con los pulmones ardiéndole y los dedos clavados en la tierra mojada pero tan preciada, con la embarcación que casi la había partido por la mitad alejándose a toda máquina y una inconfundible mirada de lucidez en los ojos del hombre de la cola de caballo.

«Muy bien, habéis ganado —Kate rabiaba mientras la lancha se alejaba a toda velocidad—. Me queríais a mí, pues ya me tenéis, hijos de puta. Soy toda vuestra.» Ya no podía mantenerse al margen como si nada.

Si habían conseguido encontrarla a ella, podían localizar a su familia.

Su madre sabía algo de por qué había desaparecido su padre. De por qué salía en esa foto. La verdad sobre sus vidas. Podían estar en peligro.

Kate sabía, hasta cuando Greg la abrazaba, lo que tenía que hacer.

Los agentes del WITSEC no la ayudarían a llegar hasta ellos.

Ahora encontrar a su familia dependía de ella.

El médico le dio Valium y Kate durmió un par de horas en el piso. Antes de irse, Greg se arrodilló junto a la cama y le acarició el cabello.

—En la puerta hay un agente y la policía está fuera. Y mejor aún: *Fergie* está montando guardia.

—Bien. —Kate sonrió medio dormida y le apretó la mano.

—Has de tener cuidado, Kate. Te amo. No quiero ni pensar en lo que podría haber pasado. Volveré pronto, te lo prometo.

Kate asintió, con los párpados pesados y cerró los ojos.

Se despertó a media tarde. Aún se sentía algo grogui y afectada, pero por lo demás estaba bien. Llevaba el brazo izquierdo vendado. Miró por la ventana y vio a un hombre del FBI y a un par de agentes uniformados abajo, en la calle. También había un guardia apostado en su planta, delante de la puerta del piso.

Kate se dio cuenta de que no sería fácil hacerlo. No podía enviarles un correo electrónico. No podía llamarlos. Ahora los agentes no estarían dispuestos a perderla de vista.

¿Por dónde coño podía tan siquiera empezar?

En el cajón inferior del escritorio estaba el clasificador de fuelle donde guardaba los correos electrónicos y la correspondencia que había ido recibiendo de ellos el año pasado. Kate nunca los había destruido como le habían indicado. Esos mensajes y postales eran cuanto tenía. Los había leído varias veces.

Tenía que haber algo. En algún sitio…

Seleccionó un cuarteto de cuerda en el iPod y empezó a hojear los correos electrónicos. La verdad es que siempre había sospechado algo. Una vez Justin le había escrito contándole que tenían embarcadero propio y podían ir a pasear en barca, lo que a su hermano le parecía genial. Mamá le había dicho que el invierno no era para nada riguroso, que básicamente llovía mucho y ya está. Tal vez el norte de California, se había figurado siempre Kate. O la costa noroeste. Pero incluso si sus presentimientos eran acertados, seguía siendo una zona geográfica enorme.

Ni tan siquiera sabía su nuevo nombre.

Página a página, ordenó la pila de correspondencia. Al principio casi todo eran notas del tipo «te echamos de menos» y un montón de quejas. Las cosas ya no eran como antes. Nada era igual. A Justin le costaba hacer nuevos amigos. Em estaba más que nada picada con papá y los nuevos entrenadores de *squash*, que no eran igual de buenos.

Mamá parecía simplemente deprimida:

«No sabes cuánto te echamos todos de menos, cariño.»

Luego, según fue pasando el año, los mensajes se volvieron algo más alegres. Como les había prometido Margaret Seymour, empezaban a adaptarse. Mamá era miembro de un club de jardinería. Justin había conocido a aquel chaval que tenía un estudio de música en el sótano y empezaban a grabar. Em había conocido a algún que otro chico. Había arrasado en las nuevas pruebas de acceso a la universidad. Kate encontró la nota que Em había escrito sobre el primer concierto al que mamá la había dejado ir sola.

«3EB», firmaba Em.

No hacía falta traducción. Third Eye Blind.

Su hermana se la había enviado en junio, casi loca de júbilo. «¡Fue tremendo, Kate! ¡Tan divertido! ¡¡¡Stephan Jenkins estuvo impresionante!!!» Se quedaron hasta más de medianoche. Al día siguiente tenían clase. Una de sus amigas había dispuesto que una limusina las llevara a casa.

Al volver a leerlo, Kate sonrió. Entonces, de pronto, su sonrisa se desvaneció. Se concentró en el nombre del grupo.

Third Eye Blind.

¡Eso era! Third Eye Blind. Kate cruzó corriendo la habitación hasta la mesa del ordenador y lo encendió. Introdujo el nombre del grupo en Google.

En unos segundos, su web aparecía en pantalla. Había un enlace para noticias y, haciendo clic en éste, Kate encontró otro enlace correspondiente a la reciente gira veraniega del grupo. Fue descendiendo. El correo de Em tenía fecha del 14 de junio. El 2 y el 3 de junio habían tocado en Los Ángeles. El 6 de junio habían ido a San Francisco.

El 9 y el 10 habían estado en Seattle, Washington.

Em decía que el concierto había sido la semana anterior. Kate empezó a reconstruir lo que sabía. «Volvieron a casa en limusina. Podían pasear en bote.»

Tenía que ser San Francisco o Seattle.

Pero, aunque acertara, ¿cómo podía salir a buscarlos? ¿Cómo podía acotar las opciones? En esas ciudades había millones de personas. Era como buscar una aguja en un pajar, como dice el refrán. Y ni siquiera tenía un nombre. Ni siquiera sabía el aspecto que tenía la aguja.

Hasta que cayó en la cuenta.

«De ahora en adelante, iré donde usted vaya», le había dicho su nuevo guardaespaldas, llamado Oliva. «Cuando esté en el trabajo, estaré en el trabajo. Cuando reme, remaré…»

«¡Caramba, Kate, eso es!»

Ella remaba. Sharon hacía yoga. Y Emily… ¡Emily era la clave!

Kate se levantó y fue hasta la ventana. El coche del agente del WITSEC estaba aparcado abajo, en la calle.

Sabía que de ningún modo podía decírselo a Greg. Y empezaba a sentirse desleal y avergonzada por ello. Le diría que era demasiado peligroso, demasiado arriesgado. Si se lo decía, nunca, nunca más la dejaría ir. No podía plantárselo.

Y primero tendría que librarse de algún modo de esos agentes del WITSEC.

Fergus se acercó meneando la cola, percibiendo algo, y le dejó caer la barbilla en la rodilla.

—Lo siento, cariño. —Kate agachó la cabeza y le acarició las orejas—. Papá me odiará. Pero tengo que irme durante un tiempo.

Al fin, quizá sí supiera el aspecto que tenía la aguja.

43

Phil Cavetti había estado muchas veces en la sede del FBI de Pennsylvania Avenue.

Pero nunca en la décima planta.

Y cuando el ascensor privado en el que se encontraba —flanqueado por su jefe de los U.S. Marshals y un enlace del FBI—, se detuvo, su estómago revuelto le recordó que no estaba precisamente encantado de que su primera visita ahí se hubiera convocado esa noche a las diez.

Se abrieron las puertas, dejando a la vista un puesto de seguridad con dos soldados armados montando guardia. La escolta del FBI los saludó con la cabeza y acompañó al grupo más allá de un gran espacio de estaciones de trabajo, el hábitat de los analistas y empleados de elite del FBI. Luego pasaron por un pasillo de despachos con paneles de vidrio en cuyas puertas podían leerse los nombres de algunos de los más poderosos agentes de la ley.

La puerta del despacho de la esquina estaba abierta, era la única con el interior aún iluminado. Cavetti se aclaró la garganta y se enderezó la corbata. La puerta rezaba «Subdirector, Narcóticos y Crimen Organizado».

A través de la ventana del despacho se veía la cúpula del Capitolio.

Ted Cummings estaba al teléfono, tras su escritorio de cristal, con la corbata aflojada y el semblante no precisamente complacido. Hizo señas a Cavetti y a su jefe, Calvin White, para que se sentaran en un sofá frente a la mesa. El despacho era grande. Había una bandera americana colgada en un rincón. Tras la mesa, fotos del subdirector con el presidente y otros destacados miembros del Gobierno, y el emblema del FBI. En el sofá ya había sentado alguien más. Alguien a quien Cavetti reconoció de inmediato. Se dio cuenta de que estaba muy por encima de su categoría salarial. El hombre del FBI que los había acompañado salió y cerró la puerta.

—Phil, ya conoces a Hal Roach. —le dijo Cal White mientras el hombre de cabello cano se inclinaba hacia delante y estrechaba la mano de Cavetti.

Roach era ayudante del fiscal general de Estados Unidos.

Muy muy por encima de su categoría salarial, pensó Cavetti.

—Entendido. —El subdirector colgó el teléfono. Se les acercó, se dejó caer en una silla de cuero y suspiró, como si no le entusiasmara especialmente estar ahí y no en casa, con su mujer e hijos… por no hablar del hecho de tener también en su despacho a uno de los responsables de Justicia de mayor rango. Resoplando, dejó caer una carpeta en una mesa auxiliar que había delante del sofá, y el contenido se salió.

Eran fotos de la tortura y ejecución de Margaret Seymour.

Cummings miró a White profiriendo un suspiro imperioso.

—Cal, creo que ya conoce estas fotos… ¿Alguna idea sobre con quién trabajaba?

White se aclaró la garganta, volviendo la vista hacia Cavetti.

—Phil…

Cavetti tenía muy presente que lo que dijera en los siguientes instantes podía ser decisivo para el resto de su carrera.

—Frank Gefferelli, Corky Chiodo —respondió—, parte de la familia Corelli. Ramón Quintero, de los Corrado. Jeffrey Atkins, puede que recuerde que fue abogado denunciante en el fraude de Aafco…

El subdirector cerró los ojos y asintió con desagrado.

Cavetti se humedeció los labios y contuvo el aliento, antes de soltar un bufido.

—Soltero Número Uno.

Utilizó el nombre en clave. El que sabía todo aquel que trabajara en las altas esferas del cumplimiento de la ley.

Si los nombres que había pronunciado primero habían hecho

subir la temperatura, Cavetti sabía que éste último nombre haría estallar el puto generador.

Un silencio de perplejidad se adueñó de la estancia. Todos lo miraban fijamente. Los ojos de Cummings se clavaron en los de White, exasperados, y luego en el ayudante del fiscal general.

—Soltero Número Uno. —El subdirector asintió con gravedad—. Genial.

Por un instante, todos parecieron sopesar las implicaciones de que se divulgara la identidad del informante más importante de narcóticos bajo custodia de Estados Unidos. Alguien que llevaba años contribuyendo a condenar a miembros de la familia Mercado. Como se había pasado todo el trayecto en coche planteándose justo lo mismo, la mente de Cavetti se trasladó a la Northern Peninsula, en Michigan, donde sabía que era más que probable que acabara su carrera.

—Señores. —El ayudante del fiscal general se inclinó hacia adelante—. Creo que todos llevamos bastante tiempo en el oficio como para percatarnos de cuándo nos hallamos ante un desastre grande de cojones. ¿Saben las implicaciones que tendría que ése fuera el paradero que la agente Seymour divulgó?

—No estamos del todo seguros de que el asesinato de la agente Seymour estuviera relacionado. —Cal White, el responsable de los U.S. Marshals, trataba a todas luces de posicionarse.

—Y yo no soy Shaquille O'Neal. —El director del FBI frunció el ceño—. Pero están ustedes aquí…

—Sí. —El responsable del Programa WITSEC asintió con desánimo—. Estamos aquí.

—Así que creo que los tres deberíamos comprometernos —dijo el subdirector—, aquí se acaba esta brecha. El otro tipo que falta, este tal «MIDAS» —miró una hoja de papel—, el que creen ustedes que tuvo algo que ver con esto, Benjamin Raab… ¿dónde demonios está?

—Se ha esfumado —reconoció Cavetti, mientras su jefe lo miraba, impotente.

Es lo que llamamos un Código Azul. Desaparecido. Ahora tenemos vigilada a su familia.

—Un Código Azul. —El subdirector parecía abrasarlo con su
mirada encendida—. ¿Y eso qué es? ¿El modo que tienen los del
WITSEC de decir que no tienen ni puta idea? —Recorrió la estancia con la mirada, indignado, y luego suspiró—. Bueno, pues es lo
que hay en cuanto a Soltero Número *Dos*. ¿Y volviendo a Soltero
Número Uno? Supongo que lo habrán ocultado y trasladado…

—Por eso estamos aquí. —Calvin White palideció y se aclaró la
garganta—. También es Código Azul.

44

El miembro de los U.S. Marshals Freddie Oliva era agente del WITSEC desde hacía seis años. Se había criado en el Bronx, donde su padre trabajaba de guardagujas para la compañía de transportes metropolitanos. Había ido a la Facultad de Criminología John Jay, se había sacado los estudios previos a la carrera de derecho y tal vez algún día iría a por el título de abogado. Sin embargo, ahora mismo había un crío en camino y facturas que pagar, y además esto estaba mucho más cerca de la acción que quedarse sentado en alguna habitación con un auricular en la oreja escuchando la cháchara del Departamento de Seguridad.

A Oliva le gustaba trabajar para los federales. La mayoría de esos tíos eran aspirantes al FBI que no conseguían entrar en el programa de Quantico. No le llegaban ni a la suela del zapato. A veces hacía turnos de guardia en los juzgados o tenía que acompañar a algún pez gordo de la mafia de camino al juzgado. O a una nueva ubicación. Había llegado a hablar con esos padrinos, a algunos había llegado a conocerlos bastante bien. A lo mejor algún día escribía un libro.

Lo que a Freddie no le gustaba para nada era hacer de canguro. Cualquier interno podía quedarse ahí sentado contemplando cómo hacía pis el chucho. Pero después de lo que había pasado en el río, iba a estar encima de esa chavala como una lapa. Al fin y al cabo, este asunto no tardaría en acabarse.

Ese tío, Raab, cometería algún error, se dejaría ver por algún sitio. Lo pillarían y retirarían la protección de la chica. Y él volvería a su trabajo habitual.

—Oliva —crujió de pronto una voz en el auricular—, el sujeto baja ahora por el ascensor.

«Sujeto…» Resopló cínicamente y puso los ojos en blanco. El «sujeto» no era ningún asesino a sueldo tarado que ocultaran para el juicio. Ni ningún condenado a veinte años o a perpetua fugado y en busca y captura.

El sujeto era una bióloga de veintitrés años con un perro que tenía que mear.

—Recibido —respondió con un gruñido. Oliva abrió la portezuela del coche y estiró los músculos. No le iría mal algo de ejercicio. De estar todo el día sentado en ese puto coche se estaba quedando más tieso que un palo.

Al cabo de unos instantes, se abrió la puerta del edificio y el «sujeto» salió con *Fergus*, que tenía los ojos clavados en el bordillo.

Oliva no podía creerse que de verdad le pagaran por ese trabajo.

—¿Es que nunca libra? —Kate se acercó a él, con el perro atado a la correa tirando de ella.

—Donde vaya usted, voy yo. —Oliva le guiñó el ojo—. Ya lo sabe, mamita. Ésas son ahora las instrucciones.

—¿Y las instrucciones incluyen las salidas del perro a hacer sus necesidades? —dijo Kate mirándolo fijamente.

Llevaba puestos unos vaqueros que le sentaban bien, una chaqueta acolchada y una mochila colgada en la espalda. Freddie Oliva se sorprendió pensando que, si llega a tener una profesora de biología como ésa, se hubiera pasado mucho más tiempo en el laboratorio que en el campo de fútbol. Ella alargó el brazo sosteniendo una bolsa de plástico y le dijo:

—Mire, Oliva, así se sentirá útil.

Él sonrió.

—Ya me siento útil. —Le gustaban los clientes con sentido del humor.

Fergus se le acercó meneando la cola. Oliva pensó que en los últimos dos días se había aprendido de memoria cada movimiento del chucho. Primero olisqueaba un poco alrededor del poste. Luego contoneaba el culo por el bordillo. Luego se agachaba y… ¡premío! Oliva se apoyó en el coche, observando. «Joder, Freddie, tie-ne razón la chica. Tienes que cambiar de trabajo pero ya.»

Kate dejó que el perro tirara de ella más allá del edificio.

Oliva se llevó las manos a los bolsillos de la chaqueta de cuero para protegerse del frío, comprobando el arma, y la siguió a poca distancia. Cuando llegaron delante del pequeño colmado donde Kate compraba a veces, ella se volvió.

—¿Le importa si entro a por pasta de dientes, Oliva? ¿O quie-re llamar a Cavetti a ver si tiene que entrar y ayudarme también con eso?

—No, supongo que ya podrá usted sola. —respondió Freddie levantando las palmas de las manos en señal de rendición. Sabía lo que era una mujer enfadada, y no le hacía ninguna falta que ella se enfadara con él—. Cinco minutos. Ya sabe las…

—Sí. —Kate puso los ojos en blanco—. Ya sé las reglas.

Arrastró a *Fergus* con ella y entró. La conocían y no parecía im-portarles que el animal entrara con ella. Lo sujetó con la correa en la entrada y se volvió a Oliva con una mueca agria.

«Vale, vale. Yo sólo hago mi trabajo.»

Volvió al coche y se apoyó en la capota, sin perder de vista el establecimiento. Una llamada zumbó en la radio. Jenkins. Su reemplazo. Llegaría a las seis. Oliva miró el reloj. Veinte minutos. Ni uno menos. Estaba deseando ir a casa, fichar por sus tres horas y media, destapar una cerveza. Su mujercita y, esa noche, su cena preferida: guachinango —pargo— a la veracruzana. Igual también jugaban los Knicks.

Se fijó en un par de chavales con camisetas de baloncesto que venían hacia él por la calle. Uno intentaba regatear al otro, que no era nada malo. Freddie se recordó a sí mismo, en Baychester Ave-nue —donde había crecido—, y en cómo por aquel entonces él también manejaba bastante bien la pelota.

Echó otro vistazo a la tienda al otro lado de la calle. «Caray, es-tará mirando todas las marcas que tienen.» Pasaron varios minu-tos. No quería hacer enfadar demasiado a la chica. Al día siguiente tenía que verla. Y al otro. Pero Freddie empezó a pensar que había transcurrido ya demasiado tiempo. Lo suficiente para comprar una clínica dental entera, y no digamos un tubo de pasta de dientes. De pronto, una sensación de vacío empezó a reconcomerlo por dentro.

Algo pasaba.

Oliva se apartó del capó del coche y gritó a la radio:

—Finch, voy para la tienda esa. No me gusta lo que pasa.

Empujó la puerta. Lo primero que vio lo tranquilizó. *Fergus* estaba ahí sentado, con la correa atada al estante de los periódicos. Kate no podía andar muy lejos.

Entonces vio el papel doblado y enganchado en el collar de *Fergus*. Al abrirlo, se le cayó el alma a los pies.

«Oliva —decía la nota—. Asegúrese de que *Fergus* haga pis de camino a casa. Mi marido volverá a eso de las seis.»

Oliva hizo una pelota con el papel.

—¡Hija de puta!

Salió disparado hacia el otro lado de la caja y corrió desesperado arriba y abajo por los pasillos. «Ni rastro, joder.»

Había una entrada en la parte trasera, detrás de donde despachaban la carne. Oliva salió por ella. Daba a un callejón que iba a parar a la Calle Octava, una manzana entera más allá. En el callejón no había un alma. Un crío con delantal apilaba cajones y cajas.

—¿Adónde coño ha ido? —le gritó Oliva.

El crío se quitó un auricular del iPod.

—¿A dónde ha ido quién, tío?

Freddie Oliva cerró los ojos. ¿Cómo lo explicaría? Alguien trataba de matar a esa chica. Su padre podía haber matado a una colega. Golpeó la pared de ladrillos con la palma de la mano.

Kate Raab se había esfumado.

45

Luis Prado detuvo su Escalade negro en la calle, a mitad de camino hasta la casa de tejas azules en la avenida flanqueada por árboles: avenida Orchard Park, Nueva York, a las afueras de Búfalo. Apagó las luces.

Aquello era muy tranquilo, pensó Luis: críos, familias… aros de baloncesto colgados en los garajes. No como aquellos otros torcidos y oxidados en las canchas sucias de donde él se había criado. Aquí nunca pasaría nada malo. ¿Verdad?

Cogió los prismáticos y vio a través de las lentes de visión nocturna dos siluetas apalancadas en el Ford sin matricular que había aparcado justo enfrente de la casa de las tejas azules.

El del volante parecía medio dormido. El otro fumaba un cigarrillo, seguramente reflexionando sobre la mala suerte que había tenido de que le asignaran este trabajo. Luis escudriñó la manzana. No había furgonetas ni vehículos de reparto —las bases de vigilancia donde podían ocultarse más agentes—: aparte de los federales del Taurus, no veía a nadie más por allí.

Un camión de la lavandería dobló la esquina y enfiló la calle. Se detuvo delante de una casa cercana. Salió un repartidor y dejó un fardo en la entrada. Llamó al timbre.

Luis Prado entendió que la próxima vez que volviera la cosa sería desagradable. Como con aquella bonita agente federal en Chicago. Aquello había sido cruel. Estaba muy bien entrenada y Luis había tenido que hacer uso de todas sus habilidades y todo su estómago. Pero al final les había ayudado. Al final habían conseguido lo que necesitaban saber. Gracias a eso, había llegado hasta aquí.

La puerta del garaje, al abrirse, captó la atención de Luis. Salió una mujer de mediana edad y aspecto agradable con el cabello gris recogido en un moño. Llevaba un perro atado con correa, un labrador blanco. Parecía alegre, simpático. La mujer metió una bolsa de basura en uno de los contenedores y dejó que el perro se dedicara a lo suyo. Uno de los agentes del Ford salió y recorrió una corta distancia por el camino. Los dos charlaron un momento. La mujer no abandonó la seguridad del garaje. Luis miró más atentamente: no vio a nadie más dentro.

El camión de la lavandería avanzó pesadamente por la calle pasando de largo.

Los dos del Taurus no serían un gran problema. Ya había hecho esto antes.

«La fraternidad es tu destino.» Luis suspiró. Estaba escrito. Ya había elegido. Esperaría, vigilaría hasta ver aparecer a su objetivo. Tapó con un periódico la Sig de nueve milímetros que tenía en el asiento del copiloto.

La próxima vez sería él quien se dedicaría a lo suyo.

46

Dos días más tarde, el taxi de Kate se detenía delante del edificio estucado, de estilo español, encajonado detrás del Arby's de un centro comercial de Mill Valley, California, al otro lado de la bahía de San Francisco.

—¿Es aquí, señora? —preguntó el taxista, comprobando los números adhesivos color amarillo que había en las puertas de vidrio del edificio.

Kate trató de leer el letrero. Era el cuarto sitio que visitaba aquel día. Estaba empezando a tener algo de *jet lag*, se estaba desanimando y comenzaba a pensar que tal vez su idea no hubiera sido tan brillante después de todo, sino sólo una absurda pérdida de tiempo que más adelante no le acarrearía nada más que un montón de problemas.

—Sí, es aquí. —Abrió la portezuela.

El nombre que había en la entrada era Golden Gate Squash.

Kate había decidido empezar por la zona de la Bahía. Sabía que no podía alquilar un coche… la podían localizar, así que iba cogiendo taxis. El día anterior había ido hasta Palo Alto y San José. Hoy ya había ido al Athletic Club del centro, luego había cruzado la bahía hasta un complejo deportivo de Berkeley. Nadie había reconocido la foto de Em. En ninguno de esos clubes.

San Francisco sólo era una de las ciudades: Kate tenía que ir a tres más, siguiendo la gira del grupo. Y a muchos más clubes.

Después de darle esquinazo a Oliva se había ido directamente al aeropuerto. La pequeña escapada con *Fergus* era lo único que le había dado motivos para sonreír en las últimas semanas. Lo que no resultaba ni la mitad de divertido era la nota que había dejado para Greg y haber tenido que fugarse sin ser sincera con él. Había escrito: «Sé que te costará entenderlo, Greg, pero tengo que averiguar algo, por mucho que finjamos que esto acabará… y no podía dejar que me disuadieras diciéndome que es un disparate, lo que sé que habrías hecho. Es una tontería, un disparate. Sólo quiero que sepas que estoy a salvo, que te quiero y que pensaré cada día en ti. Por favor, trata de no preocuparte. Te llamaré cuando llegue. Sea donde sea que voy. Te quiero, pero tengo que hacerlo.

¡¡¡Y no olvides la pastilla para el corazón de *Fergus* antes de acostarte!!!»

Era duro ocultarle cosas. Kate se sentía desleal. Era su marido, su mejor amigo. En principio, debían compartirlo todo. Confiaba en él más que en nadie en el mundo. Sabía que, por lo menos, tenía que llamarlo. La noche anterior, en el hotel, había cogido el teléfono para decirle que estaba a salvo y sólo había llegado a marcar el número. Luego había colgado el teléfono. Algo la frenaba. Kate no sabía el qué.

Quizá que él no lo entendería y ella no quería oírlo. Quizá simplemente tuviera que mantener ese aspecto de su vida aparte.

Kate abrió la puerta del club de *squash*. Enseguida oyó el fuerte ruido de los golpes de la pelota estrellándose en las paredes de dura madera. Había varias pistas de paredes blancas, con las partes delanteras de vidrio transparente. Había una pareja jugando. Dos hombres sudados y con toallas envueltas al cuello que sin duda acababan de terminar bebían a grandes tragos, comentando el partido. Kate se acercó a un hombre pelirrojo, de aspecto atlético, con camiseta de *squash*, que había tras el mostrador de la entrada.

—Perdone, estoy buscando a una persona. ¿Le importaría echar un vistazo?

—En absoluto.

Le pasó la foto de Emily, una del año pasado, de los Juegos Macabeos Juveniles.

—Es mi hermana. Creo que juega aquí.

El jugador pelirrojo miró la foto un buen rato. Negó con la cabeza.

—Lo siento. No la he visto nunca. —Tenía acento inglés y le sonrió, como disculpándose.

—¿Está seguro? —lo presionó Kate—. Se llama Emily. Tiene diecisiete años. Está federada en la costa este. Se ha mudado aquí con mi padre. Sé que juega en algún lugar del centro. Es que quiero darle una sorpresa.

El jugador de *squash* volvió a encogerse de hombros, al tiempo que devolvía la foto a Kate.

—Soy el encargado del programa de la categoría de alevines. Si jugara aquí, la conocería. Ya lo creo que la conocería. ¿Ha mirado ya en Berkeley?

Kate suspiró, decepcionada.

—Sí. —Volvió a meter la foto en el bolso y dijo—: Gracias de todos modos.

Mientras salía, dio un último vistazo algo desesperado a su alrededor, como si Em se le hubiera escapado al entrar pero pudiera surgir ahora de pronto, de la nada. Sabía que la suya era una apuesta arriesgada. Aunque hubiera acertado en su presentimiento, había montones de lugares donde podían estar y también montones de cursos de *squash*. Kate se sentía algo boba jugando a los policías. Era científica, no detective.

Volvió a salir.

—¿Regresamos al hotel? —preguntó el taxista cuando subió otra vez al coche; llevaba todo el día paseándola arriba y abajo.

—No. —Kate sacudió la cabeza—. Al aeropuerto.

47

Phil Cavetti cogió el puente aéreo de las siete de la mañana de vuelta a Nueva York y fue directamente del aeropuerto de La Guardia a la sede del FBI en Lower Manhattan.

Como dice el refrán, a perro flaco todo son pulgas.

Por si no hubiera bastante con encontrar muerta a una de las compañeras con quien estaba más unido, para colmo uno de los sujetos del caso de esa agente estaba implicado en el asesinato. Y ahora, en otro de los casos de ella, una de las bazas más valiosas del Gobierno en todo el Programa WITSEC, un hombre cuya información había servido para sacar de la calle a docenas de delincuentes, también estaba desaparecido en combate.

Cavetti no conseguía atar cabos, su mente sólo era capaz de llegar al punto en que su propia carrera se cruzaba con el desastre. Y no le gustaba lo que veía. Ya ni se planteaba el norte de Michigan… ahora tenía más papeletas para los campos helados de Dakota del Norte. Era imprescindible encontrar a Raab. Aún más imprescindible que encontrar a Soltero Número Uno.

Y ahora, por extraño que pareciera, Kate Raab también había desaparecido.

Cuando llegó, Nardozzi y el agente especial Alton Booth ya lo esperaban en la sala de reuniones del edificio federal Javits.

—Más vale que sea importante. —El fiscal dejó el móvil, con el semblante francamente molesto—. Tengo a un abogado en prácticas preparando las represpuestas a un taxista paquistaní acusado de conspirar para volar el mostrador de TKTS, ese de venta de entradas en Times Square.

Cavetti sacó tres carpetas del maletín.

—Créame, lo es.

Dejó caer sobre la mesa los informes que había preparado para el subdirector, todos de «Acceso restringido» según llevaban marcado. Contenían el informe del FBI sobre Margaret Seymour, la posterior desaparición de Benjamin Raab y el incidente del río Harlem que implicaba a su hija Kate. Se había omitido un par de detalles indispensables.

—¿Y cómo coño está Kate Raab? —preguntó Alton Booth, soplando en su café.

—Desaparecida.

—¿Desaparecida? Vamos, que salió a por tabaco, como suele decirse. Creí que después de lo del río la mantendrían vigilada las veinticuatro horas del día.

—Más bien salió a por pasta de dientes, dejando al agente al cuidado del chucho. —Cavetti cerró los ojos, apesadumbrado—. Hace dos días tomó un vuelo de la United con destino a San Francisco. A partir de ahí, sabe tanto como yo. Fue lo bastante lista como para no alquilar un coche en el aeropuerto. Nuestros chicos están comprobando los taxis.

—Los taxis. —Booth lo miró, implacable—. Mire, Phil, me parece que ese puto Código Azul suyo empieza a parecer el metro en hora punta, hasta los topes.

Cavetti sonrió. El agente del FBI no sabía la que le caería a continuación.

—Entonces, ¿cuál es su opinión? —preguntó Nardozzi—. ¿Por qué se habrá ido? ¿Y por qué a San Francisco? ¿Porque alguien la llamó?

—Sólo podemos suponer que su padre se ha puesto en contacto con ella. No ha llamado. Sólo dejó esta nota tan poco clara. También existe la posibilidad de que trate de ponerse en contacto con su familia. —Se volvió hacia el hombre del FBI—. Estaría bien apostar a alguien allí. Ahora.

Booth anotó algo en un papel y suspiró.

—Caray, Phil, tanta preocupación por la chica es de lo más enternecedora. Si con esto de la protección de testigos no te acaba de ir del todo bien, la próxima vez igual tendrías que plantearte el Departamento de Niños y Familias.

—Me preocupa, Al. De verdad.

Nardozzi lo atravesó con la mirada.

—Hay algo que todavía no nos has dicho, Phil. ¿Por qué diablos estamos aquí? ¿Por qué me han sacado de los juzgados?

—Margaret Seymour. —Cavetti se aclaró la garganta. Había llegado el momento de atar cabos—. Era la misma agente del caso...

—¿La misma agente del caso de quién? —Alton Booth dejó el café y se levantó.

Cavetti volvió a abrir el maletín. Esta vez sacó un anexo del informe, que contenía los detalles indispensables que se habían omitido. Sobre a quién protegía Maggie Seymour. Sobre Soltero Número Uno.

Lo arrojó sobre la mesa y tragó saliva.

—Me temo que la Zona Azul, Al, está más hasta los topes de lo que crees.

48

El día anterior Kate había estado en Portland. Hoy en Seattle. En Bellevue, de hecho, un elegante barrio residencial justo al otro lado del lago Washington.

Era consciente de que se le acababan las opciones.

Aquella mañana había estado en el centro, en el Seattle Athletic Club. En vano. Lo mismo con otros dos clubes de *squash* de Redmond y Kirkland. Y también uno de la Universidad de Washington.

Kate sabía que con éste ya casi acababa. El cartel de la entrada decía «squash profesional en Bellevue». También había seguido la gira del grupo, había hilado los detalles que había logrado reunir a partir de los correos de su familia. Pero, básicamente, la cosa se terminaba ahí. Se le habían acabado las ciudades, los centros de squash. Si éste también resultaba ser un callejón sin salida, Kate no tenía ni idea de adónde iría luego.

Salvo a casa.

El club era un edificio gris de paredes de aluminio encajonado en la parte trasera de un parque empresarial en el que desembocaba una gran calle comercial. Le habían dicho que allí iba a entrenarse un jugador profesional pakistaní muy conocido. En la calle principal estaban todas las tiendas típicas de una zona residencial cara: Starbucks, Anthropologie, Linens-N-Things, Barnes & Noble.

El taxi la dejó en la entrada, tal como ya había hecho cuatro veces ese mismo día, y se quedó esperando.

Kate cruzó las puertas. A estas alturas, todos los clubes de squash del país se le antojaban iguales. En éste había cuatro pistas limpias y blancas, rodeadas de vidrio, con gradas elevadas para los espectadores. Estaba lleno. Las pelotas resonaban en las paredes. Estaba cayendo la tarde y las pistas estaban abarrotadas de críos. Debía de ser por los cursillos extraescolares para jóvenes.

Bueno. Suspiró, nerviosa, y se volvió hacia una guapa joven que había tras el mostrador, vestida con camiseta blanca de piqué con el logotipo del club bordado.

Una última vez…

Kate sacó la foto de Emily.

—Perdone que la moleste. —La joven no parecía para nada molesta—. ¿Por casualidad conoce a esta chica?

Mientras le pasaba la foto, Kate ya estaba repasando mentalmente las opciones que tendría por delante a continuación. Llamar a Cavetti. Disculparse por escaquearse del agente, por haber embarcado al FBI en una persecución para encontrarla seguramente, y luego suplicarle que quebrantara las reglas y le revelara dónde estaba su familia. Enfrentarse a Greg. Esa opción tampoco le hacía demasiada gracia. Ella también tenía bastante que explicar.

La chica del mostrador asintió.

—Es Emily Geller.

—¿Qué?

—Emily Geller —repitió la chica—. Es una de nuestras mejores jugadoras. Se mudó aquí desde el este del país.

De la sorpresa y la alegría, a Kate por poco le da un ataque.

49

Geller. Kate no dejaba de dar vueltas al nombre mientras indicaba al taxista que se detuviera a cierta distancia de la manzana donde se encontraba la casa de madera blanca cuya parte trasera daba al lago donde desembocaba Juanita Drive, en Kirkland.

«Bonita casa», pensó Kate. Hasta a oscuras, tenía algo que le gustó de inmediato. Podía ser la casa de cualquiera. De la familia de al lado. El mero hecho de saber que su madre, Em y Justin estaban dentro la hizo sonreír. Geller.

—¿Es aquí adónde vamos, señorita?

Recordó el día en que vieron su casa de Larchmont por primera vez. Mamá se quedó en el enorme vestíbulo, con los ojos como platos. «Qué grande es.» Papá la llevó hasta las ventanas que daban al estrecho, sonriendo con orgullo. «Nosotros la llenaremos.» Em volvió y tomó la mano de Kate. «No os lo vais a creer. —Sus ojos rebosaban entusiasmo—. Tiene torre y todo.»

«Nosotros la llenaremos, Sharon.» Y luego lo dejaremos todo atrás.

—¿Quiere que me acerque hasta ahí? —se volvió para preguntar el taxista tocado con turbante.

—No —respondió Kate, que no estaba segura de qué hacer—. Pare aquí y ya está.

El taxi se detuvo junto al bordillo, delante de una moderna casa de madera de cedro y vidrio bajo unos imponentes árboles de hoja perenne, dos casas más allá. Kate estaba nerviosa. Vio dos coches en la calle. Sabía que debía haber agentes del WITSEC patrullando por toda la zona, que seguramente también habían sido alertados respecto a ella y que, si la encontraban, estaría esposada en cuestión de segundos.

Sin embargo, el hecho de que su familia estuviera tan cerca, pero fuera de su alcance, la hacía consciente de que ahora no podía echarse atrás. Hacía un año que no los veía. De repente, Kate no tenía claro qué hacer. No sabía si había agentes dentro ni si tenían los teléfonos pinchados. ¿Y si los esperaba en el club de *squash*? ¿Y si daba media vuelta y lo hacía otro día?

—¿Qué quiere hacer, señorita? —preguntó el taxista, esta vez señalando el taxímetro.

—Lo siento. No estoy segura.

Finalmente sacó el móvil. Los dedos, sudados, le temblaban ligeramente, y se sentía igual que cuando estaba en su bote, aferrada a los remos, en la línea de salida de una carrera importante. Nerviosa, marcó el número que la chica del club de *squash* le había dado. Empezó a sonar. Tenía un nudo en el estómago. En cualquier momento esperaba empezar a oír gritos y ver luces encendiéndose.

Respondió Emily.

—¿Diga?

Kate apenas podía contenerse.

—¿Qué te parecería la cita de tus sueños con todos los gastos pagados, con Stephan Jenkins de Third Eye Blind?

Hubo una pausa.

—¿Kate?

—Sí, Em… —Kate sintió que se le llenaban los ojos de lágrimas—. Sí. Soy yo, cariño…

De pronto oyó a Emily que empezaba a gritar:

—¡Es Kate! ¡Es Kate! —Sonaba como si hiciera pedazos las escaleras de la casa—. ¡Mamá, Just, Kate está al teléfono! ¿Cómo has conseguido este número? ¡Es increíble que llames aquí! ¿Estás loca de atar o qué?

Kate se echó a reír atolondrada.

—No sé… Igual sí.

Oyó voces en el fondo. A su madre y a Justin al lado del teléfono.

Em no quería soltarlo.

—Dios mío, ha pasado tanto tiempo... Tengo tanto que contarte, Kate. ¿Dónde estás? —preguntó Emily.

Kate miró fijamente la casa. Por un instante tuvo que hacer un esfuerzo para encontrar la voz.

—Estoy aquí fuera.

50

Kate indicó al taxista que apagara las luces y esperara, lo que éste, al darse cuenta de que no era más que un participante involuntario en alguna lacrimógena reunión familiar, aceptó de mala gana.

Entonces, agazapada en la oscuridad, se escondió en un sendero que le había indicado su madre, que había detrás de la casa de cedro y vidrio. Era un camino local que daba al lago, con un pequeño embarcadero al final.

Kate era consciente de que no podía llamar tranquilamente al timbre de la puerta y dejar que todos saltaran a sus brazos, como siempre había imaginado. No con esos perros guardianes del WIT-SEC merodeando por ahí. Por lo que sabía, se había desatado una especie de búsqueda. Y a estas alturas no tenía del todo claro si estaban ahí para proteger a su familia de que la atacaran o si esperaban que su padre o ella dieran señales de vida. En cualquier caso, ahora mismo esos tipos eran prácticamente los últimos en quienes estaba dispuesta a confiar.

No pensaba volver atrás.

Una cerca blanca discurría paralela a la propiedad, separando las dos parcelas con una hilera de densos setos y pinos. Se veían luces en el interior de la casa vecina.

Kate veía a una mujer en la cocina, vestida con una sudadera tipo Adidas a rayas, dando de comer a dos niños pequeños en la barra de la cocina.

De pronto, Kate percibió movimiento al otro lado de la cerca.

Pasos que hacían crujir la grava del camino. El ruido inesperado de la portezuela de un coche abriéndose y una luz que se encendía. A Kate se le paró el corazón. Se agachó tanto como pudo junto al seto.

La casa de su familia tenía uno de esos garajes independientes, apartado de la casa. Había un coche, y alguien saliendo de él. Oyó el chisporroteo entrecortado de una radio por encima de ella, a pocos metros.

—Kim al habla… Voy a dar la vuelta y a comprobar la fachada.

Kate se puso tensa.

Se pegó más al seto, agarrándose a una rama para sostenerse. Hasta que la rama empezó a ceder.

Kate se quedó allí, inmóvil. Por un momento, estuvo segura de que iba a caer redonda. «Ya puestos, sólo me falta hacer sonar una alarma, joder.» Contuvo la respiración tanto como pudo, tratando de pensar cómo se justificaría, cuando hubieran encendido las luces y sacado las pistolas, si la pillaban rondando de extranjis por una propiedad ajena.

Al poco rato volvió a oír el sonido de la radio y los pasos que se alejaban por el camino.

—Kim de nuevo, regresó a la casa…

Todo el cuerpo de Kate pareció resoplar, en un espasmo de alivio. Al oír cómo se cerraba la puerta mosquitera, empezó a correr bien encogida hacia el patio trasero. Era grande. Vio una piscina y un trampolín. Hasta una media rampa para patinar sobre ruedas. Encontró una puerta y descorrió el pestillo en silencio. La cerca se prolongaba hasta el lago.

Ahora no había moros en la costa. Kate corrió agachada hasta el final de la cerca, donde el solar descendía hasta el lago. Se escurrió por una abertura entre la maleza y consiguió apartar una malla metálica que había tras la cerca y atravesarla.

Ahora estaba frente a la parte trasera del jardín de sus padres.

La casa estaba iluminada. Los focos colocados en las copas de los altos árboles apuntaban hacia el agua. En el porche cerrado de la parte de atrás había unas cuantas sillas de madera de las típicas de jardín y Kate vio en él a un agente con radio, apoyado en la pared.

También vio el cobertizo del que su madre le había hablado y, a sus pies, un pequeño embarcadero.

El corazón le latía a toda velocidad. ¿Cómo llegaría hasta allí? El hombre del porche la vería correr. Seguro que oiría cualquier ruido inesperado. Debía de haber unos veinte metros hasta el cobertizo.

Kate se arrastró por la línea de la pendiente hasta el borde del lago, agarrándose a la maleza y las hierbas para acabar deslizándose hasta el pequeño terraplén de la orilla. Fue avanzando por el borde, con las deportivas hundiéndosele en el suelo empapado. Todo bien hasta el momento. Sólo le quedaban unos metros. No sabía dónde estaba nadie. Sólo que estaba oscuro y que lo que estaba haciendo era una locura.

Por fin consiguió llegar a la base del embarcadero. Sólo medía unos treinta metros y tenía amarrada una pequeña lancha motora. Kate se mojó los vaqueros al deslizarse por uno de sus laterales pero continuó y agarrándose a una rama se impulsó hasta el cobertizo donde se escondió. La única luz provenía de los focos de los árboles. Lo había logrado. El agente del porche apenas se había movido.

La puerta del cobertizo estaba entornada. La abrió más y entró. Del techo colgaba una bombilla desnuda, apagada. No se atrevió a encenderla. En la oscuridad, tropezó con un remo, pero no lo tumbó. Había un bote de remos apoyado contra la pared y unos salvavidas de color naranja apilados ordenadamente en un estante. Por lo demás, todo era oscuridad, desolación y humedad. Se oía el canto de las cigarras.

Ahora sólo quedaba esperar.

Kate avanzó en silencio hasta el otro lado de la cabaña donde había una pequeña ventana que daba a la casa. El tipo seguía ahí sentado.

De pronto, notó una mano en el hombro.

Casi muerta del susto, se volvió.

Para su gran alivio, se encontró con el semblante feliz de su madre.

51

—Oh, Dios mío, mamá… —Kate dio un grito ahogado, al tiempo que agarraba por los hombros a su madre. Se miraron largamente para luego fundirse la una en brazos de la otra sin poder contenerse.

—Kate… —Sharon la estrechó con fuerza, acariciándole el cabello—. Oh, Dios mío, no puedo creer que seas tú.

Kate no pudo evitarlo. Empezó a sollozar.

Era por ver el rostro de su madre, por fin, después de ese viaje imposible que le había destrozado los nervios. Simplemente, todo se vino abajo. Entonces Emily y Justin también salieron sigilosamente de las sombras. Em abrazó a Kate como una loca. Justin no dejaba de sonreír.

Kate no podía creer que los estuviera viendo de verdad. Ellos no podían creer que la estuvieran contemplando de verdad. Sharon se llevó un dedo a los labios para que todos moderaran su entusiasmo.

—¿Cómo nos has encontrado? —preguntó Em.

—Fue gracias a ti. —Kate la abrazó. Les contó lo del correo electrónico sobre Third Eye Blind y que había seguido la gira, que había visitado tres ciudades en los últimos tres días, enseñando la foto de Em por todos aquellos clubes de *squash*… sin estar segura en ningún momento de si jamás los encontraría.

Y ahora estaba aquí.

—Me da igual cómo nos has encontrado. —Sharon la estrechó con fuerza—. Lo único que sé es que estoy muy contenta de que lo hayas hecho. Deja que te mire. —Dio un paso atrás.

Kate se apartó el pelo de los ojos.

—Me habéis hecho arrastrar por la parte trasera y luego me he metido en el lago. Seguro que parezco el monstruo de los pantanos.

—No. —Sharon sacudió la cabeza, con los ojos brillantes, incluso bajo esa tenue luz.— Yo te veo guapa.

—Vosotros también estáis guapos. —Kate sonrió y se volvieron a abrazar los unos a los otros.

Justin había crecido y medía más de metro ochenta; era larguirucho y desgarbado y conservaba su densa mata de pelo. Emily había adquirido las formas de una joven: la melena le llegaba por los hombros, con un mechón rubio que a Kate le pareció muy elegante... y llevaba dos pequeños aros de plata en la oreja izquierda.

Y mamá... estaba oscuro, eran las ocho de la tarde. No llevaba nada de maquillaje. Iba vestida con un jersey azul claro de Fair Isle y una falda de pana. Kate le vio unas arrugas en torno a las comisuras de los labios y unas patas de gallo cuya presencia no recordaba.

Sin embargo, tenía los ojos brillantes y muy abiertos y en su rostro se dibujaba una sonrisa cálida.

Kate la abrazó.

—Tú también estás estupenda, mamá.

La acribillaron a preguntas. ¿Cómo estaba Tina? ¿Y Greg? Kate sacudió la cabeza con gesto de culpabilidad.

—No sabe ni que estoy aquí.

Entonces se hizo un silencio. Se quedaron todos mirándola, volviendo a la realidad.

—¿Qué haces aquí, Kate? —le preguntó su madre en un susurro—. Ya sabes lo arriesgado que es hacer esto ahora.

—¿Habéis sabido algo de papá? —preguntó Kate, asintiendo.

—No. No nos dicen nada. Ni siquiera sabemos si está vivo o muerto.

—Creo que está vivo, mamá. He encontrado algo. Algo que tengo que enseñarte. —No quería soltarlo todo, no delante de Justin y Em.— Al principio pensé que debían de estar mintiendo y ocultándome algo. Entraron en el piso y me pincharon los teléfonos.

—¿Quién, Kate? —preguntó Sharon perpleja.

—Los del WITSEC. Cavetti. El FBI. Pero luego encontré esa foto, en un carpeta llena de cosas de papá que dejaste en casa. —Empezó a rebuscar en la chaqueta—. Cambia las cosas, mamá. Lo cambia todo.

Su madre le puso la mano en el brazo.

—Tenemos que hablar de varias cosas, Kate. Pero aquí no.

Oyeron movimiento procedente de la casa. El agente que Kate había visto acababa de bajar las escaleras del porche trasero y estaba iluminando ampliamente el jardín con una linterna.

Sharon, al tiempo que apartaba a Kate de la luz, susurró:

—No puedes estar aquí, cariño. Nos vemos mañana. En el centro. Te llamaré. Pero ahora tienes que irte.

—No pienso irme —dijo Kate—, ahora no. Rodeó con los brazos a Em y a Justin—. No sé cuando podré a volver a veros a todos.

—Tienes que poder, Kate. Llamaremos a Cavetti. Le diremos que nos seguiste la pista, que estás aquí. Tendrá que dejar que te quedes unos días. De momento, mañana nos vemos en el centro y hablamos de unas cuantas cosas.

Kate atrajo a Em y a Justin hacia ella, asintiendo de mala gana.

—¿Quién anda ahí? —gritó uno de los agentes. La luz de la linterna se acercó algo más.

Sharon empujó a Kate hacia la puerta del cobertizo.

—¡Tienes que irte!

Le tocó cariñosamente la cara. Entonces los ojos se le iluminaron. Con cuidado, sostuvo entre los dedos algo que Kate llevaba al cuello.

—Llevas el colgante.

—Nunca me lo quito —respondió Kate.

Se abrazaron por última vez. Entonces Kate saltó del embarcadero y se deslizó por el terraplén hasta el lago.

—Mañana te contaré algo sobre él —dijo su madre.

52

El día siguiente amaneció claro y radiante. Desde la habitación de su hotel, Kate veía el Estrecho de Puget y el sol reflejándose en los rascacielos de paredes de cristal. Abrió la ventana y el graznido de las gaviotas penetró en la habitación junto con una ráfaga de fresco aire de mar.

Hacía mucho que Kate no se levantaba con tanta expectación.

Sharon llamó sobre las nueve y le dijo que se reuniera con ella a mediodía en un restaurante llamado Ernie's, en el Pike Place Market, el lugar más concurrido que conocía. Kate intentó decidir cómo llenaría las siguientes tres horas. Se puso las mallas de licra y salió a hacer *footing* por Western Avenue, deteniéndose de vez en cuando para mirar los coloridos veleros que salpicaban el Estrecho, la deslumbrante imagen de los rascacielos perfilándose en el horizonte sobre ella y la punta de la famosa torre que llamaban la «Aguja Espacial». Luego paró a tomar un café y un bollo en un Starbucks que presumía de ser uno de los tres primeros que se habían inaugurado. A eso de las once regresó al hotel, se cambió y se puso una chaqueta acolchada verde y unos vaqueros.

Del hotel a Pike Place Market sólo había un paseo. Kate llegó algo antes de la hora y dio una vuelta por el muelle y las tiendas abarrotadas. Ernie's era un café grande y bullicioso con terraza, justo en el centro del alegre mercado, una plaza llena de jóvenes familias y turistas. Los tenderetes pregonaban sus objetos de artesanía, los patinadores se deslizaban entre la bulliciosa multitud, había artistas callejeros, malabaristas, mimos.

Kate se detuvo en un puesto de baratijas y compró un colgante con un pequeño corazón de plata pulida para su madre. Lo que llevaba grabado le pareció divertido.

«Chica de azúcar.»

Mientras esperaba, mirando el reloj, el mar y la alegre escena, le vino a la cabeza un viejo recuerdo enterrado en los recovecos de su mente desde hacía mucho.

Estaba en la antigua casa. Tendría ocho o diez años, y ese día no había ido al colegio porque estaba enferma y ante la poco halagüeña perspectiva de quedarse todo el día en casa recuperándose, le había insistido a su madre para que saliera a alquilarle una película.

—¿Y si te enseño yo una película? —Su madre sonrió.

Kate no sabía a qué se refería.

Pasaron las horas que siguieron en el suelo del cuarto de estar, Kate en pijama. De una caja de cartón con cosas viejas, Sharon sacó un número manoseado y con pinta de antiguo de *Playbill*, la revista de teatro, con las esquinas de algunas páginas dobladas.

El ejemplar de la versión escénica de *West Side Story*, la original.

—Cuando tenía tu edad, era lo que más me gustaba —dijo su madre—. Mi madre me llevó a verla al teatro Winter Garden de Nueva York. ¿Qué te parece si te llevo?

Kate sonrió.

—Vale.

Entonces su madre metió una casete en el vídeo y encendió el televisor. Las dos, acurrucadas en el sofá, vieron la historia de Romeo y Julieta y sus familias, ahora en la piel de Tony y María, los Sharks y los Jets. A veces su madre cantaba y se sabía toda la letra —«When you're a Jet, you're a Jet all the way,/from your first cigarrette to your last dying day»— y cuando interpretaron el gran número de baile del gimnasio —*I like to be in America!*—, Sharon se levantó de un salto e imitó los pasos a la perfección, emocionada, bailando en perfecta sincronía con el personaje de Anita, levantando las manos y taconeando. Kate recordaba muy bien cómo la había hecho reír.

—Todas querían ser María —dijo su madre—, porque era la más guapa. Pero yo quería ser Anita por cómo bailaba.

—No sabía que supieras bailar así, mamá —dijo Kate, pasmada—.

—¿A que no? —Su madre volvió a dejarse caer en el sofá con un suspiro de cansancio—. Créeme, hay montones de cosas que no sabes de mí, cariño.

Vieron el resto de la película, y Kate recordaba haber llorado cuando su madre cantaba *There's a place for us* con los fatalmente predestinados Tony y María. Kate recordaba lo cerca que se había sentido de su madre, cómo aquel episodio se convirtió en algo que siempre recordaba con cariño. A lo mejor algún día tendría oportunidad de compartirlo con su propia hija.

Sonrió dulcemente. «Hay montones de cosas que no sabes de mí.»

—¿Cari...?

Kate se volvió. Sharon estaba de pie ante ella, en el mercado. Llevaba un jersey naranja de cuello alto y gafas de sol de concha y su frondosa melena recogida con un pasador.

—¡Mamá! —Se abrazaron las dos.

Se miraron la una a la otra, ahora a la luz del día. Su madre estaba guapísima. Era estupendo estar allí.

—Si te digo en qué pensaba justo ahora, no te lo vas a creer —le confió Kate, algo avergonzada, protegiéndose los ojos del sol.

—Cuéntame. —Sharon sonrió. Cogió a Kate por el brazo—. Vamos, tenemos que ponernos al día de muchas cosas.

53

Hablaron de un millón de cosas. De Justin y Emily, de cómo les iba. De cómo estaba Tina. De la diabetes de Kate. De Greg. De que estaba acabando la residencia y había enviado currículos, pero ahora mismo no sabían dónde acabarían el año que viene.

—Igual nos toca venir aquí a vivir con vosotros —dijo Kate, con una sonrisa.

—Estaría bien, ¿no?

Hablaron mucho sobre papá.

Pidieron la comida a un guapo camarero de aspecto atlético, bronceado como un profesor de *snowboard*. Kate tomó la ensalada de pollo vietnamita y Sharon la ensalada Niçoise. Cada poco, se levantaba viento y Kate se apartaba el pelo de los ojos,

Por fin, el viento les concedió una tregua y Sharon se levantó las gafas. Tomó la mano de Kate y, con expresión algo preocupada, le recorrió la línea de la vida en la palma.

—Cariño, creo que deberías decirme por qué estás aquí.

Kate asintió.

—La semana pasada pasó algo, mamá, en el río…

Le contó a su madre lo de la embarcación que casi la había atropellado y partido su bote en dos.

—Oh, Dios mío, Kate… —Sharon cerró los ojos, sin soltarle la mano. Cuando volvió a abrirlos, los tenía llenos de lágrimas—. No sabes cuánto siento que estés metida en esto.

—Me parece que ya es tarde para eso, mamá. Creo que siempre ha sido tarde. —Kate rebuscó la cartera en el bolso—. Tengo algo que enseñarte, mamá.

Sacó la vieja fotografía de su padre que había encontrado en la casa y se la pasó al otro lado de la mesa.

Sharon la cogió. Kate no tenía claro si la habría visto antes. Sin embargo, no parecía importar. Sharon levantó la mirada. Sabía lo que era. Sabía lo que significaba. Se veía perfectamente, escrito en las arrugas de su rostro con una mezcla de pesar.

—La has encontrado. —Sharon sonrió, sin asomo de sorpresa.

—¿Sabes de qué va? —preguntó Kate—. ¿Qué coño pinta papá ahí, mamá? Es en Colombia, no en España. Mira lo que pone en la puerta, detrás de él. —Su voz empezó a transmitir lo nerviosa que estaba—. ¿Puedes leerlo, mamá?

—Ya sé lo que pone —respondió Sharon, apartando los ojos—. La dejé para ti, Kate.

Kate se quedó mirándola, pasmada.

—Te he escrito casi cada día —dijo su madre, volviendo a dejar la foto en la mesa y alargando la mano para coger la de Kate—. Tienes que creerme. He tratado de explicártelo cien veces... pero es que nunca fui capaz de pulsar la tecla de "enviar". Ha pasado tanto tiempo que casi lo había olvidado. Pero no sirve de nada. No desaparece.

—¿Olvidado qué, mamá? No lo entiendo. —Kate cogió la foto y la sostuvo ante los ojos de Sharon—. ¡Es mi padre, mamá! *¿Quién coño es en realidad?* ¿Qué hace delante de ese cartel?

Sharon asintió y sonrió con algo de resignación.

—Tenemos mucho tiempo perdido que recuperar, cariño.

—Estoy aquí, mamá.

Se levantó viento y salió volando un vaso de plástico de la mesa. Kate se agachó instintivamente a cogerlo.

No oyó el ruido.

Al menos así es como lo recordaba las mil veces que había vuelto a reproducir ese momento mentalmente después.

De repente, Kate sintió una fuerte y abrasadora quemazón en el hombro... como acero fundido sobre su carne, un impacto por la espalda que por poco la tiró de la silla.

Los ojos de Kate se posaron en esa parte de su cuerpo. El tejido de su chaqueta estaba rasgado. Había un agujero rojo. No le dolía. No se asustó. Sabía que algo horrible acababa de pasar, pero no sabía qué. Empezó a salirle sangre. Al cabo de un segundo, su cerebro fue consciente de ello.

—¡Dios mío, mamá, creo que me han pegado un tiro!

Sharon estaba erguida, aún sentada, pero, por alguna razón, no respondía a la desesperación de su hija. Ya no llevaba las gafas de sol, tenía la cabeza algo ladeada e inclinada hacia delante, las pupilas fijas y vidriosas.

Un círculo oscuro se iba extendiendo sobre el naranja de su jersey.

—¡Mamá!

En ese instante se disipó la bruma que envolvía el momento y Kate, incrédula, se fijó en el agujero de su hombro y el anillo de sangre que iba creciendo en el pecho de Sharon. La bala la había atravesado limpiamente y había dado en el pecho de su madre. Kate se la quedó mirando, horrorizada.

—¡Oh, Dios mío, mamá, no!

Se oyó otro silbido acercándose y el grito de una mujer al explotar un vaso de la mesa de al lado, el disparo impactando en la acera. Para entonces Kate ya se había levantado de un salto y se había abalanzado sobre su madre, cubriendo su cuerpo inmóvil, insensible, zarandeándola, gritando «¡Mamá, mamá!» a la palidez del rostro de Sharon mientras caía al suelo.

Se oían gritos en todas direcciones, gente cogiendo a niños, mesas volcadas. «¡Están disparando! ¡Abajo todo el mundo! ¡Todos al suelo!»

Sin embargo, Kate se quedó como estaba. Sabía que su madre estaba muerta. Le apartó el cabello de la cara. Le limpió unas gotas de sangre roja oscura que le había salpicado la mejilla.

Sólo era capaz estrecharla con fuerza entre sus brazos.

¡Oh, Dios mío, mamá…!

54

Las ambulancias y los coches patrulla llegaron hasta la plaza, con las luces emitiendo destellos. La policía ordenó al gentío que circulase. Una técnica sanitaria se arrodilló junto a Kate hablándole con voz tranquilizadora y trató de que dejara de aferrarse a su madre.

Kate no la soltaba. No podía.

Cuando la soltara, sería como admitir que era real.

La policía dispersó a la multitud, que se agolpó a distancia en un arco amplio, murmurando sin parar. Todos señalaban un edificio rojo que había tras ellas. El hotel Lapierre. Habían disparado desde allí. Kate no miró. Se limitó a seguir estrechando a su madre. «¿Qué es lo que querías decirme, mamá?» Miró fijamente las verdes profundidades en calma de los ojos de Sharon. «¿Qué es lo que no te han dejado decir esos hijos de puta?»

Le dolía el hombro pero apenas lo notaba. Una técnica sanitaria asiática seguía tratando de llevarse a su madre.

—Tiene que recostarse, señorita, por favor. Estamos aquí para ayudarla. Le han disparado. Sólo déjenos examinarla.

Kate no dejaba de sacudir la cabeza, repitiendo una y otra vez:

—Estoy bien…

Todo le recordaba a alguna serie policíaca de esas que había visto cien veces.

Sólo que ahora la estaba viviendo en sus propias carnes. Era a ella a quien le tomaban la tensión, a ella a quien le pedían que se tumbara, ella la que tenía ahora el brazo envuelto en sensores. Era a su madre a quien trataban de arrancarle de los brazos.

—Nos ocuparemos de ella. Ya puede dejárnosla.

Finalmente Kate soltó a su madre. Depositaron a Sharon con

cuidado sobre una camilla con ruedas. De pronto, Kate se sintió muy sola. Y asustada. Tenía el jersey empapado de sangre. El sonido de las sirenas la sacó de su ensimismamiento. Fue entonces cuando, por primera vez, sintió que las lágrimas le surcaban las mejillas.

Era verdad.

—Tendrá que ir al hospital. —La técnica sanitaria se arrodilló junto a Kate y la obligó a reclinarse—. Ella también irá al mismo sitio. Le prometo que la verá allí. ¿Cómo se llama?

Kate dejó que la pusieran con cuidado en una camilla. Levantó la mirada hacia el cielo azul. Por un instante, recordó la imagen de ese mismo cielo azul que había visto desde la habitación del hotel.

—Kate.

Su mente empezó a vagar sin rumbo. Hasta llegar a Justin y Emily. ¿Quién se lo diría? Tenían que saberlo. ¿Adónde irían ahora? ¿Quién se haría cargo de ellos ahora? Y Greg... De pronto, Kate se dio cuenta de que tenía que llamarle. Decirle que estaba bien. «Tengo que llamar a mi marido», dijo. Trató de sentarse. No estaba segura de si la habían oído.

Empezaron a llevarse a Kate hacia la ambulancia. Ya no podía aguantar más. Empezó a sentirse atontada. Ya no conseguía reprimir las ganas de cerrar los ojos.

De pronto, se dio cuenta de que estaba dejando atrás algo... algo muy importante.

—¡Esperen! —Kate alargó la mano y agarró del brazo a uno de los técnicos sanitarios.

La camilla se detuvo. La mujer se inclinó hacia ella.

—Ahí hay una cosa. Una foto. Es de mi padre. —Trató de señalar, pero no podía mover el brazo derecho. Y ya no sabía en qué dirección—. No puedo dejarla. Está por ahí, en algún lugar.

—Wendy, tenemos que irnos —intervino su compañero de modo tajante.

—Por favor. —Kate trató de incorporarse. Apretó el brazo de la técnica—. La necesito. Por favor...

—Un segundo, Ray —respondió la técnica sanitaria.

Kate volvió a dejar caer la cabeza. No oía las sirenas ni la muchedumbre, sólo el graznido de las gaviotas y los sonidos de la bahía fluyendo dulcemente hasta sus oídos. Había sido un día de esperanza y promesas. La brisa le acarició la cara y, por un instante, olvidó por qué estaba allí.

La técnica sanitaria volvió a arrodillarse y le puso algo en las manos.

—¿Es esto?

Kate recorrió la foto con los dedos, como si estuviera ciega. Había estado en las manos de su madre.

—Sí. —Estaba salpicada de sangre. Kate alzó la vista hacia la mujer—. Gracias.

—Ahora mismo hay que llevarla al hospital. Tenemos que irnos enseguida.

Kate notó una sacudida de la camilla y luego cómo la levantaban. Resonó una sirena. Ya no pudo aguantar más. A su alrededor, todo era caos. Confusa, cerró los ojos.

Lo que vio la asustó: su padre, de pie bajo aquella puerta, sonriéndole.

Y cuatro palabras que quería pronunciar. La pregunta que su madre nunca llegó a responder.

«¿Por qué estás ahí?»

CUARTA PARTE

55

Las ruedas del avión del vuelo 268 de American Airlines entraron en contacto con el asfalto de la pista del aeropuerto JFK, y el gran jet rodó hasta detenerse.

Kate, con el brazo derecho en cabestrillo, miraba por la ventana desde su asiento de primera clase. A lo lejos veía la conocida torre de control, junto a la vieja Terminal de Saarinen con forma de montura donde estaba JetBlue ahora.

Estaba en casa.

Al otro lado del pasillo había dos agentes de los U.S. Marshals. La habían acompañado desde el hospital de Seattle donde había pasado tres días hasta el aeropuerto. Tenía el hombro bien: la bala lo había atravesado limpiamente. Le habían desinfectado la herida y le habían estado inyectando sedantes para el estado de choque hasta que había estado lista para el viaje de vuelta. Tendría que llevar el brazo en cabestrillo durante una semana más aproximadamente.

Sin embargo, ni toda la morfina y el Valium del mundo habrían bastado para calmar el verdadero dolor.

El dolor de revivir la horrible escena una y otra vez, siempre que tenía que relatarla a los inspectores. El momento en que se miró llena de perplejidad el agujero del hombro y se volvió hacia su madre, sin comprender.

La imagen de la cabeza de Sharon ligeramente caída hacia delante, el anillo de sangre que le crecía en el jersey. La brutal sorpresa que se había apoderado de ella. ¡Mamá!

Y las preguntas. El cerebro de Kate no las distinguía con claridad. ¿Y si nunca hubiera ido? ¿Y si hubiera hecho caso de la advertencia del río, como Greg le había rogado? ¿Y si se hubiera limitado a ir hasta la casa del lago y llamar a la puerta? No la habrían dejado ver a su familia. ¿Y si no se hubiera agachado a coger aquel vaso?

Su madre seguiría con vida.

Justin y Emily habían tomado un vuelo a casa el día antes. Estaban en casa de su tía, en Long Island. El funeral sería el jueves. Después de eso, ¿quién sabía? Tal vez eso era todo. El daño estaba hecho. El seguro pagado.

Habían encontrado algo horroroso en la azotea del hotel desde donde habían disparado, en una bolsa de plástico, junto con el rifle abandonado del francotirador: una lengua cortada. Una lengua de perro. Esta vez el mensaje de Mercado era de una claridad escalofriante. «Esto es lo que hacemos a los que hablan.»

«Maldito seas, papá. —Kate cerró los ojos mientras el avión se detenía y se acoplaba al *finger*—. Mira la mierda que has provocado.»

Acercaron una silla de ruedas a la puerta. Uno de los agentes cogió el bolso de Kate, la ayudó a levantarse y la condujo por el *finger*. El corazón casi le estallaba de ansiedad.

Greg estaba de pie al final del pasillo. Llevaba vaqueros y la sudadera de la Rice University. Iba despeinado, tenía los ojos llenos de lágrimas y sacudía la cabeza, con algo de tristeza.

—Bicho…

Kate se levantó de la silla y se fundió en los brazos de él. Por un instante no hicieron más que estrecharse el uno al otro. Ella era incapaz de mirarlo a la cara, por miedo a apartar la cabeza de su hombro.

—Oh, Dios mío, Greg. —Se estrechó contra él—. Mamá está muerta.

—Lo sé, cariño, lo sé…

Él volvió a dejarla en la silla. Aún estaba débil. Greg se arrodilló y comprobó el cabestrillo.

—Estoy bien. —Los agentes del Gobierno estaban apiñados a

su alrededor—. Diles que se vayan, Greg. Por favor. Sólo quiero que todo vuelva a ser como antes.

—Lo sé. —Asintió, inclinando su rostro hacia el de ella.

—¿Por qué han hecho esto? —preguntó Kate—. ¿Qué quieren de nosotros?

Greg le acarició la mejilla con los nudillos.

—No sé, pero no pienso permitir que vuelvan a hacerte daño. Te lo prometo. Voy a cuidar de ti, Kate. Nos mudaremos. Haremos lo que haga falta.

—Papá nos ha salido muy caro, Greg. Y ni siquiera sé si está vivo.

—Ahora ya da igual —dijo—. Tengo bastante con que estés en casa, Kate. Y a salvo. Ahora ya no importa nada más que nosotros dos.

Tomó la silla y la llevó por la terminal. Un coche del Gobierno esperaba junto a la acera. Cuando se acercaron, salieron de él un par de agentes. Greg ayudó a Kate a bajar de la silla y a meterse en el asiento trasero, y los agentes subieron delante. Comenzó a sonar una sirena en el momento en que el coche arrancó y empezó a moverse.

Greg sonreía mientras se alejaban.

—*Fergie* estará contento de que hayas vuelto. Creo que a estas alturas ya empieza a estar harto de las comidas que le hago yo.

Kate sacudió la cabeza.

—Lo único que hay que hacer es echárselo en el comedero, Greg.

—Ya. Pues no le gustará cómo se lo echo.

Kate sonrió y apoyó la cabeza en el hombro de él. Apareció ante sus ojos la línea del horizonte de Manhattan. Iba para casa.

—Tienes razón —dijo—. La verdad es que ya no importa.

—¿El qué, bicho? —respondió Greg.

—Nada. —Kate cerró los ojos. En brazos de él, todo parecía estar a años luz—. Seguramente estará muerto.

56

El jueves fue un día pasado por agua, de llovizna y viento, el día que Kate, Em y Justin se despidieron de su madre.

El servicio fue en la sinagoga Beth Shalom, la congregación sefardí de la calle Sesenta y dos este a la que Kate y su familia habían pertenecido siempre. Sólo se informó a un puñado de viejos amigos, y Kate y los chicos únicamente publicaron una breve esquela en el *Times* —en la que el nombre que aparecía era Raab—, a instancias de Kate. Hacía más de un año que su familia se había ido. Kate no tenía claro quién se presentaría.

Escogieron un sencillo ataúd de madera de nogal pulido. A Sharon le hubiera parecido bien, Kate lo sabía. El rabino Chakin, un hombre de pelo cano y voz suave, conocía a la madre y el padre de Kate desde que los chicos eran pequeños. Había oficiado el *bar mitzvah* de todos ellos. Pero esto... era algo que uno espera no tener que hacer nunca.

Kate estaba sentada en la primera fila con gesto ausente. Tenía fuertemente cogida la mano de Greg y con el brazo rodeaba a Justin y Emily. Cuando la solista del coro cantó el himno de entrada llenando el santuario con su voz clara y lastimera, fue cuando se dieron cuenta de por qué estaban allí.

Fue entonces cuando las lágrimas empezaron a derramarse. El rabino entonó:

«*Rocíame con el hisopo, oh Señor,*
lávame, y quedaré más blanco que la nieve.
Aparta de mi pecado tu rostro y borra en mí toda culpa.
Crea en mí un nuevo corazón, oh Dios,
Y un espíritu firme, renovado.»

Todo parecía tan terriblemente injusto, una pérdida tan inú-til... No hacía ni dieciocho meses, todo era perfecto en sus vidas. Los chicos eran felices y sacaban buenas notas. Su padre gozaba de éxito y admiración. Las postales de sus vacaciones estaban repletas de fotos de viajes fantásticos. Ahora tenían que enterrar a su madre en silencio y en secreto.

Ahora nadie sabía dónde estaba su padre.

Em apoyó la cabeza en el hombro de Kate, sollozando. No lo entendía. Justin tenía la mirada fija en el vacío. Kate atrajo sus rostros hacia ella. Por mucho que quisiera llorar su pérdida, algo más se revolvía en su interior. Indignación. Mamá no se merecía aque-llo. Ninguno de ellos se lo merecía.

«Maldito seas, papá... ¿Qué has hecho?»

En un momento dado, Kate miró a su alrededor. Tenía la sen-sación tonta e infantil de que lo vería, al fondo de la sinagoga. Y correría hacia ellos, rogándoles que lo perdonaran, con lágrimas en los ojos, y desharía cuanto había pasado con sólo guiñar el ojo y chasquear los dedos, como siempre había hecho. Y podrían volver a ser ellos mismos.

Pero no había ni rastro de él. En su lugar, Kate vio algo igual-mente emotivo: todas las filas estaban llenas. Estaba abarrotado de personas que conocía, muchas de ellas gente a quien no veía desde hacía largo tiempo. Rostros del club. Del estudio de yoga de su ma-dre. Dos de las más antiguas amigas de la universidad de Sharon, que ahora vivían en Baltimore y Atlanta.

Compañeros de clase de Westfield, la antigua escuela de Em y Justin, congregados allí. Por ellos.

Kate sintió que las lágrimas le resbalaban por las mejillas.

—Mirad —dijo a Justin y a Em—. ¡Mirad! —Se volvieron. Era tanto lo que habían negado de ellos mismos durante el año pasado... Pero aquello les demostraba ahora que no estaban solos.

«Mira lo que le has arrebatado», se imaginó Kate diciéndole a su padre. «Ésta era su vida. Era suya, aunque tú estuvieras dispuesto a echarla por la borda. ¿Dónde estás? ¿Por qué no estás viendo esto? ¡Mira lo que has hecho!»

Tras las oraciones, el rabino pronunció unas palabras. Cuando acabó, Kate subió a la *bimah*. Miró hacia los bancos repletos pero silenciosos. Greg sonrió, animándola. Estar ahí le suponía un esfuerzo sobrehumano, pero alguien tenía que hablar por su madre. Contempló los semblantes conocidos llenos de lágrimas. La abuela Ruth. La tía Abbie, la hermana de mamá.

—Estoy aquí para contaros algunas cosas sobre mi madre —dijo Kate—, Sharon Raab.

Era agradable decirlo en voz alta. Proclamarlo. Kate reprimió un torrente de lágrimas y sonrió.

—Seguro que ninguno de vosotros supo nunca lo mucho que a mamá le gustaba bailar.

Les contó lo de *West Side Story*. Y lo mucho que a Sharon le gustaba ver reposiciones de *Todo el mundo ama a Raymond* después de las noticias de la noche, teniendo a veces que escabullirse a la sala de estar para no molestar a su padre. Y lo de cuando consiguió por primera vez sostenerse sobre la cabeza haciendo yoga, ella sola, y los llamó a todos a grito pelado, para que bajaran al sótano a verlo.

—Y allí estaba mamá, cabeza abajo, sin dejar de repetir «¡Mirad! ¡Mirad!» —Los dolientes se echaron a reír—. ¡Todos pensamos que se estaba quemando la casa!

Kate les explicó lo mucho que la había cuidado su madre cuando enfermó, que había hecho tablas y horarios para que se controlara la insulina. Y que cuando su vida cambió repentinamente, dando «este giro surrealista e inesperado», ella había cambiado.

Jamás había perdido el orgullo.

—Mantenía unida a la familia. Era la única capaz de hacerlo. Gracias, mamá. —Kate añadió—: Sé que nunca te pareció haber hecho lo suficiente, pero lo que no sabías es que bastaba con estar a nuestro lado. De verdad que voy a echar de menos esa sonrisa y el brillo de tu mirada. Pero sé que, con sólo cerrar los ojos, estarás justo ahí, a mi lado… siempre. Oiré esa dulce voz diciéndome que me quieres y que todo saldrá bien. Como siempre. Doy gracias por haber disfrutado de tu presencia en mi vida, mamá. De verdad que ha sido increíble tener a una persona así como guía.

Al final, un violonchelista interpretó *Somewhere* de *West Side Story*. Kate, Justin y Em siguieron el ataúd de Sharon hasta el final del pasillo. Se detuvieron y rodearon con los brazos a personas con los semblantes llenos de lágrimas. Gente a quien tal vez no volverían a ver. Kate se detuvo en la puerta. Disfrutó de un momento de paz absoluta. «Mira, mamá, saben quién eres.»

Luego el coche fúnebre encabezó una procesión de coches hasta el cementerio de Westchester, donde la familia tenía un nicho familiar. Siguieron a pie el ataúd hasta un pequeño montículo que daba a la puerta del cementerio. Bajo un toldo de piceas había un gran agujero en el suelo. El padre de Sharon estaba enterrado allí. Y su madre. Había un espacio vacío al lado para el padre de Kate. Sólo asistió la familia. Justin recostó la cabeza sobre la tía Abbie y empezó a sollozar. Se había derrumbado de pronto. Kate rodeó a Emily con el brazo. El rabino recitó una plegaria final.

Bajaron a su madre a la tumba.

El rabino les dio lilas blancas. Uno por uno, cada uno de los asistentes se acercó y arrojó una flor sobre el ataúd. La abuela Ruth, que tenía ochenta y ocho años. La tía Abbie y su marido, Dave. Los primos de Kate, Matt y Hill, que habían venido desde la universidad. Todos arrojaron una flor, hasta que no se distinguieron los pétalos y quedó como una colcha blanca.

Kate fue la última. Ella y Greg permanecieron en silencio, con el ataúd a sus pies. Él le apretó la mano. Kate levantó los ojos un momento y, a lo lejos, en la carretera, vio a Phil Cavetti y a dos agentes esperando en los coches. Se le heló la sangre.

«No pienso abandonar —prometió—. Pienso averiguar quién hizo esto, mamá.»

Arrojó la última flor.

«Pienso averiguar lo que querías decirme. Voy a atrapar a esos hijos de puta. Cuenta con ello, mamá. Te quiero. No pienso olvidarte ni un segundo. Adiós.»

57

Pasaron dos semanas. El brazo de Kate se iba curando poco a poco pero no estaba lista para volver al laboratorio. La ira era aún demasiada, las heridas del alma estaban demasiado tiernas. Le parecía que era ayer cuando había visto morir a su madre en sus brazos.

Kate seguía sin tener ni idea de si su padre estaba vivo o muerto. Lo único que sabía era que un mundo nuevo le había estallado en la cara. Un mundo que odiaba. Ya había pasado un año desde que su familia se había escondido. Su madre estaba muerta. Su padre había desaparecido. Todas las verdades habían resultado ser mentiras.

Cuando se sintió lo bastante fuerte, Kate fue a Bellevue a ver a Tina.

Su amiga seguía en coma profundo, entre 9 y 10 según la Escala de coma de Glasgow. Ahora estaba ingresada en una planta de traumatología de larga duración. Aún estaba conectada a un respirador y le estaban poniendo manitol vía intravenosa para reducir la inflamación cerebral.

Sin embargo, había momentos de esperanza: la actividad cerebral de Tina había aumentado y sus pupilas mostraban indicios de atención. A veces hasta se movía. Aun así, los médicos afirmaban que no había más de un cincuenta y cinco por ciento de posibilidades de que se recuperara o volviera a ser la misma que antes de que le dispararan.

El hemisferio cerebral izquierdo, el que controla el habla y la cognición, había sufrido daños. No sabían cómo reaccionaría.

Sin embargo, había una buena noticia: habían encontrado al atacante de Tina.

Milagrosamente, resultó que al final sí era un asunto de bandas, un rito de iniciación aleatorio, como había dicho la policía. No tenía nada que ver con la situación de Kate. Tenían bajo custodia al chaval de diecisiete años que lo había hecho. Un miembro renegado de la banda lo había delatado. Las pruebas eran aplastantes. Le podría haber tocado a cualquiera que pasara por esa calle aquella misma noche.

Aquello alivió bastante la presión de la mente de Kate.

Hoy se quedaría con Tina en la estrecha habitación individual mientras Tom y Ellen iban a comer. Los monitores emitían sus constantes pitidos tranquilizadores; tenía puesto un gotero para mantener a raya la inflamación y otro para alimentarla e hidratarla. Un grueso tubo respiratorio comunicaba la boca con los pulmones. Había unas cuantas fotos pegadas en las paredes y la mesa de la cama, fotos felices: viajes en familia, la graduación de Tina, una de ella y Kate en la playa, en Fire Island. El respirador marcaba el tiempo con un zumbido continuo.

Aún le dolía mucho verla así. Tina parecía tan frágil y pálida… Kate envolvió con los dedos el puño cerrado e inerte de su amiga. Le contó lo que había pasado, que había tenido que marcharse una temporada, cómo se había librado por los pelos en el río Harlem y luego lo de Sharon.

—Ya ves, Teen, ¿qué te parece? Nos han disparado a las dos. Sólo que…

Le falló la voz, incapaz de acabar la frase. «Sólo que mi herida se curará.»

—Venga, Tina, necesito que te mejores. Por favor.

Sentada a su lado, oyendo pitar los monitores y el respirador contrayéndose y expandiéndose, la mente de Kate retrocedió en el tiempo. ¿Qué era lo que su madre necesitaba decirle? Ahora nunca lo sabría. La foto… Kate empezaba a pensar que Cavetti bien podía tener razón. Tal vez su padre sí había matado a aquella agente. Tal vez seguía con vida. Su madre ya no estaba. Esa respuesta había muerto con ella. ¿Qué hacía él en esa foto?

¿Hasta qué punto su padre estaba relacionado con Mercado? ¿Cuántos años…?

Kate oyó un leve gemido. De repente, sintió que le tiraban del dedo. Casi se le salió el corazón del pecho. Se volvió.

—¡Tina!

Los ojos de Tina seguían cerrados, los monitores seguían pitando cadenciosamente. El tubo de la boca no se movió. Sólo había sido uno de esos reflejos involuntarios. Kate ya los había visto antes. Les daba falsas esperanzas. Puede que hubiera apretado demasiado la mano de Tina.

—Venga, Teen… Sé que puedes oírme. Soy yo, Kate. Estoy aquí. Te echo de menos, Teen. Necesito que te pongas bien. Por favor, Tina, necesito que vuelvas conmigo.

Nada.

Kate soltó la mano de su amiga.

¿Cómo podía reprimir su instinto como si nada?, pensó Kate. ¿Cómo podía fingir que no había nada horrible detrás de lo que había pasado? Seguir con su vida como si nada. Dejarles ganar. No llegar nunca a saberlo. Todo se reducía siempre a la misma pregunta, y ahora esa pregunta tenía que responderse.

¿Quién había denunciado a su padre? ¿Cómo había empezado el FBI a fijarse en él?

Pero quedaba una persona que aún lo sabía.

—Todos dicen que debería dejarlo correr —dijo Kate—, pero si fueras tú, querrías saberlo, ¿verdad, Teen? —Kate acarició el cabello de su amiga. El respirador zumbó. El monitor cerebral pitó.

No, no van a ganar.

58

Kate llamó a la puerta de la lúgubre casa de los años setenta en Huntington, Long Island. El inmueble estaba pidiendo a gritos una capa de pintura. El hombre fornido de gruesas gafas abrió la puerta. En cuanto la vio, dirigió la mirada hacia la calle, por detrás de ella.

—No tendrías que estar aquí, Kate.

—Howard, es importante, por favor...

Howard Kurtzman miró el brazo en cabestrillo de Kate, y su mirada se volvió más dócil. Abrió la mosquitera y dejó pasar a Kate. La llevó hasta la sala de estar, un espacio poco iluminado, de techo bajo, con muebles de madera oscura y tapicería descolorida que parecía llevar años sin cambiarse.

—Ya te lo dije en Nueva York, no puedo ayudarte, Kate. Que estés aquí no es bueno para ninguno de los dos. Te voy a dar un minuto, quieras lo que quieras. Luego puedes salir por la puerta del garaje.

—Howard, sé que sabes lo que pasó. Tienes que contármelo.

—Howard, ¿hay alguien? —Su mujer, Pat, salió de la cocina. Al ver a Kate, se quedó de piedra.

A lo largo de los años, Kate había coincidido con ella varias veces en fiestas de la oficina.

—Kate... —dijo mirando el cabestrillo y luego a Howard.

—Los dos lo sentimos cuando nos enteramos de lo de Sharon —dijo Howard. Le hizo señas a Kate para que se sentara, pero ella se quedó apoyada en el brazo acolchado del sofá—. Le tenía mucho cariño a tu madre. Siempre se mostraba agradable conmigo. Pero ahora ya te has dado cuenta, ¿no? Son mala gente, Kate.

—¿Crees que van a olvidarse de ti sin más, Howard? ¿Crees que van a dejar que te vayas, que se va a acabar sólo porque mires a ambos lados de la calle antes de abrir la puerta? Mi madre está muerta, Howard. Mi padre... no tengo ni idea de dónde está, ni siquiera de si está vivo. Para él no se acabó. —Kate cogió una foto enmarcada de la familia de Howard: hijos mayores, nietos sonrientes—. Ésta es tu familia. ¿Crees que eres libre? Mírame. —Le mostró el cabestrillo—. Sabes algo, Howard. Lo sé. Alguien te presionó para que lo denunciaras.

Howard se ajustó las gafas.

—No.

—Entonces te pagaron... Por favor, Howard, me importa un bledo lo que hiciste. No estoy aquí por eso. Sólo necesito saber cosas de mi padre.

—Kate, no tienes ni idea de dónde te estás metiendo —respondió él—. Ahora estás casada. Múdate. Rehaz tu vida. Forma una familia.

—Howard. —Kate cogió su mano fofa y fría—. No lo entiendes. ¡Quienquiera que estés protegiendo, también intentó matarme!

—Quienquiera que esté protegiendo... —Howard miró a su mujer y luego cerró los ojos.

—Justo después de que me encontrara contigo —dijo Kate—, en el río Harlem, donde voy a remar. ¿Nos observaba alguien, Howard? ¿Sabía alguien que preguntaba por él? Sé cosas de mi padre. Sé que no era exactamente quien yo creía que era. Pero, por favor... mi madre trataba de decirme algo cuando la mataron. ¿Por qué me ocultas cosas?

—¡Porque es mejor que no lo sepas, Kate! —El contable la miró—. Porque nunca existió ningún puñado de pisapapeles chapados en oro ni Paz Exports. Siempre les vendimos el oro. No lo entiendes... ¡a eso se dedicaba tu padre!

Kate le devolvió la mirada.

—¿Qué...?

Howard se quitó las gafas. Se tocó la frente, tenía la tez de un blanco lechoso.

—Debes creerme —dijo—. En ningún momento, jamás pensé que esto pudiera hacer daño a nadie. Y menos a Sharon. —Se dejó caer en una silla—. Ni, que Dios me perdone, a ti.

—Alguien te presionó, ¿verdad, Howard? —Kate se le acercó y se arrodilló delante de él—. Te prometo que nunca volverás a saber de mí. Pero, por favor, tienes que decirme la verdad.

—La verdad —el contable esbozó una débil sonrisa— no es para nada la que tú crees, Kate.

—Pues dímela. Acabo de enterrar a mi madre, Howard. —Kate nunca había estado tan decidida—. Esto tiene que acabarse, ahora.

—Te dije que no te metieras, ¿verdad? Te dije que era algo que no te convenía saber. ¡A eso nos dedicábamos! Manejábamos dinero para los colombianos, Kate, los amigos de tu padre. Así es como pagasteis la casa, los coches de lujo. ¿Crees que fui desleal? Quería a tu padre, Kate. Hubiera hecho cualquier cosa por tu padre. —Apretó los labios y asintió—. Y lo hice.

—¿Qué quieres decir con que lo hiciste, Howard? ¿Quién te pagó para que lo delataras? Tienes que decírmelo, Howard. ¿Quién?

Cuando contestó, fue como si se le estrellara encima un meteoro a velocidad inimaginable, un mundo que acababa con un destello y otro que se erguía en medio de la desolación, estallando ante sus ojos.

—Ben. —El contable levantó la mirada, con los ojos llorosos y muy abiertos—. Ben me ordenó que fuera al FBI. Sí que me pagaron... tu padre, Kate.

59

Kate recordó la escena en el largo viaje de vuelta a la ciudad. En medio del traqueteo del vagón de la línea de ferrocarriles de Long Island y la masa de pasajeros anónimos, las palabras de Howard le ardían en la cabeza como restos de un naufragio en llamas.

«Sí que me pagaron… tu padre, Kate.»

Le pagó para que filtrara información al FBI. Para que lo denunciara. ¿Por qué? ¿Por qué iba a querer su padre destrozar su propia vida, las vidas de quienes quería? ¿Por qué iba a querer que lo encarcelaran, testificar, tenerse que esconder? ¿Cómo podía Kate desenterrar quién era él, por qué había hecho eso, de qué era capaz, a partir de todo aquel confuso rompecabezas en que se había convertido su propia vida?

La voz le llegó desde el fondo de la memoria. Una escena lejana a la que no había vuelto desde que era niña. La voz de su madre —desesperada y confusa— por encima del traqueteo del tren, hizo estremecer y temblar a Kate, incluso ahora.

—Tienes que elegir, Ben. ¡Ya!

¿Por qué recuperaba eso ahora? Lo único que quería era encontrar un sentido a lo que Howard le había dicho.

¿Por qué ahora?

Se vio a sí misma en el recuerdo. Tendría cuatro o cinco años. Era en la vieja casa de Harrison. Se había despertado en mitad de la noche. Había oído voces. Voces enfadadas. Salió de la cama a hurtadillas y fue hasta el rellano donde acababan las escaleras.

Eran sus padres. Estaban discutiendo, y cada palabra la sobresaltaba. Estaba algo asustada. Sus padres nunca discutían. ¿Por qué estaban tan enfadados?

Kate se sentó. Ahora podía distinguir sus voces perfectamente.

Envuelto en la neblina de los años, le vino todo a la memoria. Sus padres estaban en la sala de estar. Su madre estaba disgustada, contenía las lágrimas. Su padre gritaba. Nunca antes lo había oído hablar así. Se acercó más al pasamanos. Ahora lo oía claramente, en el tren.

—¡No te metas! —gritaba su padre—. No te concierne. No es asunto tuyo, Sharon.

—¿Pues de quién es asunto, Ben? —Kate notaba el llanto en la voz de su madre—. Dime, ¿de quién?

¿De qué hablaban? ¿Acaso Kate había hecho algo malo?

Se apoyó en el pasamanos. Se deslizó en silencio por las escaleras, una tras otra. Sus voces se oyeron más claramente. Voces llenas de amargura. Alcanzó a verlos en la sala de estar. Su padre llevaba una camisa blanca de vestir y la corbata sin anudar. Tenía el rostro más joven. Su madre estaba embarazada. De Emily, claro. Kate no sabía lo que pasaba. Sólo que nunca antes había oído discutir así a sus padres.

—No te atrevas a decírmelo, Sharon. ¡No te atrevas a decirme eso!

Su madre, sorbiéndose la nariz, le tendió la mano.

—Por favor, Ben, ¡que vas a despertar a Kate!

Él se zafó de ella.

—¡Me da exactamente igual!

Kate se sentó en las escaleras, temblando. Ya no recordaba más palabras. Sólo fragmentos, que le llegaban como diapositivas. Había algo completamente distinto y extraño en él, en sus ojos.

Ése no era su padre. Su padre no era así. Él era un hombre tierno y amable.

Su madre, de pie delante de él.

—Tu familia somos nosotras, Ben, no ellos. —Sacudió la cabeza, a pocos centímetros de él—. Tienes que elegir, Ben. ¡Ya!

Entonces su padre hizo algo, algo que nunca lo ha visto volver a hacer. ¿Por qué le venía ahora a la memoria? Kate giró el rostro, como había hecho en las escaleras puede que veinte años atrás,

Para luego enterrar aquel recuerdo —la violencia de sus ojos, lo que hizo— en toda una vida de recuerdos más felices que ella creía reales.

Pegó a su madre en la cara.

Él quería que pasara esto.

Fue cuando Kate, de pronto, comprendió. Al bajar del tren. Mientras subía las escaleras de Penn Station para salir a la calle. Completamente aturdida.

Su padre quería que pasara esto.

Eso era lo que Howard le había dicho. Quería quedar al descubierto... que sus tratos desde tanto tiempo con los Mercado salieran a la luz. Testificar contra su amigo. Ir a la cárcel. Poner en peligro a su familia, a quien en principio amaba por encima de todo. ¿Por qué? Había montado esta cómoda vida de ensueño para autodestruirse.

Y era capaz de ello. Eso era lo que más asustaba a Kate. Por eso el recuerdo del tren era tan escalofriante. Por enterrado que estuviera, ya lo había visto en él.

Kate caminó entre el gentío hacia la Calle Catorce. Se dirigió hacia el este, en dirección al Lower East Side.

¿Sabían los del WITSEC algo de todo aquello? ¿Sabían lo de la foto que había encontrado? ¿Conocían su antigua relación con Mercado? ¿Sabían quién era en realidad? ¿De lo que era capaz? Y aquellas horrorosas fotos de Margaret Seymour... En definitiva, ¿de verdad habían querido los hombres de Mercado matarlo en ningún momento?

¿Sabían que su padre había hecho trizas su propia vida?

El móvil de Kate sonó. Vio que era Greg y no lo cogió. Siguió caminando. No sabía qué decir.

De pronto, debía replantearse su vida de principio a fin. ¿Por qué habría querido su padre hacer daño a Margaret Seymour? ¿Qué información podía haber necesitado de ella? ¿Por qué iba a querer su padre hacerse eso a sí mismo? ¿Cómo podía haber querido hacerles daño a todos? A Sharon, a Emily, a Justin, a la propia Kate.

Era como si la coda del final de una sinfonía discordante la golpeara de lleno en la cabeza.

Aquél había sido el plan de su padre en todo momento.

Cuando volvió al piso, Greg estaba en el sofá viendo un partido de fútbol.

—¿Dónde has estado? —Se giró—. Te he llamado.

Kate se sentó delante de él y le relató su encuentro con Howard. Sacudía la cabeza, incrédula, perpleja, sin comprender.

—Papá lo organizó —dijo—. Lo organizó todo. Pagó a Howard un cuarto de millón de dólares para que fuera al FBI. Dijo que cerraba el negocio y se entregaba. Howard necesitaba el dinero. Tenía un hijo arruinado. No hubo ningún golpe del FBI. Lo hizo él mismo.

Greg se incorporó, con expresión incrédula y a la vez preocupada.

—No me cuadra.

—Ya. ¿Por qué iba a querer hacernos tanto daño? ¿Por qué iba a querer hacerse esto a sí mismo? Es como si todo formara parte de algún plan. Ya no sé qué creer, joder. Mi madre está muerta. Nos escondemos como alimañas. Empiezo a pensar que el FBI tiene razón. Que mi padre mató a esa agente. Quería a mi padre, Greg. Para mí lo era todo. Pero ahora sé… que volvía a casa cada noche de toda mi puta vida y nos mentía. ¿Quién coño era mi padre, Greg?

Greg se acercó y se sentó a su lado. Tomó su cara entre sus manos.

—¿Por qué haces esto, Kate?

Ella sacudió la cabeza, con los ojos vidriosos.

—¿El qué?

—Meterte otra vez justo en medio de todo esto. Sharon está muerta, cariño. Ha sido pura suerte que no te mataran a ti también. Esa gente es como bestias, Kate. También intentaron matarte.

—¡Porque tengo que saberlo! —gritó Kate, apartándose—. ¿Es que no lo entiendes? Quiero saber por qué murió mi madre, Greg. Lo que trataba de decirme…

»Nadie ha ido a la cárcel, Greg. Ni Concerga, ni Trujillo. Ninguno de aquéllos contra los que testificó mi padre. Nadie salvo Harold, el tonto de su amigo. Todos se han ido de rositas, todos esos a los que el Gobierno realmente quería. ¿No te parece raro? Y luego al cabo de un par de meses, él va y desaparece, y una agente acaba brutalmente asesinada. Nos mintió, Greg. ¿Para qué? ¿Tú no querrías saberlo?

Greg le rodeó los hombros con el brazo y la atrajo hacia sí.

—No podemos seguir viviendo con esto planeando sobre nuestras cabezas para siempre. Lo único que conseguirás es que te maten. Por favor, Kate, volvamos a nuestras vidas.

—No puedo…

—Y yo no puedo acompañarte, Kate. Así no. No podemos vivir con esta zozobra. —Le levantó la cara—. Te he llamado hace un rato. Tengo buenas noticias.

—¿Qué?

—Han llamado del New York-Presbyterian. Me han ofrecido el puesto. —Ensanchó la cara con una sonrisa de orgullo—. ¡Estoy dentro!

De médico de guardia. En ortopedia infantil. El Hospital Infantil Morgan Stanley contaba con uno de los mejores programas de la ciudad. Era una gran noticia. Unos meses antes, Kate hubiera saltado de alegría.

Sin embargo, ahora se limitó a tocarle la mejilla y sonreír. Ahora no lo tenía claro.

—Podemos quedarnos en Nueva York. Podemos empezar una nueva vida. Te quiero, cariño, pero no puedo hacer esto cada día e imaginarte poniéndote en peligro. Tenemos que dejar esto atrás. Si nos quedamos, debemos hacer frente al futuro. Los dos, Kate. Quieren saber si acepto. ¿Vamos a irnos o a quedarnos, cariño? ¿Vamos a seguir adelante y vivir nuestras vidas? Depende de ti, Kate. Pero tengo que darles una respuesta pronto.

60

El camión de la lavandería torció en la esquina y avanzó por la calle aletargada, para hacer la última parada a eso de las 8 de la tarde. Frenó delante de la casa de tejas azules, tapando el Taurus azul marino que había aparcado junto al bordillo. Una última entrega por hacer.

Con unas camisas al brazo, Luis Prado bajó de la cabina.

La calle estaba oscura, iluminada por una sola farola. La gente estaba en casa, recogiendo la mesa después de la cena, viendo *American Idol* por la tele, chateando.

Luis ya había matado al joven conductor de un solo tiro en la cabeza. Había metido el cadáver entre un montón de ropa blanca sucia y bolsas de la lavandería, en la parte trasera del camión. Saludó con la cabeza a las dos figuras encorvadas en el Taurus, como si ya las hubiera visto antes, y se dirigió al camino que conducía a la casa vecina. Entonces, al llegar a la altura del Taurus, sacó la Sig de nueve milímetros de debajo de las camisas que llevaba colgando del brazo.

El primer tiro atravesó la ventanilla del pasajero con un ruido amortiguado y fue a dar en la frente del agente que estaba más cerca de Luis dejando un rastro humeante y una quemadura redonda y negra entre los ojos del agente. Éste se desplomó en silencio sobre su compañero, cuyo semblante se contorsionó en una mueca de terror al tiempo que hurgaba en su chaqueta en busca del arma y al mismo tiempo buscaba la radio dejando escapar un último grito incomprensible.

Luis apretó el gatillo dos veces más: las balas de nueve milímetros dieron de lleno en el pecho del agente; las manchas de sangre salpicaron el parabrisas y la víctima quedó totalmente inmóvil tras proferir un gemido ahogado. Luis abrió la puerta de un tirón y le disparó por última vez en la frente, por si acaso.

Miró a su alrededor. La calle estaba despejada. Nadie podía ver nada con el camión de la lavandería delante. Luis cogió las camisas y subió las escaleras que conducían a la casa de tejas azules. Tras esconder el arma bajo la ropa, llamó al timbre de la puerta.

—¿Quién es? —preguntó desde dentro una mujer.

—El reparto de la lavandería, señora.

Subieron la persiana de la ventana más próxima a la puerta y Luis vio a una mujer rubia con traje color canela que se asomaba y miraba detenidamente el camión blanco.

—¡En la otra casa! —dijo, señalando a la izquierda.

Luis sonrió como si no comprendiera, mostrando las camisas.

La cerradura de la puerta giró.

—Se equivoca de casa —repitió la guardaespaldas del Gobierno, apenas entreabriendo la puerta.

Luis embistió la puerta con el hombro y la abrió de par en par. La agente rubia cayó rodando por suelo con un grito desconcertado al tiempo que buscaba a tientas y desesperadamente su arma. Dos balas disparadas con silenciador sobre la blusa blanca mientras ella levantaba las manos involuntariamente, como para detenerlas.

—Lo siento, hija —masculló Luis, al tiempo que cerraba la puerta—, pero me parece que no me equivoco.

Un perro, el labrador blanco que había visto días antes, salió de la cocina. Luis lo tumbó de un tiro en el cuello. El animal gañó y calló al suelo en silencio.

Luis sabía que había que trabajar rápido. En cualquier momento, algún transeúnte podía ver a los agentes sangrando en el Taurus. No sabía cuánta gente había en la casa.

Fue a la sala de estar. Vacía. Descolgó un teléfono. No había nadie en la línea.

—Pam —preguntó una mujer desde la cocina. Luis siguió la voz—. ¿Pam, les has dicho que es en la casa de al lado?

Luis se encontró cara a cara con la señora que había visto sacar la basura unos días antes. Estaba junto a la cocina, con una bata rosa, preparando un té. Cuando sus ojos se fijaron en el arma se le cayó la taza al suelo rompiéndose en mil pedazos. El hornillo de la cocina seguía encendido.

—¿Dónde está, señora?

La mujer parpadeó, sorprendida, sin saber muy bien lo que pasaba.

—¿*Chowder*? ¡Ven, pequeño! ¿Qué le ha hecho a *Chowder*? —gritó, más alto, retrocediendo hasta la nevera.

—No juegue conmigo, hermana. Le he preguntado dónde está. El perro de los cojones está muerto. No me obligue a preguntárselo otra vez.

—¿Quién…? ¿Qué le ha pasado a la agente Birnmeyer? —La mujer retrocedió, mirando fijamente los ojos oscuros e implacables de Luis.

Luis se acercó y montó el percutor clavando la Sig en la mejilla de la mujer.

—Nadie va a ayudarla, señora. ¿Comprende? Así que dígamelo ya. No tengo mucho tiempo.

Los ojos de la mujer brillaron, impotentes y asustados. Luis había visto muchas veces esa mirada, tratando de pensar en qué decir, aun sabiendo que podía morir en cuestión de segundos.

—No sé lo que quiere de mí —dijo negando con la cabeza—. ¿Que dónde está quién? No lo sé… ¿a quién busca?

Bajó la mirada y contempló el cañón corto del arma de Luis.

—Vaya que sí, ya lo creo que lo sabe. No tengo tiempo de hacer el gilipollas con usted, señora. —Acarició el percutor con un dedo—. Ya sabe para qué he venido. Si me lo dice, vivirá. Si no, cuando la encuentre la policía, limpiarán sus restos de este suelo. Así que, ¿dónde está, hermana? ¿Dónde está su marido?

—¿Mi marido? —preguntó ella—. Mi marido no está aquí, lo juro.

—¿Está arriba, zorra con canas? —Luis le hundió aún más la pistola en la mejilla—. Porque si está, ahora mismo va a oír tus sesos salpicando este suelo.

—No, lo juro... Lo juro, no está aquí. Se lo ruego. Se ha ido un par de semanas.

—¿Adónde? —preguntó Luis. Le echó la cabeza hacia atrás tirándole del pelo y le clavó el cañón en el ojo.

—Por favor, no me haga daño —suplicó la mujer, agitándose mientras él la mantenía agarrada—. Por favor, no sé dónde está... Ni siquiera sé qué hacen aquí estos agentes. ¿Por qué hace esto? Yo no sé nada. Por favor, lo juro...

—Está bien, señora. —Luis asintió. Aflojó la mano. Le apartó el arma de la cara. Ella sollozaba—. Está bien.

Aflojó el percusor y el arma dejó de estar en posición de disparo.

—¿Quién ha dicho que fuera a hacerle daño, hermana? Sólo quiero que piense. Igual ha llamado, igual le ha dicho algo.

La mujer, sorbiendo mucosidad y lágrimas, negó con la cabeza.

El hornillo seguía encendido. Llameante. Luis notó el calor cerca de la mano.

—Tranquila —dijo, en voz más baja—. Igual es que usted ya no lo recuerda. De todos modos, sólo queremos hablar con él. Sólo hablar. ¿Comprende?

Le guiñó el ojo. La mujer asintió, aterrorizada y no muy convencida, con la cara pegada a la camisa de él, empapándola de lágrimas. Respiraba frenética y entrecortadamente.

—Tranquila. —Luis le dio una palmadita en el pelo—. Me parece que probaremos con otra cosa.

Cogió la delgada muñeca de la mujer. A ella le temblaba la mano.

—¿Sabe a qué me refiero, hermana? —Le puso la palma de

la mano boca arriba y recorrió con los dedos una de las líneas. Entonces se la acercó más a la llama ardiente.

—¡No! Por el amor de Dios. Por favor… ¡no!

De pronto ella empezó a forcejear. Luis no la soltó sino que la acercó aún más a la llama. Entonces el pánico inundó los ojos de la mujer, que casi se le salían de las órbitas.

—A lo mejor ahora se le refresca la memoria. Va siendo hora de que me diga dónde está, hermana.

Al cabo de unos minutos, Luis Prado volvía a subir a la cabina del camión de la lavandería. Giró la llave del contacto y, tras una última mirada a los cuerpos amontonados en el Taurus del Gobierno, puso la marcha. Abandonó la silenciosa calle. Nadie lo siguió. En total, no habían sido más que unos minutos. Había bastado con presionar un poco para conseguir lo que había ido a buscar.

Luego no la había hecho sufrir más.

Unas cuantas manzanas más colina abajo, Luis detuvo el camión en el aparcamiento de una estación de tratamiento de aguas cerrada. En la parte trasera de la cabina, Luis se cambió deprisa. Limpió con esmero el volante y el tirador de la puerta del conductor. Tiró la ropa sucia en la parte de atrás, sobre la ropa blanca que tapaba el cadáver del repartidor, salió del camión y atravesó rápidamente el aparcamiento en la oscuridad.

Había otro coche aparcado. Un deportivo alquilado al que se subió inmediatamente.

—¿Y bien…? —preguntó el conductor cuando Luis cerró la puerta.

—No estaba. —Luis se encogió de hombros—. Está en Nueva York. Hace semanas que no viene por aquí.

—Nueva York. —El conductor pareció sorprendido. Se ajustó el *blazer*. Tenía el semblante preocupado, como si hubiera albergado la esperanza de no tener que llegar tan lejos.

—Es lo que me ha dicho su mujer antes de morir. Debo estar perdiendo facultades. No he podido averiguar dónde.

—Da igual... —El conductor, un hombre moreno y delgado, se dio la vuelta metiendo la marcha atrás y salieron del aparcamiento desierto—. Yo sé dónde.

61

Fergus, atado a la correa, tiraba de Kate mientras se dirigían al parque.

Se había pasado toda la noche pensando en lo que Greg había dicho. No sólo en la propuesta, que Kate sabía que su marido debía aceptar, sino también en seguir adelante. Intentar dejar el pasado atrás. ¿Y qué había decidido?

La tarde anterior había llamado a Packer. Le había dicho que por fin estaba lista para volver al laboratorio. Aún tenía el hombro bastante agarrotado. Hacía un par de días que le habían quitado el cabestrillo y la esperaban semanas de fisioterapia. Sin embargo, aún podía serles de ayuda. Le iría bien despejar la mente. Llevaba tiempo sin poder correr ni remar, y con la tensión por la muerte de Sharon y lo que Howard le había explicado, tenía el azúcar por las nubes. No obstante, Greg estaba en lo cierto. Aquello la estaba matando poco a poco. Tenían que hacer frente al futuro, volver a algo parecido a una vida normal.

—Venga, pequeño. —Kate tiró de *Fergus*—. Esta mañana, sólo una vuelta cortita. Mami va a llegar tarde.

Tenía que llevar al perro con cuidado, sólo con la mano izquierda. Se puso en marcha con un trote suave, dejando la correa floja mientras hacía *footing* junto a él. Al cabo de una o dos manzanas se había quedado sin resuello. «Por Dios, Kate, estás fatal.» Soltó la correa y dejó correr a *Fergus* tras una ardilla. Se sentó, sacó una barrita energética, se comió un trozo y esperó hasta recuperar fuerzas. Estaría bien volver a la rutina.

Un hombre de pelo oscuro peinado hacia atrás, con chaqueta negra de cuero y gafas de sol, se sentó en el banco de enfrente.

Kate lo miró, tensa. Vale…

ANDREW GROSS

Por un instante fingió no haberse dado cuenta. Pero se le empezaron a disparar las alarmas. Algo no encajaba. Kate buscó con la mirada al perro. Ya había tenido antes una sensación como ésa.

El hombre levantó la vista y sus miradas se encontraron. A Kate se le aceleró el pulso. ¿Dónde coño estaba *Fergus*? Era hora de irse.

Al levantarse, oyó una voz a su espalda.

—Kate.

Kate se volvió, con el corazón desbocado. Entonces, al ver quién era, soltó un suspiro nervioso de alivio. Gracias a Dios…

Era Barretto, el hombre de la barba con quien ya había coincidido allí. Ella era consciente de que tenía cara de haber visto un fantasma.

—No quería asustarte. —Sonrió. Iba, como siempre, vestido con la arrugada chaqueta de pana y la gorra. Era de lo más comedido y educado—. Hacía tiempo que no te veía. ¿Te importa que me siente?

—La verdad es que me tengo que ir enseguida —respondió Kate, recorriendo rápidamente el sendero con los ojos, hasta posar la mirada en el hombre del banco. El anciano no pareció percatarse.

—Al menos déjame saludar a mi viejo amigo —dijo él refiriéndose a *Fergus*, pero ella tuvo la sensación de que intentaba que se sintiera cómoda—. Sólo un momento.

—Claro. —Kate sintió que se relajaba—. Vale.

Hablaron de todo y de nada, del trabajo y la familia de ella. A *Fergus* siempre había parecido caerle bien. Pero esta vez todo era un poco extraño. Casi parecía que la hubiera estado esperando.

—Te has hecho daño —le dijo, preocupado. Se sentó junto a ella, a una respetuosa distancia.

Pasó una madre con dos niños. El perro llegó trotando. Saludó a Barretto como a un viejo amigo.

—¡*Fergus*! —El anciano sonrió, dando palmaditas en el hocico del perro—. Cuánto tiempo.

—No es nada —dijo Kate—. Lo siento, pero llego tarde al trabajo. Hace tiempo que no me paso por allí...

—Lo sé. —El anciano la miró. Puso la mano sobre el perro—. Siento lo que le pasó a tu madre, Kate.

Kate retrocedió, con los ojos abiertos repentinamente como platos, como si no lo hubiera oído bien.

¿Cómo podía saberlo? Hacía semanas que no lo veía. Nunca le había dicho su verdadero nombre. Aunque hubiera leído la esquela en los periódicos, eso no la relacionaba con su madre.

—¿Y cómo es que sabe usted lo de mi madre?

Entonces el hombre hizo algo que sorprendió a Kate: hizo un gesto con la cabeza en dirección al hombre que estaba sentado en el otro banco. Éste se levantó y se alejó diligentemente. A Kate se le empezó a acelerar el corazón. No sabía lo que pasaba, pero sí sabía que no era normal. Le enganchó la correa a *Fergus* y comenzó a levantarse. Recorrió el lugar con la mirada, en busca de la entrada del parque.

En busca de un poli. De un transeúnte.

—¿Quién es usted? —le preguntó, con recelo.

—Por favor. —El hombre extendió la mano y le tocó el brazo con la palma—. Quédate.

—¿Quién es usted? —volvió a preguntar Kate, en tono casi acusador.

—No tengas miedo —dijo el hombre de la barba. De repente, sus ojos azules brillaban con una intensidad de la que Kate no se había percatado antes. Tenía la voz suave, pero lo que dijo la atravesó como una sierra cortando un hueso—. Soy Óscar Mercado, Kate —respondió él.

62

A Kate se le heló la sangre en las venas.

Óscar Mercado era quien había asesinado a sangre fría a su madre ante sus ojos. El jefe de la familia de criminales Mercado. Seguramente también había matado a su padre. Kate no sabía qué hacer. Su gorila estaba a tan sólo unos metros. Tenía que salir de allí. Se aferró a *Fergus* con fuerza. Miró fijamente los glaciales ojos azules del anciano. Quería gritar de pánico, pero no le salía la voz.

—Kate, por favor. —Él le tendió dulcemente la mano, pero ésta fue a dar en el banco—. No tienes nada que temer de mí. Te lo prometo, soy yo quien debería tener miedo. Soy yo quien tiene algo que temer de ti.

Kate se levantó.

Fue presa de una repugnancia casi incontrolable, y deseó matar a ese hombre… a ese hombre que había asesinado a su madre. Que estaba tras el intento de matarla a ella en el río. Su cártel, su fraternidad, era responsable de todas las desgracias que había sufrido su familia.

—Tu padre… —empezó a explicar el anciano.

—¿Mi padre qué? —Kate lo fulminó con la mirada—. Mi padre está muerto. Usted…

—No, Kate — dijo Mercado con tono inofensivo sacudiendo la cabeza. Sus pupilas azules brillaban como ópalos en sus ojos caídos—. Tu padre no está muerto. Está vivo. De hecho, es tu padre quien me persigue a mí.

—¿Qué? No le creo. —Sus ojos se inundaron de rabia—. Es mentira.

Cerró los puños como si fuera a golpearlo, pero algo la retuvo. Él se quedó allí sentado. No hizo ademán de ir a defenderse de la rabia de ella. En el semblante de aquel hombre, Kate vio reflejada la destrucción de todo aquello en lo que una vez había creído y confiado. Sin embargo, de repente no sentía miedo, sólo incertidumbre e indignación. Las palabras de él resonaban en su interior.

—¿Qué quiere decir con que lo persigue?

—Por eso lo organizó todo para que hicieran una redada en su empresa, Kate. Por eso orquestó su propia detención. Por eso consiguió que lo incluyeran en el Programa de Protección de Testigos... creo que ya sabes estas cosas, ¿no, Kate?

Ella se quedó hipnotizada por la mirada de él, incapaz de apartar los ojos.

—¿De qué coño habla? ¿Que mi padre destrozó su vida, destrozó nuestras vidas, sólo para que lo metieran en el programa?

—No para que lo protegieran, Kate. —El hombre sonrió—. Para infiltrarse en él.

¿Infiltrarse? No tenía sentido. Pero había algo en lo que decía que se le antojaba muy próximo a la verdad.

—¿Por qué? ¿Por qué me cuenta esto? Dice que mi padre está vivo. ¿Por qué habría de creerlo? Usted asesinó a mi madre. ¡Yo estaba allí! ¿Por qué habría de creer nada de lo que usted dijera?

—Porque tu padre y yo teníamos la misma agente, Kate. Margaret Seymour. Porque pertenecíamos a la misma sección del WITSEC especializada en informantes relacionados con drogas. —Alargó la mano y le tocó el brazo. Esta vez ella no se lo impidió—. Ya hace veinte años —levantó los ojos para mirarla— que yo estoy en el programa también.

Kate lo miró: esa alimaña cuyo nombre ya era por sí mismo sinónimo de violencia y muerte, el hombre por el que su padre hubiera ido a juicio, para hacerlo caer. Tenía los ojos claros, azules y limpios.

—No. —Le apartó el brazo. Era un asesino, un delincuente fugado—. Usted es Mercado. El FBI dijo que era usted quien quería matar a mi padre. Sólo trata de utilizarme para encontrarlo.

—Kate... —dijo él sacudiendo la cabeza—. El FBI dice muchas cosas, para mantener mi tapadera. No soy yo quien ha dirigido el cártel de los Mercado durante todos estos años. He estado delatándolos. He estado dentro del programa de testigos. El cártel me quiere muerto, Kate, igual que tú crees que quieren matar a tu padre. Margaret Seymour era la agente de mi caso. Conocía mi paradero, mi identidad. Por eso tu padre desapareció. Para encontrarme, Kate. Para perseguirme, por haberlos delatado. Y puedo demostrártelo. Te lo puedo demostrar, es tan cierto como que estoy delante de ti, Kate Raab.

Al oírle decir su nombre fue como si le dieran un puñetazo en plena boca del estómago. ¿Cómo lo sabía? ¿Cómo sabía lo de su madre? Nunca lo había divulgado. Le escudriñó el rostro, los pómulos pronunciados, la barbilla redonda oculta bajo la barba, la expresión resoluta y lúcida de sus ojos azules.

Oh, Dios mío…

De pronto se dio cuenta. Fue como si una descarga eléctrica le recorriera el cuerpo. Lo miró fijamente, petrificada, sin aliento, apenas capaz de hablar.

—Yo lo conozco. Usted es quien sale con él en la foto. Los dos, de pie bajo una puerta.

—En Cármenes. —El rostro del hombre se iluminó mientras asentía con la cabeza.

Kate contuvo el aliento.

—¿Quién es usted? ¿Cómo sabe todo esto? ¿De qué conoce a mi padre?

Los ojos del anciano lanzaron un destello.

—Benjamin Raab es mi hermano, Kate.

63

A Kate le fallaron las rodillas y tuvo que agarrarse enseguida al respaldo del banco para no caerse.

Sus ojos se clavaron en el rostro de aquel hombre, examinando sus pómulos prominentes, su boca curvada, las familiares arrugas de su padre en la barbilla de aquel hombre. De pronto, todo el miedo que le inspiraba se esfumó y lo único que quedó fue la certidumbre de que lo que decía era verdad.

—¿Cómo? ¿Cómo que es su hermano? —Sacudió la cabeza, perpleja.

—Kate… siéntate.

Mercado le tendió la mano, y ella se sentó.

—¿Por qué? ¿Por qué ahora, después de todos estos años?

—Acaba de morir un anciano, Kate —respondió—. En Colombia, en el sitio que ya conoces, Cármenes. Ese hombre era mi padre, Kate. Tu abuelo.

—No. —Kate volvió a sacudir la cabeza—. Mi abuelo está muerto. Murió hace años. En España.

—No, el padre de tu padre siempre ha estado vivo, Kate —dijo Mercado—. Durante los últimos veinte años, ha sido mi protector.

Kate parpadeó, sin comprender.

—¿Su protector?

—Ya te lo explicaré —respondió Mercado, volviendo a ponerle delicadamente la mano en el brazo—. Ya ves que no tienes nada que temer de mí. Te han ocultado muchas cosas. Al fallecer el anciano, todo ha cambiado. Durante todos estos años mantuvo a raya a los que hubieran ido a por mí. Pero los viejos compromisos ya no cuentan.

—¿Qué compromisos? ¿De qué habla?

—¿Has oído hablar de la fraternidad? —preguntó Óscar Mercado.

Kate asintió con recelo.

—Ya sé que esta palabra no te inspira más que miedo, pero para nosotros es un vínculo de honor. Es una obligación más fuerte que el amor, Kate. ¿Puedes entenderlo? Incluso más fuerte que el amor que un padre pueda sentir por su hija.

Ella lo atravesó con la mirada. ¿Qué diablos le estaba diciendo?

—No.

Mercado se humedeció los labios.

—Tu padre lleva años manejando dinero para la fraternidad. Ése era su trabajo, Kate. Su deber. Pero le quedaba una deuda por saldar, más urgente y hasta más real que la cómoda vida que se había construido. Incluso después de veinte años. Incluso después de que aparecieras tú, Kate... y Emily y Justin. Entiendo esta deuda. Yo haría lo mismo en su lugar. Es cosa de sangre, Kate. Es más fuerte que el amor. La deuda era yo.

—¿Usted?

—Yo fui quien los delató, Kate. Él haría cualquier cosa, cualquier cosa que esté a su alcance, para vengar ese agravio.

—¿Me está diciendo... que está vivo? —preguntó Kate, con la voz entrecortada—. ¿Que era parte de esa fraternidad, de esa familia?

—Ya lo creo que está vivo. De hecho, puede que ahora nos esté observando.

Kate recorrió el lugar con la mirada. La repentina idea de que estuviera ahí fuera, no muerto sino observándolos, le resultaba aterradora. Si estaba vivo, ¿por qué no intentaba contactar con ella? Sharon estaba muerta. La propia Kate había resultado herida. Emily y Justin lo necesitaban. Aceptar todo aquello era demasiado.

Ella era su hija. Fuera cual fuera esa deuda, aquel juramento que lo obligaba, era imposible que ninguna idea retorcida sobre los lazos de sangre pudiera haberlo llevado a olvidar eso o a ser tan cruel.

—Es mentira. —Volvió a levantarse—. Me está utilizando para atraerlo hacia usted. Mi madre está muerta. Su gente la mató. Ustedes acribillaron nuestra casa a balazos. Lo vi. Estaba allí. Y ahora va y me cuenta lo de esa ridícula fraternidad y que cuanto había en mi vida no era más que una especie de tapadera. ¡Es todo mentira, joder!

—Lo sabes —dijo Óscar Mercado en voz baja—. Viste la fotografía, Kate.

Ella no quería creerlo, pero la mirada solemne de aquel hombre era limpia y resuelta, y Kate podía reconocer en aquellos ojos al hombre que salía en la fotografía, bajo aquella puerta, rodeando a su padre con el brazo. Su *hermano*.

—Pero no me basta —dijo—. Conozco a mi padre. Sé lo que yo sentía. Me ha dicho que podía demostrármelo, así que hágalo. ¿Cómo?

—Con esto, espero. —El anciano se llevó la mano a la chaqueta arrugada y sacó algo envuelto en un pañuelo y se lo entregó a Kate.

Al desenvolverlo, su mundo volvió a transformarse. Supo que él decía la verdad. Supo que él lo sabía todo de ella. Se quedó allí de pie, mirándolo, mientras los ojos se le llenaban de pronto de lágrimas.

Era la otra mitad del sol roto que le había dado su madre.

64

En aquel momento, el mundo de Kate se vino abajo.

Un terremoto interior la sacudió con tanta virulencia que sintió como si la estuviera partiendo en dos. Se quitó la cadena que llevaba al cuello con el mismo medio sol roto. Sostuvo en la palma de la mano el de Mercado y el suyo, uno junto al otro.

Encajaban perfectamente.

—¿Conocía a mi madre? —le preguntó observándolo detenidamente, clavando la mirada en sus ojos azul claro.

—Más que eso, Kate. Éramos familia.

—¿Familia…?

Él asintió. La tomó de la mano. Esta vez Kate no se estremeció. Tenía las manos duras, pero en ellas había ternura. Entonces le explicó una parte de su propia historia que Kate nunca había sabido.

—Lo que tu padre te dijo era cierto. Llegó aquí de pequeño. Pero no desde España. Desde Colombia. Desde nuestro país. Su madre era la amante de mi padre. Cuando mi propia madre murió de una infección en los pulmones, la madre de Ben pasó a ser el gran amor de nuestro padre.

—Rose. —Kate asintió. Su mente regresó rápidamente a las fotos que había encontrado de la mujer, recordando el rostro del hombre que la acompañaba, con su padre recién nacido. Su abuelo.

—Rosa. —Él sacudió la cabeza y lo dijo en español—. Era una mujer guapa, Kate. De Buenos Aires. Estudió pintura. Rebosaba vida. Naturalmente, no se casaron nunca. Incluso en la época actual, en Colombia, este tipo de unión nunca se permitiría.

Kate entendió lo que le decía.

—Porque era judía —dijo.

—Sí, ella era judía —respondió él en castellano, asintiendo—. Cuando tuvo un hijo de él, fue necesario que se mudara.

—Mi padre... —Kate volvió a apoyarse en el banco.

—Benjamin... como el padre de ella. Así que Rosa vino aquí.

De pronto, las preguntas sobre el pasado de su padre empezaron a aclararse. Por eso no sabía nada de la vida de su abuela. No habían llegado de España. Él les había ocultado la verdad todo ese tiempo. El resto parecía encajar como las últimas piezas de un rompecabezas: su padre había organizado su propia detención. Había ido a reunirse con Margaret Seymour, exactamente como habían dicho Cavetti y el FBI. Y esa foto de los dos hombres bajo la puerta. Con ese nombre escalofriante sobre sus cabezas: Mercado. Ese otro hombre de la instantánea estaba ahora ante ella. Su hermano. Ahora todo cobraba sentido. Sus ojos se posaron en el colgante roto: los medios soles de oro.

«Guarda secretos, Kate —le había dicho Sharon al colgárselo del cuello—. Algún día te los contaré.»

¡Su madre lo sabía!

—Tu madre me dio esto —dijo Mercado—. Sabía que algún día sería yo quien te lo explicaría, no él. Ahora ya sabes —el hombre sonrió— que lo que le pasó no fue culpa mía.

—¡No! —Por ahí Kate sí que no pasaba. Le temblaban las manos, pero hablaba con voz firme—. Me está diciendo que mató a su propia esposa. No puede ser. La quería. Los vi. Durante más de veinte años. Eso no era ninguna mentira.

—Ya te digo, Kate, que este vínculo es más fuerte que lo que tú conoces como amor. Durante todos estos años en que he estado dentro del programa, ni una sola vez he difundido lo que acabo de decirte. Nunca lo traicioné.

—¿Por qué me explica esto? ¿Por qué ha aparecido? ¿Qué es lo que quiere de mí?

—Quiero que me ayudes a encontrarlo, Kate.

—¿Para qué? ¿Para poder matarlo y que así él no lo mate a usted? Independientemente de lo que haya pasado, sigue siendo mi

padre. Hasta que me diga, mirándome a los ojos, que hizo esas cosas. Él, no usted... Me está diciendo que todo aquello en lo que he
confiado durante toda mi vida ha sido mentira.

—Mentira no. Protección. Por tu propia...

—¡Una mentira!

Óscar Mercado la tomó de la muñeca y le abrió suavemente la
palma. Cogió los dos colgantes del sol azteca roto, alargó la mano
y se los colgó del cuello. Las dos mitades bailaron unos instantes
sobre su pecho hasta detenerse en una posición que hacía que pa-
recieran sólo uno. Un solo corazón de oro.

—Si quieres la verdad, Kate, aquí la tienes. Es tu oportunidad.
La puerta está abierta, Kate. ¿Quieres cruzarla?

65

Phil Cavetti aparcó el coche frente a la casa de tejas azules —ahora acordonada— de Orchard Park, Nueva York. La calle estaba inundada de luces resplandecientes. Mostró la placa a un policía local que montaba guardia frente al camino acordonado que conducía a la entrada de la casa. En el rellano había una colchón para perro y, no muy lejos, una pequeña placa que rezaba «LA CASA DE CHOWDER, EL MEJOR PERRO DEL MUNDO».

La puerta estaba abierta.

Al entrar, lo primero que vio Cavetti fue la silueta de la primera víctima trazada en el suelo: Pamela Birnmeyer. Hacía seis años que trabajaba como agente de los U.S. Marshals, en la división de Garantías y Contratos. Había coincidido con ella en una ocasión. Su marido era profesor de informática de un instituto de la zona y tenían un hijo de dos años. Seguramente por eso se había prestado a hacer un servicio peligroso. Dinero extra.

Cavetti reprimió una bocanada de bilis. Llevaba años sin poner los pies en una escena del crimen.

Siguió el rastro de destrucción hasta la cocina. Tuvo que esquivar a dos de la Científica que estaban arrodillados, tratando de sacar huellas del suelo. Se habían llevado el cuerpo de la segunda víctima, pero aún podía verse una mancha roja brillante sobre el blanco frigorífico, allí donde su cuerpo se había derrumbado hasta caer al suelo.

Volvieron a revolvérsele las tripas.

Su mirada se cruzó con la de Alton Booth que estaba al otro lado de la estancia. El agente del FBI le hizo un gesto para que se acercara.

—Justo cuando empezabas a plantearte la jubilación… —dijo

el agente del FBI con un gruñido cínico y le pasó a Cavetti una pila de fotos en blanco y negro.

A Cavetti le dieron ganas de vomitar. En veintiséis años jamás se había enfrentado a algo así. Nunca había perdido a un testigo. Nunca le habían destapado una identidad. Nunca, nunca habían traspasado el programa.

Y ahora esto.

La mujer había muerto por el impacto de una bala de nueve milímetros en el cerebro, pero no era eso lo que lo había mareado como a un novato ante su primer asesinato truculento. Eran sus manos. Lo había leído en el informe, pero las fotos aún eran peores. Tenía las palmas negras, carbonizadas. Las dos. Se lo habían hecho con un hornillo de la cocina. La habían torturado, como a Maggie. Al asesino le hubiera bastado con una mano para asegurarse de que no sabía una mierda. Pero dos, las dos palmas... eso era sólo por amor al arte.

—Por lo menos, supongo que ahora ya tenemos una idea de lo que pudo haber revelado Margaret Seymour. —Booth puso los ojos en blanco.

Cavetti conocía a esa gente. El marido de la mujer era más que una simple baza para una investigación. Cavetti le había asignado su actual identidad hacía veinte años. Lo había visto forjarse una nueva vida. Casarse.

Se sentía responsable.

—Lo peor es que estoy casi seguro de que la pobre mujer ni siquiera lo sabía. —Cavetti suspiró, asqueado—. No tenía ni idea de quién era en realidad su marido. —Devolvió las fotos—. ¿Alguna pista?

—Un camión de la lavandería —respondió Booth—. Una mujer de enfrente dijo que anoche hubo uno aparcado delante de la casa sobre la hora de la defunción.

Lo encontramos en una planta de tratamiento de aguas cerrada, más allá de la colina. Al chaval del reparto le metieron dos balazos en el pecho y luego arrojaron su cuerpo con las camisas y las sábanas. Con él son cinco en total. Eso sin contar el chucho. Conque dime —el hombre del FBI miró a su alrededor—, ¿quién mata de este modo?

Cavetti no respondió. Los dos sabían la respuesta. La mafia rusa. Los cárteles de la droga. Los colombianos.

—Ese tío, Raab... —Booth sacudió la cabeza—. ¿No empieza a parecerte que igual hemos hecho el primo?

No era sólo cosa de Raab. Cavetti estaba seguro. Raab no era un asesino. Por lo menos, no de esta calaña. Aun así, Raab llevaba hasta Margaret Seymour. Maggie llevaba hasta Mercado. Mercado llevaba hasta aquí.

Raab y Mercado.

De pronto, Cavetti presintió quién sería el siguiente.

Le devolvió las fotos a Booth.

—Ya sabes dónde encontrarme. Avísame si surge algo.

El hombre del FBI sonrió.

—¿Ya has visto bastante? ¿Adónde vas? —le preguntó.

—A la puta zona de Código Azul —respondió Cavetti—. Es donde le ha dado a todo el mundo por meterse, ¿no?

66

Kate oyó el ruido de un coche en medio de la lluvia, pasando a toda velocidad por la calle en mitad de la noche. La farola que había delante de la ventana del dormitorio parecía brillar más que nunca. Tenía los ojos abiertos. El reloj de la mesilla de noche marcaba las 3.10 de la mañana.

No podía dormir.

La pregunta de Mercado no dejaba de retumbar en sus oídos: «La puerta está abierta, Kate. ¿Quieres cruzarla?»

¿Cómo iba a seguir negándolo?

Su padre había sido parte de los Mercado. Había sido su familia, no sólo su hermandad, sino su familia —su verdadera familia— desde que nació. Fraternidad. Su propio padre había estado al mando. Lo había ocultado a todos a cuantos quería. «Si es que nos quiso alguna vez.» Ahora estaba en libertad y podía ir a por su hermano por haberlo traicionado. La madre de Kate estaba muerta. Su hermano y su hermana estaban escondidos.

Esa clase de verdad no hacía libre a nadie.

No dejaba de regresar mentalmente a la foto de la mujer morena de aspecto europeo que llevaba en brazos a su hijo recién nacido. La abuela de Kate. Habían llegado desde Colombia, no desde España.

«Durante años, ha sido mi protector», dijo Mercado de su abuelo. El abuelo que ella creía que había muerto en España hacía años. Ahora estaba muerto. Los viejos compromisos ya no contaban y eso había abocado a su padre a una espiral de venganza y represalias tan vil, tan increíble, que cada vez que lo pensaba era como si le asestaran un puñetazo en la boca del estómago. Su familia había sido sacrificada para que su padre pudiera infiltrarse en el programa.

El programa que había mantenido a su hermano oculto durante veinte años.

Kate se apartó de la ventana. ¿Qué era lo que les había dicho Margaret Seymour?: «Soy como una especialista en los Mercado».

Tenían la misma agente.

Lo que Mercado le había contado era verdad. Kate se daba cuenta, por mucho que le doliera aceptarlo. Por mucho que eso convirtiera los últimos veinte años de sus vidas en una endeble fachada.

Lo vio en su cara. Sabía lo de Rosa. Sabía el verdadero nombre de Kate. Tenía la mitad que encajaba con el sol roto. Su padre estaba vivo. A Kate eso ya no la alegraba; la angustiaba. Sabía que todo tenía que ser cierto.

«Tu familia somos nosotras, Ben, no ellos. Tienes que elegir.»

Ahora sabía lo que esas palabras significaban. «Su deber.» Lo que más dolía era que le hubiera estado mintiendo todos estos años. A todos.

Kate se incorporó, con el camisón empapado en un sudor frío. Junto a ella, Greg se removió. Ya no tenía claro lo que era correcto. Decirle a Cavetti todo lo que sabía. La inquietante foto que había encontrado: Ben y Mercado. Lo que Howard le había revelado. Que su padre había obrado para delatarse a sí mismo. Todo lo que el anciano le había contado en el parque.

¿Por qué?

El WITSEC nunca había jugado limpio con ella. Siempre había protegido a Mercado. Siempre había sabido su secreto.

Era a su padre a quien buscaban desesperadamente.

En algún momento, a Kate la venció el cansancio… sumiéndola en un sopor breve, irregular. Tuvo un sueño: su padre estaba en la glorieta donde ella le dijo por primera vez que no entraría en el programa.

Parecía tan distante, tan derrotado. Tan poca cosa. Su tacto era tembloroso y asustado.

Cuando se volvió hacia ella, en sus ojos había un brillo malévolo.

Kate abrió los ojos de golpe. El reloj marcaba las 4.20. Tenía la almohada empapada de sudor y el corazón desbocado.

Había interpretado mal la reacción de su padre.

Kate siempre había creído que no era más que una expresión de vergüenza. Por eso era incapaz de mirarla. Una vergüenza que nunca antes había tenido que sobrellevar. Pero no era eso lo que había en su semblante.

Era el semblante del hombre de la escena que había recordado en el tren. Una pesadilla de la infancia. Alguien a quien nunca antes había visto. Agarrando a su madre por el brazo. Con un brillo desconocido en los ojos.

¡Con el puño levantado!

«¿Quién acribilló esa noche nuestra casa?», se preguntó de pronto Kate. «¿Quién mató a mamá?» ¿De verdad quería Kate cruzar esa puerta?

«¿Por qué sales en esa foto, papá?»

Desde el otro lado de la cama, Greg alargó la mano en la oscuridad, buscándola a tientas.

Ella se dejó envolver por sus brazos y se acurrucó junto a él. Greg le susurro:

—¿Pasa algo?

Kate ya no sabía en qué confiar.

—¿Siempre podré contar contigo, Greg? ¿Sí? ¿Siempre podré confiar en ti?

—Claro que sí, bicho. —La estrechó aún más fuerte.

—No, necesito oírtelo decir, Greg. Ya sé que es una tontería, pero sólo por esta vez, por favor...

—Puedes confiar en mí, Kate —dijo en voz baja. Ella cerró los ojos—. Pase lo que pase, cariño, siempre me tendrás.

67

Al día siguiente, Kate volvió al trabajo. Ya había pasado casi un mes. Con ella y Tina fuera del laboratorio, habían quedado en suspenso un montón de cosas. Kate esquivó las inevitables preguntas lo mejor que pudo. Dijo que su madre había estado enferma. Que ella se había dislocado el hombro con una caída. Pero era agradable volver. Sólo que se le hacía un tanto extraño.

Sin Tina.

Packer había contratado a un nuevo investigador para ocupar el puesto de Tina. Era un doctorando indio llamado Sunil, que había estudiado física celular en Cambridge.

Parecía bastante agradable, aunque Kate era consciente de que seguramente se había mostrado algo fría con él al principio. Era como afirmar que Tina no volvería nunca, y Kate no quería sentirse así. Packer lo asignó al proyecto en que había estado trabajando Tina. Aún no había cogido el ritmo.

Se hacía algo raro no tenerla por allí. Sin embargo, había que seguir adelante con el trabajo.

Kate se encontró con una montaña de cosas que poner al día. Había toneladas de datos que actualizar, el informe sobre el estado actual del proyecto por completar, montones de formularios del gobierno que rellenar. Packer estaba solicitando otra beca a la Nacional Science Foundation.

Aún tenía el hombro demasiado rígido para dedicarse a algunas de sus antiguas tareas. Kate no quería ni imaginarse a sí misma tirando uno de los platillos para el cultivo con una valiosa línea de células madre sistémicas y armando un estropicio en el suelo.

Sin embargo, llegó un momento en que ya no pudo aguantarse. Dejó el papeleo.

Entró en el laboratorio y se llevó de la nevera dos platillos llenos de portamuestras.

Citoplasma leucémico prototipo #3. Célula madre nucleica modelo 272B.

Tristán e Isolda.

Kate se las llevó hasta el Siemens. Puso la célula leucémica en la platina y conectó el potente microscopio. La célula con forma de garabato con el conocido punto en el centro apareció ante sus ojos, brillante. Kate sonrió.

—Eh, nena… —Era como saludar a una vieja amiga—. Hacía mucho que no nos veíamos. —dijo Kate, ajustando la configuración de la lente. Entonces se puso las gafas de aumento y colocó el diminuto catéter sobre el platillo y luego, con la precisión propia de quien domina esos jueguecitos de bolas que siempre salían en las bolsas de palomitas Cracker Jack, aisló la célula en el diminuto tubo de vidrio y la metió en el portamuestras del leucocito.

Redujo el aumento del Siemens. Aparecieron las dos células.

—Tenéis cara de culpabilidad —dijo Kate sonriendo—. ¿No me la habréis pegado con otra mientras yo no estaba, verdad?

Volverlas a ver le resultaba familiar y emocionante. Kate contempló una reproducción de un minuto del mundo entero contenido en esas diminutas agrupaciones. Un mundo de claridad y orden. Si había algo en lo que siempre podía confiar, era en la perfecta simetría de la verdad contenida en una simple célula.

Estudió a la célula madre. Era como si de repente el reloj hubiera retrocedido y todo fuera tal como lo había dejado: Tina podría estar a punto de asomar la cabeza y declarar una «emergencia cafeínica»; Sharon estaba viva; el móvil de Kate nunca había vibrado para decir que habían detenido a su padre. Era agradable esconderse allí por un momento, aunque supiera que era un sueño.

—Kate.

Kate levantó la cabeza. Era Sunil.

—Perdona. Me han dicho que tú podías enseñarme a descargar datos de imagen en la máquina digital.

—Claro. —Kate sonrió. Después de todo, era majo—. Es que estaba saludando a unos viejos amigos. Nos vemos en la biblioteca en un momento, ¿vale?

Él le devolvió la sonrisa.

—Gracias.

Cuando salió, Kate dejó descansar la frente en el brazo del microscopio. La verdad era que no tenía ni idea de si Tina estaría de vuelta algún día, si volvería alguna vez a ser la misma. Aferrarse a esa esperanza era una estupidez. El trabajo no podía pararse.

Con cuidado, volvió a poner las células en los platillos esterilizados correspondientes y se encaminó a la nevera para devolverlos a su sitio.

Le vibró el móvil. Greg, supuso, para felicitarla por su primer día de vuelta al trabajo. Kate lo abrió al tiempo que se arrodillaba para alcanzar un estante inferior de la nevera. Se pegó el teléfono de la oreja.

—¡Eh!

Al otro lado de la línea escuchó una voz que no había oído en meses. Antes era una voz amiga. Ahora le dio escalofríos. El platillo para cultivos se le resbaló de la mano, yendo a dar contra el suelo.

—Hola, calabaza.

68

—¿Papá…?

Kate se quedó paralizada. No tenía claro qué decir ni qué hacer. Por un lado, la entusiasmaba saber que estaba vivo… oír por fin su voz. Por el otro, no sabía lo que sentía. Había deseado tanto oír la voz de su padre… y ahora estaba muerta de miedo.

—Papá, nadie sabía ni si estabas vivo.

—Siento haberte preocupado, cariño. Pero estoy aquí. Estoy aquí… no sabes lo mucho que me alegra oír tu voz.

Kate se levantó enseguida y apoyó la espalda en la puerta del frigorífico. Sus ojos se posaron sobre el platillo hecho añicos en el suelo.

—Necesito hablar contigo, Kate.

Un escalofrío le recorrió el cuerpo.

—Papá, sabes lo que ha pasado, ¿no? Mamá ha muerto. —Hubo una pausa.

—Lo sé, cariño. —Su padre suspiró.

—Le dispararon. La enterramos la semana pasada. Si lo sabías, ¿por qué no estabas allí?

No sabía lo que debía decirle. ¿Lo de la foto? ¿Lo de Mercado? Se calló lo que de verdad quería decir.

—Todos piensan que has hecho esas cosas horribles. Creen que mataste a tu agente, Margaret Seymour. Me enseñaron fotos de ella. Eran horrorosas… Papá, ¿dónde has estado? Todo el mundo estaba preocupadísimo por ti. ¿Por qué no has llamado?

—¿Quién, Kate? —respondió su padre, sin alterar la voz, extrañamente—. ¿Quién cree esas cosas?

—Cavetti. El FBI. —De repente, Kate se interrumpió. No tenía ni idea de hasta qué punto podía explicarle cosas.

—Necesito que no te creas nada de lo que te digan, Kate. Yo no maté a esa agente. Yo no le he hecho daño a nadie. Esa gente mató a mi esposa, Kate. A tu madre. He tenido que esconderme. No he podido llamar. Me han arrebatado cuanto quería en la vida. No los crees, ¿verdad, Kate?

—No quiero creerlos, papá, pero…

—No puedes creerlos, Kate. Necesito verte, cariño. Soy yo quien te habla. Yo…

Ella cerró los ojos. Cogió el teléfono con las dos manos.

Era su padre, la misma voz familiar y tranquilizadora en la que siempre había confiado. ¿Y si todo formara parte de algún plan para tenderle una trampa? ¿Para que pareciera que había matado a esa agente? ¿Y si el culpable de todo siempre hubiera sido Mercado y lo que habían pretendido todo el tiempo era que su padre saliera a la superficie, utilizarla a ella para llegar a él?

Una punzada de miedo la atravesó.

—Papá, tienes que ir a ver a los del WITSEC. No puedes estar toda la vida escondiéndote. Debes entregarte.

—Me temo que no es tan fácil, calabaza. Creo que los del FBI dejaron que sucediera lo de Sharon. Creo que Mercado tiene metidos en el ajo a ciertos elementos de dentro. Hasta podrían estar cerca de ti, Kate. Necesito verte, cariño. No tengo a quien más recurrir.

—Por favor… —Las manos, frías, le temblaban—. Tienes que contactar con ellos. Debes entregarte.

Quería decirle que había visto la foto. Cuánto deseaba decir: «Lo sé… Lo sé. Lo de tu hermano… Lo de Mercado… Hablé con Howard. Sé que lo montaste todo tú».

Cuánto deseaba preguntarle quién había disparado contra su casa esa noche, mientras ellos se acurrucaban en el suelo, tan aterrorizados. Quién había matado a su madre.

Kate esperó. Esperó a que él dijera algo, cualquier cosa, esperó contra toda esperanza, con los ojos apretados, que nada de todo aquello fuera verdad. Tenía las palabras en la punta de la lengua pero se las tragó y se quedó callada. Porque tenía miedo. Tenía miedo de oír la respuesta de él.

Tenía miedo de cruzar esa puerta.

Tenía miedo de lo que él pudiera decir.

—No puedo hacer nada de eso, Kate. Ahora no. Lo que de verdad necesito es que tú me creas. Lo que necesito es que oigas mi voz. Yo no maté a esa agente, Kate. Yo no la torturé. Ni a ella ni a nadie. Te lo juro por la vida de tu madre. Por nuestras vidas. Eso aún significa algo para ti, ¿no?

Ella dio un profundo suspiro entrecortado y cerró los ojos.

—Sí…

—Sea lo que sea lo que he hecho, independientemente de lo que haya pasado, sigo siendo tu padre, Kate. Tú me conoces. Sabes que sería incapaz de hacer algo así. Fue Mercado quien mató a tu madre, Kate. Quien mató a mi esposa. No dejes que te envenenen. Eres la única esperanza que me queda.

—Ya quisiera, papá. —Tenía los ojos llenos de lágrimas—. Es sólo que…

—¿Es sólo que qué, Kate? ¿Quién ha estado hablando contigo? Tengo que saberlo. Son gente manipuladora, cariño. Por eso no podía ponerme en contacto contigo. Así estabas a salvo de todo eso. No podía implicarte… Mira a Tina.

—¿Tina?

—Mira lo que le ha pasado, Kate. —Casi sonaba a amenaza. ¿Y cómo sabía lo de Tina?

De pronto, se dio cuenta de que le tenía un miedo atroz. La voz con la que había crecido, en la que siempre había confiado, ahora la dejaba petrificada de miedo.

—Necesito preguntarte algo, papá.

—Lo que sea, Kate. Sé que me he equivocado en muchas cosas. Adelante.

—Tu madre, Rose…

—¿Qué pasa con la abuela Rose, cariño? ¿Por qué te importa tanto ahora?

Kate se humedeció los labios.

—Vino de España, ¿verdad? Después de que muriera tu padre. Poco después de nacer tú.

—Pues claro que vino de España —respondió su padre—. De Sevilla. Mi padre tenía allí una sombrerería. Ya sabes la historia, Kate. Lo atropelló un coche en la calle. ¿Quién ha hablado contigo?

—Nadie. —Kate se sintió completamente vacía y sola.

En medio del silencio que siguió, Kate se dio cuenta. Se dio cuenta de que su padre era consciente de que ella no había hablado sólo con el WITSEC y el FBI. Mercado estaba en lo cierto. De eso iba todo. Por eso la llamaba ahora. Eso era lo que su padre perseguía.

Y él lo sabía.

—Necesito verte, Kate. Eres la única con quien puedo contar ahora.

—No creo que sea muy buena idea.

—Claro que es buena idea. Cuando estabas enferma, siempre que necesitaste algo, estuve a tu lado, ¿no? Ahora necesito a alguien, Kate. No puedes dejarme sin más. Ya tendrás noticias. Sabré hacértelas llegar. Pero lo que necesito aún más es que no confíes en nadie hasta que te vea. En nadie. Me lo prometes, ¿verdad, cariño?

—Papá, por favor…

—Me lo debes, Kate. No digas nada a nadie hasta que hablemos. Ni al FBI, ni a Cavetti. Ni siquiera a Greg. Sabes que nunca te haría daño, ¿no?

—Lo sé, papá. —Kate cerró los ojos.

—¿Así que puedo contar contigo?… ¿Me lo prometes?

Tenía la boca seca y pastosa. Asintió, y la palabra brotó de sus labios como un peso muerto:

—Sí.

—Ésa es mi pequeña. —La voz de su padre recuperó el timbre tranquilizador—. Estaremos en contacto. Ya sabes que ahora lo

único que cuenta es la familia, corazón. Como siempre te he dicho.
La familia. Es cuanto nos queda.

Colgó. Kate se quedó de pie en medio del austero laboratorio.

Nadie había hablado de torturar a Margaret Seymour.

¿Cómo podía saberlo? ¿Cómo podía saber las monstruosida-
des que le habían hecho?

Ahora lo único que contaba era la familia.

69

—¡Kate!

Acababa de volver del trabajo. Greg estaba en no sé qué congreso de dos días por su nuevo trabajo. Había pasado por la lavandería de la Segunda Avenida. Acababa de meter la llave en la cerradura del portal de su edificio.

Kate se volvió, nerviosa, esperando ver a su padre. En los últimos días vivía con el temor de que la esperara en cada rincón.

Pero se encontró cara a cara con Phil Cavetti.

—¿Es que nunca os limitáis a llamar en vez de presentaros así? —Kate resopló, sin saber si sentirse inquieta o aliviada.

—Hace tiempo que no la veo —respondió él disculpándose con una sonrisa—. ¿Le importa si hablamos?

—Todo va bien, Cavetti. Quería escribir, pero es que últimamente he andado algo agobiada. Ya no necesito la protección.

Él asintió con la barbilla.

—Arriba, quiero decir.

Kate no había olvidado en ningún momento cómo la habían utilizado. Que habían entrado en su piso y pinchado los teléfonos. Que se lo habían ocultado todo —la desaparición de su padre, fingiendo protegerla—, cuando a quien en realidad protegían todo el tiempo era a Mercado, sus secretos. Ahora Kate comprendía que ocultaban mucho más.

En el ascensor, Cavetti le miró el hombro y le preguntó cómo se encontraba.

—Mejor —respondió Kate y le sonrió levemente, al darse cuenta de que había sido algo brusca—. De verdad. Gracias.

—No se ofenda, pero a mí no me parece que esté tan bien.

Kate sabía que todo aquello le había hecho mella. Era consciente de que tenía el rostro algo hinchado y demacrado. Desde que había hablado con su padre no había comido del todo bien. Ni dormido. Aún no podía remar. Se había olvidado de inyectarse la insulina una o dos veces. Hacía años que no tenía el azúcar tan alto.

—No se moleste en seguir haciéndome la pelota —dijo Kate—. No sirve de nada.

El ascensor se abrió en el séptimo.

—¿Se acuerda del sitio, verdad, Cavetti? ¿Se acuerda de *Fergus*? —Kate abrió la puerta, el perro se acercó y olisqueó a Cavetti. El agente del WITSEC respondió al comentario asintiendo con aire culpable.

—Lleva solo todo el día, conque dispongo de un minuto antes de que se lo haga en la alfombra. ¿Quería hablar conmigo?

—Acabo de volver de Buffalo —respondió.

Kate asintió, fingiendo estar impresionada.

—Supongo que el trabajo puede llegar a resultar aburrido, pero por lo menos tienes oportunidad de viajar a lugares desconocidos y emocionantes. Dijo sentándose en el brazo del sofá. Cavetti no la imitó.

—Han matado a una mujer en Buffalo —titubeó—. Me llamaron para que fuera a echar un vistazo.

Kate resopló con desdén.

—Ah, ¿y esta vez no hay fotos?

—Kate, escuche, por favor. —Se adelantó un paso hacia ella—. No sólo la mataron. Le calcinaron las palmas de las manos. Alguien se las sostuvo sobre una llama de gas hasta que se le desollaron las manos literalmente. Era una mujer de cincuenta años, Kate.

—Lo siento. —Kate lo miró fijamente—. Pero, ¿por qué está aquí? ¿Es que va a decirme que también fue mi padre?

—También asesinaron a dos hombres del FBI, a una agente de los Marshals que era guardaespaldas y a un inocente.

Kate se estremeció. Sintió una punzada de dolor en el estómago. Lo lamentaba.

—Kate, tengo que preguntarle algo, y debe ser sincera conmigo, piense lo que piense. ¿Cuándo habló con él por última vez, Kate?

Ella bajó la mirada. Le daba miedo. Sabía que tenía que contárselo. Lo de la foto de Mercado y su padre. Lo del anciano del parque. La llamada de su padre del otro día... Habían muerto cinco personas más. Cuanto más lo ocultara, más implicada estaría. Temía que Cavetti pudiera ver a través de ella y que todo estallara.

—Kate, la mujer con las palmas de las manos quemadas. Primero una. Luego la otra. Para entonces seguramente ya se habría desmayado del dolor. Luego le pegó un tiro en la cabeza.

—No fue él.

—Era para que hablara —continuó Cavetti—. Como en Chicago. Han muerto otros tres hombres míos. Su padre está buscando a alguien. Ya no se trata de protegerlo a él.

—¿Y entonces de qué coño se trata? —Kate lo fulminó con la mirada.

«Sé lo de Mercado —quería decir—. Sé que habéis estado protegiéndolo todo este tiempo. ¿Qué queréis de mi padre?»

—¿Ha sabido de él, Kate? ¿Sabe dónde está?

—No.

—Tiene que decírmelo, Kate, independientemente de lo que opine del WITSEC... o de mí. Sé que no he sido del todo sincero, pero cuando vine aquí —como ahora— sólo perseguía una cosa: su absoluta seguridad. Arriesgaría mi propia vida por eso. Si oculta algo, está involucrándose más en algo que no podrá controlar.

Tenía razón. Se estaba poniendo justo en medio. Habían muerto cinco personas más. ¿Pero qué iba a hacer ella? ¿Encontrarse con su padre y que se lo llevaran esposado?

Kate lo miró detenidamente.

—No puedo ayudarlo. —Sacudió la cabeza.

El agente del WITSEC asintió. Kate sabía que no estaba convencido. Cavetti se metió la mano en el bolsillo de la chaqueta y sacó un papel doblado.

Otra fotografía.

—Ya sabía que no podría resistirse, Cavetti.

—Lo que voy a enseñarle sólo lo han visto unas cuantas personas. —Tal como estaba doblada la foto, sólo se veía la mitad—. Quiero que la mire atentamente y me diga si ha visto antes a este hombre.

Se la dio. A Kate le tembló la mano al cogerla. Cuando la miró, se le paró el corazón.

Era el hombre del parque. Óscar Mercado. Con la barba raída, la gorra de tweed plana. Como si hubieran hecho la foto justo el día antes.

Sintió que la recorría una descarga. No sabía en qué se estaba metiendo, sólo que cada vez se metía más. Y ya no sabía quién decía la verdad.

Sus ojos se encontraron con los de Cavetti.

—No.

El agente del WITSEC asintió con un suspiro escéptico. Kate le devolvió la foto. Él la miró como si llevara la mentira impresa en el rostro.

—Es usted una chica lista, Kate, pero ahora necesito que sea más lista y más honesta que nunca conmigo. ¿Está segura?

—¿Quién es?

—Nadie. —Cavetti se encogió de hombros—. Sólo una cara.

Tal vez si se lo decía ella podría hacer lo mismo, pensó. También era su oportunidad de sincerarse.

Ella volvió a negar con la cabeza.

—No.

—Como hoy estoy de estrenos —el agente se alisó el pelo canoso—, voy a hacer otra cosa que nunca he hecho antes.

Esta vez se llevó la mano al bolsillo lateral y sacó un objeto sólido, envuelto en un pañuelo blanco.

A Kate se le puso el corazón en un puño.

—No puede rastrearse —dijo Cavetti—. Si alguna vez sale a la luz que se la he dado, lo negaré. No pueden relacionarla conmigo.

Guárdela en un cajón. Puede que la necesite. No puedo decirle más. Lleva un seguro. Se retira. ¿Lo entiende?

Kate asintió, haciéndose cargo de pronto de lo que le decía. Cavetti se levantó y dejó el objeto envuelto sobre la silla.

—Como ya le he dicho, Kate, lo que trato de hacer es por su propia seguridad.

—Gracias —respondió ella, en voz baja, y lo miró a los ojos con una sonrisa leve pero agradecida.

Cavetti se encaminó hacia la puerta. Kate se levantó. De pronto, todo el enfado y la desconfianza que pudiera inspirarle se evaporaron. «Díselo, Kate.»

—¿Quién era? —preguntó Kate—. La mujer de Buffalo.

Cavetti se metió la mano en el bolsillo. Volvió a sacar la foto. Esta vez desdobló la parte que estaba oculta.

Junto al hombre de la gorra de golf plana había una mujer de mediana edad sonriente, de rostro afable, con un labrador blanco sentado junto a las rodillas.

Kate se quedó quieta, mirando la foto.

Cavetti se encogió de hombros y se la volvió a meter en el bolsillo al tiempo que abría la puerta.

—Sólo la esposa de alguien.

70

En medio de todo lo malo, había algo bueno. Greg aceptó el empleo en el New York-Presbyterian.

El Centro Morgan Stanley contaba con uno de los mejores programas en ortopedia pediátrica de la ciudad. Y además les permitía quedarse en Nueva York. Greg bromeaba diciendo que, seguramente le tocaría estar de guardia cada dos fines de semana durante un año y que, como residente nuevo, tendría que trabajar todas las navidades y Días de Acción de Gracias —y seguro que hasta el Día del Orgullo Haitiano también, ya puestos…—, pero el puesto venía acompañado de un verdadero sueldo de médico: más de ciento veinte mil además de una prima contractual de cuarenta mil dólares. Y un despacho que daba al río Hudson y al puente de George Washington.

El viernes por la noche Kate le organizó una cena en el Spice Market para celebrarlo, con varios de sus amigos de Urgencias.

A la mañana siguiente, un amigo les prestó una furgoneta y trasladaron al despacho todos los viejos libros de medicina de Greg y otras pertenencias que abarrotaban el piso. Aparcaron en Fort Washington Avenue y lo subieron todo por el Harkness Pavilion hasta Ortopedia pediátrica, que estaba en el séptimo piso.

El despacho de Greg era pequeño —había espacio para poco más que una mesa con tablero de formica, dos sillas forradas en tela y una estantería—, pero contaba con una vista impresionante. Y hacía mucha ilusión ver su nombre escrito en negrita en la puerta: Dr. Greg Herrera.

—¿Y bien? —Greg abrió la puerta de un puntapié, dejando a la vista el Hudson, cargado con una caja de cartón llena de libros en el brazo—. ¿Qué te parece?

—Me parece que me voy a agenciar el espacio que quedará libre en el piso después de sacar todo esto. —Kate, que llevaba una lámpara de mesa, sonrió.

—Sabía que estarías orgullosa de mí, cariño. —Le guiñó el ojo.

Greg descargó sus cajas y Kate empezó a colgar los diplomas médicos en la pared.

—¿Y esto? —Kate cogió una vieja fotografía que habían hecho durante unas vacaciones en Acapulco, donde, algo piripis y con los ojos vidriosos tras haber estado tomando margaritas en pleno día, habían posado en la mesa del Carlos'n Charlie's del lugar con un chimpancé. Lo del chimpancé estaba preparado, por supuesto, y la foto les había costado cincuenta dólares. El animal debía ser el único en todo el bar que no iba borracho.

Kate sostuvo la fotografía junto a los diplomas.

—No. —Greg sacudió la cabeza—. No es muy hipocrática. Casi me espero a tener plaza de socio titular.

—Sí, iba a decirte lo mismo. —Kate asintió y volvió a dejarla sobre la mesa—. De todas formas, me parece un buen momento para darte…

Se agachó y sacó un paquete envuelto con papel de regalo de una de las cajas de cartón.

—Para mi doctor Kovac personal. —Kate sonrió. Siempre bromeaban sobre el simpático médico croata de Urgencias. A Kate le parecía que Greg tenía el mismo pelo enmarañado, los mismos ojos soñolientos y ese acento incomparable. —No quería que te sintieras desplazado el primer día de trabajo.

Greg desató el lazo y Al ver lo que contenía se echó a reír.

Era una vieja cartera de médico, de cuero negro, debía de ser de los años cuarenta. Dentro había un estetoscopio y un martillo para los reflejos que también parecían de la época.

—¿Te gusta?

—Me encanta, bicho. Sólo que… —Greg se rascó la cabeza, como perplejo—. No tengo claro ni si sé para qué sirven estas antigüedades.

—Lo compré en eBay —aseveró Kate—. Es que no quería que te sintieras desplazado desde el punto de vista tecnológico.

—Me aseguraré de llevarlo siempre que visite. —Sacó el estetoscopio y lo puso sobre la camiseta de Kate, en el corazón—. Di ah, ah.

—Ah —dijo Kate, riendo.

Greg lo desplazó seductoramente hacia uno de sus senos.

—Eso, ah… Otra vez, por favor.

—Tú sólo asegúrate de que la única persona con quien lo utilices sea yo —dijo tomándole el pelo—. Pero, no, ahora en serio… —Kate le rodeó el cuello con los brazos y metió la pierna entre las suyas—. Estas últimas semanas no habría salido adelante sin ti. Estoy muy orgullosa de ti, Greg. Ya sé que he hecho locuras. Pero al decirte esto no cometo ninguna: vas a ser un gran médico.

Era uno de sus primeros momentos de ternura en mucho tiempo y Kate se dio cuenta cuánto los había echado de menos. Le dio un beso.

—Supongo que te habrás enterado de que *ya* soy médico. —dijo él encogiéndose de hombros y esbozando una sonrisa avergonzada.

—Ya —respondió ella, apoyando su cabeza en la de él—, pero no rompas el encanto.

Siguieron desempaquetando las cosas de Greg. Unas cuantas fotos y recuerdos, incluyendo una pieza de madera pintada que ella le había regalado, donde ponía PERSEVERANCIA, en letras mayúsculas negritas. Una tonelada de viejos tomos de medicina. Greg se subió a la mesa y fue poniendo en los estantes los libros que Kate le iba pasando, de dos en dos o de tres en tres. Casi todos eran libros de texto encuadernados en tela de los tiempos de la facultad de medicina. «La mayoría por leer», reconoció Greg. Los había aún más viejos. Un par de libros de texto de filosofía cubiertos de polvo de cuando iba al instituto. Unos cuantos que se había traído consigo al mudarse. En español.

—¿Por qué coño dejas a la vista estas antigüedades? —preguntó Kate.

—Por la misma razón que lo hacen todos los médicos. Nos hace parecer listos.

Kate se puso de puntillas, tratando de pasarle otros tres.

—Pues toma, Einstein.

De pronto, se le cayó uno de la mano y le dio en el hombro antes de caer al suelo.

—¿Te has hecho daño? —preguntó Greg.

—No. —Kate se arrodilló. Era un viejo ejemplar de *Cien años de soledad,* de Gabriel García Márquez. En español, su lengua materna. Greg debía haberlo traído de Méjico. Seguramente llevaba años en el fondo de esa vieja caja.

—Eh, mira esto.

Tenía abierta la solapa. En la carátula había un nombre anotado, con tinta descolorida.

Kate se quedó fría.

Fue en ese instante en el que el tiempo se detuvo, fue entonces cuando Kate vio su vida a un lado, una vida que sabía que ahora se quedaba atrás… y algo distinto al otro, algo que no quería ver. Y por mucho que quisiera evitar que pasara, aquel momento no iba a detenerse.

Leyó lo que ponía.

—¡Kate!

Fue como si le hubieran vaciado de oxígeno los pulmones. O algo parecido al horror de un avión que de repente acelera y desciende en picado… algo escalofriante que lo cambiaba todo, imposible de creer, pero real.

«Gregorio Concerga» era el nombre que había escrito, con una caligrafía que conocía muy bien, inclinada a la derecha.

No Herrera. Kate reconoció el nombre de inmediato. Concerga… había sido uno de los secuaces de Mercado. Recorrió la página con la mirada y vio otra cosa.

«Escuela Nacional, Cármenes, 1989.»

Kate levantó la mirada. Hacia Greg. Él estaba lívido.

Entonces fue como si ella viajara en ese avión... como si todo empezara a estallar.

71

Kate retrocedió, tambaleándose, como si hubiera explotado una granada y todo se hubiera vuelto negro. ¿Lo había leído bien? Volvió a mirar el libro —«Gregorio Concerga. Cármenes. 1989»—, y luego de nuevo a Greg. El terror pétreo que vio reflejado en su semblante le confirmó que no se equivocaba.

—Kate, no sé de dónde diablos ha salido eso.

Kate miró fijamente el rostro de su esposo. De pronto, vio a una persona que nunca antes había visto.

—Dios mío, Greg, no… —Sacudió la cabeza. Sentía un nudo en la boca del estómago.

—Kate, escucha, tú no lo entiendes. —Greg bajó de un salto de la mesa.

No, no lo entendía.

De repente, todo empezó a aclararse.

—¿Cómo sabía mi padre lo de Tina? —preguntó Kate.

Greg parecía algo confuso.

—¿Qué?

—Tina. Sabía que le habían disparado. ¿Cómo iba a saberlo? Todo eso pasó después de que desapareciera. ¿Cómo coño iba a saberlo, Greg?

—¡No lo sé! —le respondió dando un paso hacia ella—. Escucha, cariño, esto no es lo que tú crees…

—¿Lo que yo creo…? —La sorpresa hacía que le hirviera la sangre—. Oh, Dios, Greg, ¿lo que yo creo?

Kate tiró el libro al suelo. Tenía los dedos entumecidos, inútiles. Se apartó de él, caminando de espaldas hacia la puerta.

—¿Cómo sabía que habían torturado a Margaret Seymour, Greg?

Él avanzó hacia ella.

—Kate, por favor...

—¡No! —le gritó amenazándolo con los puños—. Oh, Dios mío, Greg, ¿qué has hecho?

Se dio cuenta de que tenía que salir de allí y siguió hacia la puerta. Los ojos de Greg se posaron sobre el libro caído en el suelo. Kate empezó a correr. Antes de llegar a la puerta, alcanzó a verlo arrodillarse y recoger el libro.

—Kate, ¿adónde vas? Por favor.

Ella se precipitó hacia el pasillo, apartando una camilla desocupada que le bloqueaba el paso. Necesitaba salir, necesitaba aire.

—¡No me sigas! —le rogó.

Al llegar a la puerta del ascensor, Kate estampó la palma de la mano contra el botón.

Oía la voz de Greg llamándola.

—Kate, espera, por favor...

Lo oía corriendo tras ella. Desesperada, buscó las escaleras con la mirada, aplastando una y otra vez el botón con la mano. «¡Por favor!»

Milagrosamente, se abrió por fin la puerta del ascensor y ella se abalanzó al interior. Pulsó febrilmente el botón «Cerrar puertas». Greg apareció sigilosamente doblando la esquina y trató de meter el brazo entre las puertas que se cerraban. Por suerte, había llegado un segundo tarde.

Kate pulsó el botón «Vestíbulo».

Mientras bajaba el ascensor, Kate se llevó las manos a la cara y se apoyó en los paneles de la pared. Se le revolvía el estómago.

«Tienes que pensar.» Recorrió mentalmente la película de su relación, desde que se habían conocido. Hacía cuatro años. Se habían conocido en la sinagoga. En Nueva York. *Rosh Hashanah.* Greg estudiaba medicina.

No tenía familia aquí. A su padre le cayó bien, y a ella también. Entonces su padre lo invitó a casa. Era como si le hubieran tendido una trampa.

Kate sintió náuseas. ¿Es que todo formaba parte del puto plan?

El ascensor se detuvo por fin traqueteando en el vestíbulo. Kate salió disparada, rozando a una madre y a su hijo que estaban a punto de cogerlo.

—Eh…

Atravesó a toda prisa el vestíbulo de techos altos y salió por las puertas de cristal, con la mente hecha un revoltijo de ideas y miedos.

Lo único que sabía era que había confiado en Greg… y, de pronto, él también formaba parte de todo aquello. Él había sido lo único en su vida que podía considerar real.

Kate se abrió paso entre las puertas giratorias y se encontró en Fort Washington Avenue. Tenía que irse y pensar. No podía ver a Greg ni oír sus explicaciones. Seguramente ahora estaría bajando las escaleras tras ella.

Tenían la furgoneta aparcada al otro lado de la entrada trasera, en la calle 168. Kate corrió en dirección contraria, hacia Broadway.

Un guardia de seguridad salió de la entrada con una radio y la llamó. Kate no se detuvo ni a pensar. A media manzana, miró a su alrededor y vio a Greg abriéndose paso por entre las puertas giratorias, llamándola:

—¡Kate, escucha, por favor!

Kate no dejó de correr. No sabía lo que haría al llegar a la esquina. Lo único en que podía pensar era en perderse entre la multitud.

Broadway estaba abarrotado: colmados, almacenes de ropa, una tienda de calzado deportivo Dr. J's, locales de comida rápida. El cruce con la 168 era uno de los más concurridos de esa parte de la ciudad.

Kate buscó desesperadamente un taxi.

Tenía delante una boca de metro. Bajó corriendo las escaleras. Recordó que llevaba una tarjeta de metro en la cartera y la buscó a tientas en el bolso, frenéticamente, con los dedos temblorosos. La encontró, la metió en el torniquete y pasó.

La línea de Broadway.

En un primer momento se encaminó a la escalera del andén que conducía al centro, pero entonces se detuvo.

No sabía cuánto tardaría en llegar el próximo tren. Al no verla en la calle, tal vez Greg bajaría hasta aquí. Igual aún estaba en el andén cuando él la alcanzara.

Entonces Kate recordó que la 168 era el punto donde se unían las líneas de Broadway y la Octava Avenida. Buscó en los carteles de arriba hasta ver el círculo verde que simbolizaba la línea IND. Lo siguió, corriendo hacia el este por un largo pasillo. No sabía si Greg la habría seguido. Entonces le pareció oír su voz tras ella, bajando las escaleras. «Kate... Kate...»

Se le aceleró el corazón. «Por favor, déjame sola.»

Había poca gente en el largo túnel del metro. Un grupo de adolescentes con jerseys de los Knicks y zapatillas de baloncesto. Al rozarlos al pasar junto a ellos, oyó sus voces resonando en el techo bajo.

—¡Cuidado, señora!

Iba tan rápido como podía. No sabía si tenía a Greg detrás. Entonces vio el círculo verde que indicaba su tren. Una escalera mecánica conducía al andén. Kate la tomó.

Había unas cuantas personas de pie en el andén que llevaba al centro. Greg no la buscaría ahí. Kate se asomó al túnel oscuro, rogando por que llegara el tren. A cada instante estaba segura de que Greg iba a aparecer por las escaleras mecánicas a grandes zancadas y la encontraría. Por fin vio una luz a lo lejos. «¡Menos mal! Deprisa, por favor...»

El tren llegó hasta el andén traqueteando y Kate subió de un salto. Se dirigió a la parte delantera del convoy, con la mirada fija en las escaleras mecánicas. Rogó por no verlo. No podría soportarlo.

Por suerte, las puertas del tren emitieron un pitido y enseguida se cerraron.

Kate se pegó a las puertas y soltó un largo y profundo suspiro de alivio. Luego reinó una calma extraña e incómoda.

El corazón le latía como una locomotora desbocada. Le dolían los ojos de tanto llorar. La luz de su pasado se extinguió cuando el tren salió de la estación y se adentró en el túnel oscuro. No tenía ni idea de adónde iba.

72

Phil Cavetti abrió las puertas del sombrío y casi vacío bar, el Liffey, en la calle Cuarenta y nueve Este. Cuando entró, ninguno de los parroquianos se dignó ni levantar la vista siquiera.

Un surtido de viejos de aspecto andrajoso con cervezas delante proferían gritos frente a un partido de fútbol en la tele. Una de las paredes estaba cubierta de fotos en blanco y negro de famosas estrellas del fútbol y tenores. En otra habían colocado una bandera nacional gaélica a modo de tapiz. Cavetti se acercó a la barra y se situó junto a un hombre medio calvo con impermeable color canela, encorvado sobre su cerveza.

—¿Bebes solo?

El hombre se volvió.

—Pues no sé. Brad y Angelina se dejarán caer en cualquier momento.

—Siento decepcionarte.

—Que les den. —Suspiró. Alton Booth retiró el periódico del taburete de al lado—. Algo me dice que me van a plantar.

Cavetti se sentó.

—Tomaré lo mismo que él —indicó al musculoso hombre con coleta y los brazos cubiertos de coloridos tatuajes que había tras la barra.

—¡Shirley Temple! —gritó el barman. Algunos apartaron la mirada del partido y se volvieron.

—Sabe que soy poli, ¿no? —Cavetti resopló, divertido.

—Aquí lo saben todos. Te has sentado a mi lado.

El barman le sirvió a Cavetti una Killian's, acompañada de una sonrisita que daba a entender que lo había calado nada más entrar. Cavetti tomó un trago de cerveza.

—Aquí me tienes, Al. Supongo que no me has hecho venir por mis encantos.

—Pues no, lo siento. —El hombre del FBI se encogió de hombros, como avergonzado. Le pasó un sobre de papel manila deslizándolo por la mesa. Cavetti abrió el cierre y extrajo el contenido.

Fotos.

Se echó a reír.

—No has podido resistirte, ¿eh?

—No entiendo el chiste.

—Kate Raab me dijo lo mismo. Siempre que voy a verla, me presento con fotos.

—Ya verás como le lleguen unas cuantas como éstas.

Cavetti sacó lo que contenía el sobre. Había una carátula que rezaba «pruebas del delito», de la sede del FBI en Seattle. En la primera página ponía: «Pike's Market. Homicidio de Sharon Raab también conocida como Sharon Geller».

Un equipo de agentes de nuestro personal en la zona investigó la escena del crimen —explicó Booth—. Las tomó la cámara de seguridad de un garaje, a una manzana del hotel. El agente encargado, toda una promesa, anotó las matrículas de todos los vehículos que salieron de aparcamientos de la zona en los primeros minutos posteriores al accidente.

—Muy meticuloso —asintió Cavetti hojeando las fotos, impresionado.

Eran todas de la parte trasera del mismo coche. Un Chrysler Le Baron. Años antes, Cavetti había conducido uno igual. Éste era más nuevo, con matrícula de Michigah: EV6 7490.

—De alquiler —dijo el hombre del FBI, adelantándose a la siguiente pregunta.

Dos días antes. Lo devolvieron al día siguiente en el aeropuerto de Sacramento.

Cavetti lo miró con impaciencia.

—¿Me pido otra cerveza, Al, o piensas darme algún nombre?

—Skinner.

Cavetti abrió los ojos como platos.

—El puto…

«Kenneth John Skinner» era el nombre en uno de los permisos de conducir que les había llevado hasta Benjamin Raab.

O sea que, después de todo, no era cosa de Mercado. Sólo estaba montado para que lo pareciera. Raab estaba tras ello, aunque él no hubiera apretado el gatillo.

Ese hijo de puta había matado a su propia esposa.

—¿La foto viene con alguna interpretación de lo que está pasando?

—Lo que yo interpreto es que tenemos a cuatro agentes muertos, Phil. Y que Óscar Mercado ha desaparecido. Interpreto que nos enfrentamos a un hombre que hemos subestimado enormemente. El problema es que el subdirector Cummings empieza a interpretar lo mismo.

—¿Cummings?

—El subdirector quiere que esto se acabe, Phil. Quieren a Raab, a Mercado… que todo esto se mantenga en secreto. Se acabaron las tonterías del dichoso Código Azul. Su instrucción es: «No importan los medios»…

—No importa a quién se ponga en peligro. —asintió Cavetti—. No importa quién se ponga en medio.

Booth se volvió a encoger de hombros.

—Tus chicos se están fastidiando los unos a los otros, Phil. —Pidió otra cerveza con un gesto—. O eso o esto es algún montaje complejo de cojones para no tener que pagar pensiones alimentarias.

—Tienes razón. —Cavetti bebió un último trago y se levantó, dando una palmadita a Booth en la espalda—. A su hija no le va a hacer ninguna gracia.

Miró a Booth, luego recorrió con la mirada el lúgubre bar.

—¿Qué es lo que te gusta de este sitio, Al? —preguntó, buscando un billete en el bolsillo.

Booth lo detuvo.

—En los setenta, yo me partía el espinazo en la patrulla que se encargaba de los Westies. Los Westies eran la banda del puto Hell's Kitchen cuyos miembros siempre se utilizaban como carne de cañón para la calle.— Aquí estaba el cuartel general. Me pasé tantas horas vigilando ahí fuera, que un día salió el encargado y me trajo una cerveza. Desde entonces, no he pagado ni una vez.

Cavetti se echó a reír. Él también tenía unas cuantas historias por el estilo.

No estaba contento, sin embargo. El día anterior había hablado con Kate Raab. Estaba seguro de que no había sido sincera con él cuando le preguntó por su padre.

Ahora temía el doble por ella.

73

Kate se quedó en el tren durante lo que se le antojaron horas. Viajó hasta el centro, hasta la calle Cincuenta y nueve. Luego fue vagando como en una nube por entre el gentío de la estación abarrotada y tomó la línea de Broadway hacia el norte.

Su mundo acababa de partirse en dos.

Había visto cómo mataban a su madre. A su mejor amiga le habían disparado y ahora estaba en coma. Su padre, que era la persona que más quería y admiraba en el mundo, se había convertido en alguien cuya voz la colmaba de dudas y temores.

A pesar de todo lo que había pasado, nunca se había sentido sola. Porque siempre había tenido a Greg. Sabía que siempre podía regresar con él. Él la hacía sentir cuerda.

Hasta ahora.

Ahora no sabía adónde acudir. ¿A la policía? ¿A Cavetti? Contarles todo: la relación de su padre con Mercado, que había organizado su propia detención, que iba tras su propio hermano, que había hablado con él.

Que tal vez su propio marido también tuviera algo que ver.

El traqueteo del tren la tranquilizó. Viajó hasta el norte, más allá de la calle 168. No sabía adónde ir. Sólo tenía claro que debería tomar una decisión pronto. No podía ir a casa. Allí era donde estaría Greg. No podía enfrentarse a él. Ahora no.

Fue en ese momento cuando anunciaron por megafonía: «Próxima estación: Dyckman Street».

Fue como si lo hubiera soñado. Ésa era la respuesta. Al menos por un rato. Kate se bajó. Corrió por las escaleras y se encaminó al río.

Hasta el cobertizo sólo había un paseo.

En medio del frío intenso de aquella tarde de noviembre, Kate se apoyó en el embarcadero. Aquel día sólo había unos cuantos remeros incondicionales haciendo frente al frío cortante. Un equipo de ocho de algún club se impulsaba al pasar junto a la gran C de Columbia. A Kate le llegaba la voz del timonel: «Palada... Palada...» Se acurrucó en la sudadera, con la brisa húmeda azotándole la cara y el cabello.

¿Había estado todo organizado desde siempre? ¿Había estado Greg implicado todo el tiempo? Cuando se conocieron, cuando se enamoraron, siempre que reían, bailaban, hablaban de sus vidas, compraban cosas para el piso. Cada vez que hacían el amor.

¿Formaba todo parte del mismo plan?

Le volvieron a entrar náuseas, ese acceso violento, arrollador e imparable. Cuando se le pasaron dejaron paso a una sensación de aturdimiento, como si le hubieran dado una paliza y roto todos los huesos. Como si se quedara sin fuerzas.

«Han ganado. Te han derrotado, Kate. Déjalo. No busques más explicaciones. Ve a buscar a Cavetti y punto. Cuéntaselo todo. ¿A quién proteges ahora? ¿Por qué no haces lo único sensato que puedes hacer, sin más?

»Suéltalo. No tienes nada que guardarte. Se llevó las manos a los ojos y se echó a llorar. Habían ganado. La habían derrotado. No le quedaba nadie. Ya no tenía nadie en quien confiar.

Su teléfono volvió a vibrar. Era Greg —le había estado dejando mensajes desesperados—, tal vez era la decimoquinta vez. «Kate, cógelo, por favor...»

Esta vez levantó la tapa del teléfono. Sin saber por qué. Una ira implacable se abría paso por cada poro dolorido de su cuerpo.

—¡Kate! —gritó Greg cuando la oyó descolgar—. Por favor, deja que me explique.

—Explícate. —Su voz era un gruñido apagado y desdeñoso. Si le hubieran quedado fuerzas le hubiera gritado—. ¿Por qué no empiezas por quién eres, Greg? ¿Con quién resulta que estoy casada ahora? ¿O cuál es de verdad tu apellido? ¡Mi apellido! ¿Por qué no empiezas por ahí? ¿Quieres explicarte, Greg? Explícame lo que he sentido los últimos cuatro años. Junto a quién duermo. Empieza por cómo me encontraste.

—Kate, escucha, por favor… Reconozco que hace cuatro años me pidieron que te conociera…

—¿Que me conocieras? —No podía haber dicho nada que sonara más cruel.

—Para vigilarte, Kate. Nada más, te lo juro. No puedo mentirte… lo que has visto en ese libro es verdad. Me llamo Concerga. Y no soy de Ciudad de Méjico. Lo siento, Kate. Pero me enamoré de ti. Eso siempre fue real. Esa parte es la verdad. Lo juro por mi vida. Ni en un millón de años se me hubiera ocurrido que esto pudiera llegar a salir a la luz.

—Pues sí, Greg —respondió ella—. Ha salido. ¿Para quién trabajas entonces, Greg?

—No trabajo para nadie, Kate. Por favor… soy tu marido.

—No, no eres mi marido. Ya no. ¿Para quién me has estado vigilando? Porque ya se ha acabado, Greg. Quedas relevado de tus funciones. De ese deber tuyo… La deuda está saldada.

—Kate, no es lo que crees. Por favor, dime dónde estás. Déjame ir a hablar contigo. —Su voz transmitía desesperación, y le dolía no responder, pero ya no controlaba lo que era real y lo que no—. Te quiero, Kate. No me rechaces.

—Vete —dijo Kate—. Vete y ya está. Tu trabajo ha acabado.

—No —respondió él—. No pienso hacerlo. No pienso irme.

—Te lo digo en serio, cariño —respondió—. Ahora no puedo hablar contigo. Vete y punto.

74

Sólo había un lugar al que Kate pudiera ir.

Aunque se lo habían prohibido expresamente.

Estaba de pie ante el cabo azul ribeteado de blanco de Hewlett, Long Island, y el agente del WITSEC que la había visto acercarse por la calle e interceptado la llevaba ahora firmemente cogida del brazo.

Se había quedado en el cobertizo hasta después de caer la tarde. Había necesitado dos trenes y el resto de la tarde para decidirse. Sabía que no la seguían. Pero no podía arriesgarse a llamar y que le dijeran que no. ¿Adónde más podía ir?

Al abrirse la puerta de la casa, la tía Abbie la contempló con los ojos como platos.

—¡Kate! Oh, Dios mío, ¿qué haces aquí?

A la hermana de su madre le bastó un segundo para darse cuenta de que algo muy malo pasaba.

—Tranquilo. —Abbie asintió en dirección al agente, metiendo a Kate en casa deprisa y rodeándola con los brazos—. ¡Em, Justin, bajad enseguida!

Kate era consciente de que su aspecto era lamentable. Llevaba toda la tarde acurrucada a la orilla del río. Tenía frío y estaba mojada, con el pelo despeinado por el viento y las mejillas en carne viva.

Habría que estar ciego para no darse cuenta de que había llorado.

Sin embargo, en cuanto sus hermanos bajaron disparados las escaleras, felizmente sorprendidos, todo se iluminó. Em dio un chillido y se abrazaron, dichosos, como aquella noche en el cobertizo de Seattle, antes de que todo se desbaratara. Em y Justin llevaban allí desde el entierro. Bajo custodia. Los hijos de David y Abbie estaban en la universidad. La idea era que se quedaran allí durante el resto del semestre y empezaran una vida nueva en primavera.

—Necesito quedarme aquí —pidió Kate a Abbie—. Sólo un día o dos.

—Claro que puedes quedarte —respondió Abbie, cuyo único motivo de duda era la sombra inquieta que reflejaba el rostro de su sobrina y que no lograba descifrar.

—¡Puedes dormir en mi cuarto! —gritó Emily, con regocijo—. Quiero decir... en el de Jill...

—No pasa nada. —La tía Abbie sonrió—. A Jill no le importará. Ahora es tu cuarto, durante todo el tiempo quieras. Y también el tuyo, Kate.

—Gracias. —Kate le devolvió la sonrisa, agradecida.

—¿Por qué has venido, Kate? ¿Qué pasa? —Las preguntas de Emily y Justin parecían acribillarla desde todas las direcciones. En ese preciso momento se sentía tan agotada que lo único que quería era dejarse caer. La llevaron a la sala de estar y la dejaron hundirse en una butaca—. ¿Estás bien? ¿Dónde está Greg?

—Trabajando —respondió.

—¿Qué ha pasado, Kate? —No eran tontos. Se lo leían en los ojos.

—Dejad sola a Kate —les ordenó la tía Abbie.

Y algo empezó a reanimarla. Algo que Kate echaba de menos desde hacía mucho.

La alegre sonrisa de su hermana, el moderno corte de pelo algo loco de su hermano. Abbie junto a ella, sentada en el brazo de la butaca, con una suave mano sobre su hombro. Aquí no había posibilidad de error, ni dudas. Para ella, ellos eran su hogar.

Su tío David llegó a casa sobre las siete. Trabajaba en el centro, de jefe de ventas para una moderna casa de joyería. Cenaron en el comedor. Estofado, puré de patatas, salsa. Era la primera comida sólida que Kate ingería en días.

Todos la bombardearon a preguntas. ¿Cómo iban las cosas por el laboratorio? ¿Qué tal progresaba Tina? ¿Qué pasaba con Greg?

Kate las desvió tan bien como supo, contándoles que le habían dado el empleo en el New York–Presbyterian, que ahora podrían quedarse en Nueva York, lo que era estupendo.

Justin explicó que irían al instituto de Hewlett durante lo que quedaba de semestre. Con escolta del WITSEC.

—Luego, en primavera, igual a la escuela privada esa, Friends Academy.

—Jill y Matt estudiaron allí —intervino Abbie—, así que los han admitido.

—El equipo de *squash* de Friends va el tercero de la liga de la costa este —anunció Emily—. En otoño podré empezar a jugar torneos.

—Eso es genial. —dijo Kate sonriendo. Miró a Abbie y David—. Gracias por lo que estáis haciendo. Mamá estaría orgullosa.

—Vuestra madre no hubiera dudado en hacer lo mismo por nosotros —respondió Abbie. Dejó el tenedor y apartó la mirada.

Y Kate sabía que estaba en lo cierto.

Más tarde, tío David ayudó a tía Abbie con los platos, dejando que Justin y Emily pasaran un rato con Kate.

Subieron los tres al cuarto de Emily, en el segundo piso... el cuarto de su prima Jill. Estaba empapelado con fotos de revistas de Beyoncé, Angelina Jolie y Benjamin McKenzie, de la serie *The O.C.* Kate se acurrucó en la cama abrazándose a un cojín; Em se sentó a sus pies, con las piernas cruzadas; Justin dio la vuelta a una silla de escritorio y ahí se dejó caer.

Emily la miró, preocupada.

—A ti te pasa algo.

—No me pasa nada. —Kate negó con la cabeza. Sabía que su voz no sonaba convincente.

—Venga, Kate. Mira qué pinta tienes. Estás más blanca que el papel. Tienes los ojos rojísimos. ¿Cuándo te tomaste la medicina por última vez?

Kate hizo memoria. Ayer, puede que anteayer... Lo que de pronto la asustó fue que no conseguía recordarlo.

—Tan tontos no somos, Kate —dijo Justin—. Sabemos cuál es el trato.

La condición para que sus tíos los acogieran era que Kate aceptara no presentarse sin previo aviso hasta que las cosas se calmaran.

—¿Es por Greg? ¿Ha pasado algo? Kate, ¿por qué has venido?

Kate asintió. Al cruzar aquella puerta y verles las caras se había dado cuenta de que tenían derecho a saberlo.

—Vale. –Se incorporó—. No sé cómo os lo vais a tomar cuando os lo diga, pero papá está vivo.

Por un instante, los dos se quedaron mirándola fijamente, sin hacer nada.

Emily se quedó boquiabierta.

—¿Que está vivo?

—Sí. —Kate asintió—. He hablado con él. Está vivo.

Justin por poco se cae de la silla.

—Madre mía, Kate, ¿y que ibas a hacer, soltarlo así como de pasada si salía el tema?

¿Cuánto podía explicarles sin explicárselo todo? Margaret Seymour. Mercado. La foto que había encontrado. La verdad sobre su abuela y de dónde venía su padre. ¿Cómo podía contarles esas cosas sin más? ¿Cómo iba a destruir su mundo, igual que habían destruido el suyo? ¿Lo correcto no era protegerlos, si no de que les hicieran daño, al menos de que supieran demasiado?

—¿Dónde está? —preguntó Emily, atónita.

—No lo sé. Dijo que se pondría en contacto conmigo. La policía lo busca, en relación con cosas que han pasado. Pero está bien. Sólo quería que lo supierais. Está vivo.

El semblante de Emily se sonrojó, primero de entusiasmo y luego de confusión.

—¿Es que no quiere vernos? ¿Es que ni tan siquiera sabe lo de mamá? ¿Dónde, Kate, dónde diablos ha estado todo este tiempo?

Kate no respondió. Se limitó a seguir mirándolos. Sabía exactamente lo que sentía su hermana: algo a medio camino entre la sorpresa y el enfado.

—Hay algo que no nos estás diciendo, Kate, ¿verdad? Sobre por qué has venido. Mamá está muerta. ¡Estamos en el dichoso Programa de Protección de Testigos! Puedes decírnoslo. Ya no somos unos críos.

Justin la miró fijamente.

—Papá ha hecho algo malo de verdad, ¿no? —Kate no respondió, pero fue como si la pregunta ya se hubiera respondido silenciosamente. Como si su hermano se hiciera cargo—. No nos escondemos sólo de Mercado, ¿verdad?

Los ojos de Kate brillaron y sacudió la cabeza lentamente.

—No.

—Oh, Dios mío…

Kate ya lo había decidido. Incluso antes de llegar allí esa noche. Lo que tenía que hacer. Sólo que necesitaba verlos antes.

Porque aún podían estar protegidos, ¿no? Aún podían ir a la escuela. Podían reír, jugar al *squash*, salir los fines de semana, presentarse a las pruebas de acceso a la universidad. Vivir sus vidas. Aún podían tener fe y esperanza. No tenían por qué saberlo, joder.

El rostro de Emily se ensombreció.

—¿Estás en peligro, Kate? ¿Es por eso que has venido?

—Chsss… —Kate puso el dedo sobre los labios de su hermana. Alargó los brazos y Em se apoyó sobre ella. Ni siquiera Justin pudo resistirse y se unió a ellas. Los dos se recostaron sobre su hermana mayor, apoyando las cabezas sobre sus hombros, y se quedaron mirando el techo. Ella los atrajo más hacia sí.

—¿Te acuerdas de cuándo nos sentábamos así en tu cuarto, Em? —dijo Kate—. Con esas estrellas que tenías. Y hablábamos de cómo sería tu primer beso... ¿O cuando me contaste la noche que te escabulliste y cogiste el Range Rover de mamá cuando se durmieron?

—¿Te llevaste el coche? —preguntó Justin.

—¡Puff! —respondió Em, bruscamente—. ¡Si no estuvieras siempre pegado al ordenador como un ciberfreaky atontado, igual te enterabas de algo!

—No se lo dije nunca. —Kate apretó el hombro de su hermana.

—Claro que no se lo dijiste nunca. ¿Pero tú qué eres, una especie de espía de mamá y papá o qué?

Por unos instantes nadie dijo nada. Se quedaron ahí tumbados sin hacer otra cosa que mirar el techo.

Entonces Emily preguntó:

—¿Qué es más importante, Kate, saber que tu familia te quería, aunque no fueran quienes creíste una vez? ¿O ver cómo son en realidad y sentirte completamente traicionada?

—No lo sé —respondió Kate. Sin embargo, por primera vez, sentía que sí lo sabía. Su padre. Greg. Lo había decidido. Asió con fuerza los dedos de Em—. ¿Cómo puedes querer de verdad algo que no es verdad?

75

La mañana siguiente, Kate metió unas monedas en una cabina de una tienda abierta las 24 horas de Hewlett. Ya se habían acabado los móviles. Nada que pudiera localizarse.

Esa noche había pensado mucho en lo que tenía que hacer. Sabía que se estaba arriesgando. Al sentir a Emily junto a ella, su inocente respiración mientras dormía, todas sus dudas se habían disipado.

Aquello tenía que acabarse.

Las monedas cayeron. Sonó el tono de marcar. Kate cogió aire y marcó el número. Esperaba que alguien respondiera.

Su padre. Cavetti. Mercado. Greg... Todos la habían traicionado. Y todos eran personas en quienes tal vez confiaría una última vez. Durante toda la noche, todos y cada uno de ellos había desfilado por su mente inquieta.

Al oír la voz, no se permitió vacilar.

—De acuerdo. Haré lo que me pediste —dijo.

—Me alegro, Kate —respondió la voz—. Has decidido lo correcto.

Acordaron dónde se verían. Algún lugar seguro, público. Donde hubiera mucha gente. Donde Kate se sintiera en casa.

Aquello tenía que acabarse. Había muerto gente. Ya no podía seguir fingiendo que no era cómplice. Pensó en la mujer sonriente de la foto con Mercado. La esposa de aquel hombre. ¿Estaría aún viva si Kate hubiera actuado antes?

¿Y mamá?

Kate hurgó en el bolso en busca de otra moneda de 25 centavos. En el fondo, se topó con la pistola que le había dado Cavetti.

—En alguien tengo que confiar —respondió Kate tapando la pistola con el neceser—. No veo por qué no puedes ser tú.

El teléfono de Luis Prado sonó poco después.

Estaba en Brooklyn, en el piso destartalado donde vivía de alquiler, con una fornida puta de cincuenta dólares llamada Rosella sentada a horcajadas sobre él, restregándole sus grandes pechos por la cara. La cama barata de metal chirriaba y se sacudía contra la pared llena de desconchones.

El móvil los interrumpió.

—No pares, cariño.

Luis buscó el teléfono a tientas y tiró sin querer una foto que tenía en la mesilla, de su mujer e hijos en su país.

—Mierda…

El número le reveló que era la llamada que llevaba esperando todo el día.

—Negocios, nena —suspiró, al tiempo que se sacaba de encima a la chica.

—Luis…

—Necesito que te prepares —dijo quien llamaba—. Esta noche hay trabajo para ti.

—Estoy preparado. —Luis, juguetón, recorrió con la mano la mejilla de Rosella—. Llevo todo el día apuntando al objetivo.

—Perfecto. Te llamo más tarde para darte los detalles. Y, ¿Luis?

—Sí.

—En esto tendrás que echar mano de toda tu lealtad. Hazlo bien —dijo la voz al otro lado de la línea— y podrás volver a casa. Para siempre.

Su lealtad nunca se había puesto en duda. Siempre había hecho los trabajos que querían. Su mujer estaba en su país. Sus hijos. Sólo había visto una vez a su pequeño recién nacido.

Luis Prado no vaciló.

—Aquí estoy.

QUINTA PARTE

76

Kate esperó en el paseo de Brooklyn Heights. A su espalda, la línea del horizonte de Lower Manhattan dominaba el East River. Había gente haciendo *footing* y familias empujando cochecitos. Los patinadores serpenteaban entre el gentío dominical. El puente arqueado de Brooklyn, con sus cables de acero gris, se extendía sobre su cabeza. Sabía que podía contar con la multitud. Kate había estado allí muchas veces, de paseo con *Fergus*, de tiendas con Greg, en Montague Street. Miró a su alrededor. Había dos policías cerca. Se aproximó un poco más a ellos.

Él estaba por allí, en algún lugar.

Era una espléndida tarde de otoño, a Kate le recordaba que un día como éste se había graduado en la universidad. Aún guardaba la foto en el escritorio: ella, vestida con la toga y el birrete, en el campus de Brown; las sonrisas de todos, tan brillantes y orgullosas; su cabeza apoyada en el hombro de su padre. Nunca había visto el cielo tan azul como ese día.

Él le había estado mintiendo… incluso entonces.

Kate rezaba por estar haciendo lo correcto. Tenía el cerebro embotado por la falta de insulina, y hasta se notaba la sangre circulando pesada y lentamente.

Era consciente de que no pensaba con total claridad. Miró el reloj: las 3.30. La estaba haciendo esperar. Comprobó la pistola en el bolso y volvió a mirar a los policías.

«Por favor, Kate, por favor, no cometas el mayor error de tu vida.»

Entonces, de pronto, lo vio aparecer entre la multitud, como surgido de la nada.

Sus miradas se encontraron. Él se quedó a cierta distancia,

como si la dejara acostumbrarse a verlo, con esa sonrisa que conocía tan bien, pero que a la vez se le antojaba poco clara. Llevaba pantalones caqui, una camisa azul de cuello abierto y el consabido *blazer* azul marino. Tenía el pelo más corto, casi cortado al rape. Ya no estaba moreno. Nunca le había visto con la cara tan chupada. Parecía sacado de una película de ciencia-ficción de ésas de bajo presupuesto: alguien viviendo en el cuerpo de otra persona. Un dominguero haciendo *footing* se les cruzó por delante. Kate tenía los nervios de punta.

—Hola, calabaza.

Él no hizo ademán de ir a abrazarla. Si lo hubiera hecho, Kate no hubiera sabido qué hacer. Se limitó a observarlo, recorriendo cada rasgo familiar con la mirada. Por un lado, deseaba apoyar el rostro en su pecho y rodearlo con los brazos, como había hecho mil veces. Por otro, quería atacarlo, indignada, llena de ira. Así que se limitó a escudriñar las profundidades más recónditas de sus ojos.

—¿Quién eres… papá?

—¿Que quién soy? ¿Cómo que quién soy, calabaza? Soy tu padre, Kate. Nada de lo que ha pasado puede cambiar eso.

Kate sacudió la cabeza.

—No sé si aún lo tengo claro.

Él sonrió con cariño.

—¿Te acuerdas de la primera vez que te llevé por la montaña en Snowmass? ¿Lo pegada que ibas a mí? ¿Y cuando me viniste a buscar cuando te plantó aquel gilipollas de la BU, aquel actor? Cuando te abrazaba y te secaba las lágrimas de los ojos…

—Ahora no tengo lágrimas, papá… te he preguntado quién eres. ¿Cuál es nuestro verdadero apellido? No es Raab. Eso ya lo sé.

»¿Cuál es la verdad sobre nuestra familia? Rosa… ¿de dónde era en realidad? De España no.

—¿Con quién has hablado, Kate? Quienquiera que te haya dicho esas cosas miente. —Alargó la mano hacia ella.

—¡Para! —Retrocedió—. Para, por favor... Sé la verdad. Lo sé, papá. El tiempo que llevas trabajando para ellos. Mercado. Cómo el FBI te descubrió. Quién te delató. —Esperaba que dijera algo, cualquier cosa, para negarlo, pero él se limitó a quedarse mirándola—. ¿Quién acribilló nuestra casa esa noche? ¿Nos protegías, papá? ¿Tenías miedo?

—Siempre te he protegido, calabaza —respondió él asintiendo con la cabeza—. Soy quien te ayudó a recuperarte cuando te pusiste enferma. Yo era quien estaba en el hospital cuando abriste los ojos. Lo sabes, Kate. ¿Quién fue la primera persona que viste? El resto, ¿qué importa? Cualquier otra cosa no es más que una mentira.

—No. —A Kate le hervía la sangre de ira—. Sí que importa, papá. Es todo cuanto importa. Si quieres saber lo que es una mentira, yo te lo enseñaré.

Hurgó en el bolso y sacó algo que le puso en la mano. Era la instantánea de él y su hermano delante de la puerta de Cármenes.

—Mira esto, papá. Esto es una mentira. Ésta es la mentira que llevas toda la vida contando, hijo de puta.

77

Él no mostró sorpresa ni se inmutó. Se limitó a mirar fijamente la foto, como recordando, como si se hubiera topado con algo íntimo y valioso que llevara largo tiempo perdido. Cuando volvió a mirar a Kate, curvó las comisuras de los labios, esbozando una sonrisa resignada.

—¿De dónde has sacado esto, Kate?

—Maldito seas, papá, confiábamos en ti —dijo Kate, incapaz de controlar la furia que la invadía—. Em, Justin, mamá… Te habíamos confiado nuestras vidas. Más que nuestras vidas papá… Te habíamos confiado nuestra identidad.

Él golpeó la foto con el pulgar.

—Te he preguntado de dónde has sacado esto, Kate.

—¿Qué más da? Quiero oírlo de tus propios labios. Por eso estoy aquí. Quiero oír cómo me dices que todo era mentira. Lo que hacías. Quién eras. Quiénes éramos.

Algunos transeúntes se volvían y se los quedaban mirando, pero Kate no cedía, con los ojos llenos de lágrimas.

—¿Y Greg, papá? ¿Eso también era parte del plan? ¿Era algún rollo sefardí, papá, o sólo negocios? ¡Fraternidad!

Él le tendió la mano, pero Kate se apartó. Ahora le daba asco.

—¡Lo sé! Sé que él es tu hermano. Sé lo de tu padre y quién era. Sé que lo organizaste todo: tu detención, el juicio, infiltrarte en el programa. Sé lo que pretendes hacer.

Él se quedó allí mirándola, protegiéndose los ojos del sol.

—Mataste a esa mujer, ¿verdad? A Margaret Seymour. Mataste a mi madre… ¡a tu propia esposa! A esa mujer de Buffalo. Es todo verdad. Todo, ¿a que sí? ¿Qué clase de monstruo eres?

Él parpadeó. De pronto, fue como si algo familiar cambiara. De repente había dureza en sus ojos, un vacío helado en su mirada.

—¿Dónde está, cariño?

—¿Dónde está quién?

La voz de él sonaba apagada, hablaba casi en tono profesional. Le tendió la mano.

—Ya sabes a quién me refiero.

Y entonces fue como si la persona que había conocido toda su vida ya no estuviera allí delante.

Kate se soltó.

—No sé de quién me hablas. No sé ni cómo nos llamamos en realidad. ¿Trajiste a Greg a mi vida, hijo de puta? ¿Para hacer qué? ¿Convertir también mi vida en una mentira? Dime una cosa, papá. ¿Cuánto tiempo —miró sus ojos vacíos—, cuánto tiempo lo supo mi madre?

Él se encogió de hombros.

—Sé que lo has visto, Kate. Es él quien te está envenenando. Es él quien te cuenta mentiras. Quiero que vengas conmigo. He pensado en lo que me dijiste. Iremos los dos al FBI. Ellos te dirán lo mismo que yo. —Esta vez alargó la mano y la agarró haciendo que se retorciera de asco. Kate forcejeó para soltarse.

—¡No! —Dio un paso atrás—. Ya sé lo que quieres hacer. Quieres atraerlo a través de mí. Maldito seas, papá, es tu hermano. ¿Qué piensas hacer, matarlo también?

Su padre quiso tocarla, pero se detuvo. Su mirada cambió de un modo especialmente extraño. Kate fue presa de un escalofrío sobrecogedor.

Había visto algo.

—¿Qué estás mirando? —preguntó ella, estremeciéndose de arriba abajo.

—Nada. —Su mirada volvió a fijarse en ella. Sus labios esbozaron una media sonrisa.

En sus ojos había algo escalofriante y casi inhumano. A Kate casi le estallaba el corazón. Miro a su alrededor, en busca de los policías. Tenía claro que debía irse. ¡Era su padre! De pronto, Kate temió por su vida.

—Ahora tengo que irme, papá.

Él avanzó un paso en dirección a ella.

—¿Por qué lo proteges, Kate? Él no es nadie para ti.

—No protejo a nadie. Tienes que entregarte. Yo ya no puedo ayudarte.

Kate retrocedió hasta chocar con una mujer haciendo que cayera el paquete que ésta llevaba.

—¡Eh!

Empezó a correr por el Paseo. Su padre la siguió unos pasos, con la gente entrecruzándosele por el camino.

—¡Lo encontraré, Kate! Tú no eres la única opción.

Ella apretó el paso, sorteando a los paseantes. Lo único que sabía era que debía salir de allí. En la entrada de Montague Street, miró hacia atrás. Su padre se había detenido. Kate tenía el corazón a mil. Alcanzó a verlo entre la multitud.

Él levantó la mano. En su semblante había una sonrisa absolutamente imperturbable.

La saludó con el dedo.

Kate salió corriendo del parque, volviéndose una o dos veces en Montague Street. Pasó por tiendas y cafeterías. Avanzó entre los transeúntes. Recorrió una o dos manzanas y miró a su espalda. No la seguía. Menos mal...

Se encontró delante del escaparate de un establecimiento, un Starbucks, con la mano apoyada en el vidrio para descansar mientras hacía esfuerzos por volver a llenar de aire los pulmones.

No tenía ni idea de adónde dirigirse.

A casa no podía ir. Allí estaba Greg. Y no podía volver a casa de Abbie.

Ya no. Implicar aún más a Em y a Justin le daba un miedo atroz.

La mirada de Kate descendió lentamente hasta su propio reflejo confuso sobre el cristal.

Vio lo que su padre había estado mirando.

Su colgante. Debía habérsele salido cuando su padre la agarró.

Las dos mitades…

Ahora su padre ya sabía que había visto a Mercado.

78

Greg llamó una y otra vez al móvil de Kate, presionando la tecla de rellamada frenéticamente.

«Venga, Kate, por favor, cógelo.»

Y cuando ya llevaba unas cincuenta llamadas tal vez, le respondió el buzón de voz. «Soy Kate. Ya sabes lo que tienes que hacer…» No tenía sentido dejar otro mensaje. Ya le había dejado como una docena. Greg tiró el móvil y volvió a apoyar la cabeza en el sofá. Llevaba toda la noche tratando de localizarla.

Había ido al piso, rogando por que ella volviera a casa, con la esperanza de que sus súplicas surtieran algún efecto. Había dormido en el sofá, aunque apenas había pegado ojo. Se había despertado varias veces, al parecerle oír la llave de ella en la puerta, sus pasos.

Pero siempre era *Fergus* moviendo o empujando el cuenco del agua durante la noche.

—¿Cómo iba ella a volver a confiar en él?

Era verdad, desde luego, todo lo que se había destapado al caer el libro y abrirse: que le había ocultado un terrible secreto, que había fingido ser quien no era. «¿Para quién trabajas, Greg?» Todo era verdad, salvo su acusación de que para él aquello no era más que un deber o un trabajo.

Ni por un segundo la había engañado respecto a lo que sentía.

¿Qué podía decirle que no le hubiera dicho ya? Que todo eso escapaba a su control. Que había pasado mucho tiempo atrás, antes de conocerse. Una parte de él que trataba de negar fingiéndose un simple doctor, un marido fiel, su mejor amigo. Apoyándola mientras pasaba por el trago de saber quién era su padre… cuántas veces había rezado por que la verdad nunca se revelara.

Sin embargo, las peleas por cuestiones de sangre nunca quedan enterradas. Ellos también eran su familia.

Aun así, siempre la había amado. Siempre había hecho cuanto podía por protegerla. En eso no le había mentido jamás. ¿Cómo iba a dolerle tanto el corazón si no fuera verdad?

Le avergonzaba el linaje de sangre que lo había llevado a hacer eso. Le avergonzaba la deuda que debía saldar. No obstante, no hubiera sido más que un chaval de la calle. No una persona formada en Estados Unidos. Un médico. Alguien libre. Qué tonto había sido al pensar durante todo ese tiempo que era otra persona.

Fergus se acurrucó junto a él. Greg se arrimó a la cara del perro y le dio un beso en el morro. Greg sabía que Kate estaba en peligro. Y no podía hacer nada.

De pronto, sonó el móvil. Greg se abalanzó sobre el móvil y levantó la tapa, sin comprobar quién era.

—¿Diga, Kate…?

Sin embargo, la voz que había al otro lado del hilo era la que más temía. Su corazón se detuvo.

—Ha llegado el momento, hijo —dijo la voz, suave pero inflexible.

79

A Kate sólo se le ocurrió ir a un lugar. Tomó el tren de la línea 5 en Borough Hall, de vuelta a Manhattan, y recorrió todo el trayecto hasta el Bronx. Era domingo por la tarde. No habría nadie. Allí estaría a salvo hasta que decidiera qué hacer. Y llevaba dos días sin inyectarse la insulina.

Kate bajó en la estación de la calle 180, en el Bronx. Le pareció ver al mismo tipo latino con una gorra de los Yankees en quien se había fijado en la estación de Brooklyn, pero no estaba segura. Una vez en la calle, apuró el paso en dirección a Morris Avenue, envuelta en una neblina, sorteando a los compradores dominicales y a las familias que mataban el tiempo en los portales de sus casas.

Vio el edificio de ladrillos azules de tres plantas en los jardines de la facultad de medicina, con la familiar placa de metal sobre la puerta. Su pulso recuperó el ritmo normal.

Laboratorios Packer.

Allí estaría a salvo. Por lo menos de momento.

Kate metió la llave en la cerradura de fuera e introdujo el código de la alarma.

Empujó la puerta y la cerró a conciencia tras ella. Apoyó la espalda en la pared.

No se estaba cuidando y lo notaba. En el tren se había medido el azúcar: 435. «Madre mía, Kate, estás que te sales de la tabla.» Como le subiera un poco más, podía entrar en coma. Parpadeó para vencer la somnolencia y permanecer en guardia. Antes de decidir nada, debía estabilizarse.

Y entonces tomaría la decisión más importante de su vida.

Kate hurgó en el botiquín hasta encontrar una caja de jeringuillas. Las empleaban de vez en cuando para inyectar fluido en las células.

Siempre tenía allí un frasco de Humulin de reserva. Sólo para emergencias. Kate abrió el frigorífico, se arrodilló y rebuscó. En todos los estantes había bandejas con viales de soluciones y tubos transparentes etiquetados. «Vamos, vamos.» Revolvió los estantes, nerviosa.

¡Maldita sea! Se dejó caer en el suelo, presa de la frustración. Igual, cuando ella no estaba, alguien lo habría tirado.

«Vale, Kate, ¿qué piensas hacer?» Al día siguiente, el laboratorio abriría. Habría gente. No podía seguir su rutina diaria. Se notaba el corazón el doble de grande. Sabía que era por los niveles de glucosa. Podía ir al centro médico… estaba a sólo unas manzanas. Pero tenía que llamar a alguien.

A Cavetti… a la tía Abbie… Ya no podía de ninguna manera seguir sola con aquello. Pensó en Emily y Justin.

De pronto, el pánico se abrió paso en medio de su aturdimiento.

¿Sabe él dónde están?

Oh, Dios mío, igual sí. ¿Dónde iban a estar, si no? De repente, la asaltó una idea aterradora.

Si su padre le había hecho lo que había hecho a mamá, ¿por qué no iba a hacerles daño a ellos?

Recordó lo que había dicho: «Tú no eres la única opción».

Corrió a la mesa y hurgó en el bolso.

Encontró el móvil y recorrió torpemente la agenda de teléfonos. ¿Qué le había dicho? En cualquier sitio, a cualquier hora. ¿A quién coño podía recurrir ahora si no?

Cuando encontró el número de Cavetti, pulsó el botón, nerviosa, sin soltarlo mientras se conectaba a la línea. ¡Quién sabe dónde podía estar! Kate no sabía ni dónde vivía.

Le llevó tres tonos, pero respondió.

—Cavetti.

¡Gracias a Dios!

—¡Soy Kate! —gritó, suspirando de alivio al oírle la voz.

—Kate. —Notó lo nerviosa que estaba de inmediato—. ¿Qué pasa?

—He visto a mi padre. Sé lo que ha hecho. Pero escuche, hay mucho más. Sé lo de Mercado. También lo he visto. Y tengo la impresión de que mi padre me está buscando. Me parece que cree que yo sé dónde está.

—¿Dónde está quién, Kate? —le preguntó él.

—¡Mercado! —Ya apenas podía conservar la calma.

—Está bien, está bien —respondió él. —Le preguntó desde dónde llamaba. Kate se lo dijo, añadiendo que estaba a salvo. Le dijo que no se moviera de allí, que no saliera. Para nada. Él estaba en Nueva Jersey. Llamaría a Booth y a Ruiz, del FBI—. No abra la puerta a nadie hasta que esté ahí alguno de nosotros, ¿comprende? Ni a su padre. Ni a su marido. A nadie. ¿Queda claro?

—Sí. Pero hay algo más.— Le habló de Justin y Emily y de lo que su padre había insinuado. Que tenía más opciones…—. Me temo que va a ir allí, Cavetti. Igual ya está de camino.

—Yo me ocupo. Pero, como le he dicho, Kate, no abra a nadie, salvo al FBI. ¿Queda claro?

Cuando Cavetti colgó, Kate buscó el número de tía Abbie. Lo marcó rápidamente y, consternada, oyó responder al contestador. «No estamos en casa…»

Entonces probó con el móvil de Em. Tampoco obtuvo respuesta. Kate empezaba a asustarse.

Dejó un mensaje desesperado. «Em, necesito que tú y Justin vayáis a un lugar seguro. No os quedéis en casa. Id a casa de algún amigo o vecino. Y deprisa. Hagáis lo que hagáis, por favor, no os acerquéis a papá. Si llama, ni habléis con él. Ya os lo explicaré cuando llaméis. Confiad en mí. La policía está en camino.»

Se quedó sentada en el suelo. Seguía marcando una y otra vez el número de tía Abbie, en vano. ¿Y si él ya estaba allí? ¿Y si los tenía? Lo único que podía hacer era esperar.

En el fondo del bolso, Kate volvió a toparse con la pistola que le había dado Cavetti. La sostuvo en la mano. Parecía casi un juguete. ¿Sería capaz de usarla si tenía que hacerlo? ¿Contra su padre? Cerró los ojos.

De pronto, oyó el interfono de la puerta de la calle. «Menos mal… ya están aquí.»

Kate se levantó de un salto, dejó la pistola sobre la mesa y corrió por el pasillo hacia la puerta.

—¿Quién es? ¿Quién llama?

—Agente Booth —respondió una voz desde fuera—. FBI.

Tras el mostrador de recepción, había una pantalla de vídeo que daba a la entrada. Kate se metió tras él y lo comprobó. Vio a Booth en la pantalla en blanco y negro, con la conocida cabeza medio calva, y a otro hombre tras él con una gorra de béisbol, mostrando la placa.

Corrió hacia la puerta e introdujo el código. Se encendió la luz verde. De pronto, empezó a sonarle el móvil. ¡Em! Kate descorrió el pestillo interior y abrió la puerta, encontrándose cara a cara con el agente del FBI.

—Gracias a Dios…

Los ojos de Booth tenían un aspecto extraño, como extraviados y apagados. Entonces, Kate contempló horrorizada cómo el agente se desplomaba en el suelo, con dos manchas rojas en el pecho. Tras él había otro cuerpo.

El hombre que sostenía a Booth arrojó la placa y la identificación.

—Deja el teléfono, calabaza.

80

Kate chilló.

Se quedó mirando los dos cuerpos inertes en el suelo y luego volvió a posar los ojos en su padre. Tras él estaba el hispano con la gorra de los Yankees en que se había fijado al bajar del tren. Su padre le dedicó una mirada de complicidad al tiempo que le decía:

—Espera aquí.

—Papá, ¿qué demonios estás haciendo?

Su padre entró en el vestíbulo y dejó que la puerta se cerrara tras él con suavidad, teniendo cuidado de no pasar el pestillo.

—¿Dónde está, Kate? Sé que lo has visto. —En su voz ya no había ni suavidad, ni tan siquiera fingida—. Lo he visto, Kate… el colgante. Las dos mitades del sol. Ya se han acabado las mentiras. Vas a decirme dónde está.

Kate retrocedió por el pasillo. Se le cayó el móvil. Fue entonces cuando vio el arma en la cadera de él.

—No lo sé… es la verdad.

Los agentes del FBI estaban muertos. Cavetti estaba en algún sitio, pero no sabía dónde. Igual también estaba muerto. Y lo que le habían hecho a su madre se lo podían hacer a ella.

—Sabes dónde está, Kate —dijo su padre, haciéndola entrar más al fondo del laboratorio.

—No me obligues a hacer algo que no quiero hacer. Ya sabrás que voy a matarlo tanto si tengo que hacerte daño como si no.

Ella sacudió la cabeza, aterrorizada.

—¿Por qué haces esto, papá?

—¿Por qué lo proteges?

Ella se estrujó el cerebro buscando una salida. Seguía retrocediendo. Su laboratorio. El laboratorio… en la parte de dentro de la puerta había un pestillo. Si conseguía entrar, podría llamar a alguien.

—No me lo pongas más difícil —dijo él.

Kate echó a correr por el largo pasillo. Entró a toda prisa y trató de cerrar la puerta de golpe. Sin embargo, él llegó justo antes de que cerrara. Apuntaló el cuerpo en la puerta, tratando de abrirla. Kate la empujaba con todas sus fuerzas.

Pero él era más fuerte y la abrió.

—¡No, papá, no!

Kate arrambló con cuanto encontró a su paso —vasos, viales, tarros de productos químicos, muestras…— y se lo arrojó con todas sus fuerzas. Él se iba protegiendo con el brazo conforme avanzaba, con el vidrio haciéndose añicos en el suelo. Ella agarró un gran vaso Pyrex, rompió la base en la mesa y sostuvo el cuello de vidrio recortado para impedirle el paso. Ni ella misma daba crédito a lo que estaba haciendo. Aquél era el hombre con quien había crecido y en quien confiaba, y ahora no pensaba más que en protegerse, en mantenerlo alejado.

—¡Soy tu hija! —exclamó con los ojos encendidos—. ¿Cómo puedes hacer esto? ¿Cómo puedes querer hacerme daño?

Él se acercaba a ella.

Kate trató de alcanzarle con el vaso roto, pero él la cogió por la muñeca y se la apretó hasta hacer que se le congestionara el rostro y conseguir que soltara la improvisada arma, que se hizo mil pedazos en el suelo.

—¿Por qué mataste a mi madre? Te quería. Todos te queríamos. Le rompiste el corazón, papá. ¿Por qué?

Su padre no respondió. Se limitó a acorralarla contra el mostrador, hasta que a ella se le clavó el borde en la espalda. Kate no sabía lo que se disponía a hacer.

Buscó cualquier cosa con que defenderse. Un instrumento, un teléfono, cualquier cosa. Entonces vio la pistola sobre la mesa. Justo al otro lado.

Su padre sostenía su propia arma con una mano y con la otra

tenía a Kate cogida por el cuello y la apretaba con los índices, dejándole los pulmones sin aire. Ella, incrédula, sentía arcadas.

—Me haces daño, papá…

De pronto, con la misma brusquedad con que la había cogido, la soltó. Al mismo tiempo, le pasó la mano por la cara. Alargó la mano hasta el cuello de la sudadera de ella, sacó los colgantes y sonrió,

—¿Dónde está, cariño? Dímelo. Basta de mentiras. Ya basta de carreras.

Fue entonces cuando se oyó la voz justo detrás de ellos.

—Benjamin, estoy aquí, estoy aquí mismo.

81

Luis Prado estaba esperando fuera, en el vestíbulo. Había hecho un buen trabajo siguiendo a la chica hasta la oficina y ocupándose de los dos agentes cuando llegaron. Ahora sólo quedaba un trabajo por hacer Y podría irse a casa.

Daba algo de grima quedarse allí, en aquel espacio estrecho con esos dos cadáveres en el suelo. ¿Qué estaba haciendo Raab dentro?

Luis salió y encendió un cigarrillo. Miró el reloj, esperando a que saliera Raab. Eran unos laboratorios y era domingo por la noche. Por la calle sólo pasaban unas cuantas personas. Apartó la mirada. No le preocupaba que entrara nadie.

Luis pensaba en que éste sería su último trabajo. Lo había dado todo por la fraternidad. Ahora podría volver a casa. Con su familia. Le pondrían alguna cosilla, un colmado, igual un establecimiento de mensajería. Algo legal. Podría entrenar a los chavales: fútbol a lo mejor, o béisbol. Le gustaban los críos. Igual hasta tenía bastante dinero para que su familia se mudara a Estados Unidos.

Pero la cosa se estaba alargando más de lo que creía.

De nada servía quedarse fuera. Igual dentro podía servir de algo. El jefe no solía ensuciarse las manos. Luis rió para sus adentros. Tiró la colilla y abrió el portal. La puerta de la oficina estaba entreabierta. Igual podía entrar a ver.

Entonces sintió que le daban con algo en la espalda. ¿Era un puño? ¿Un cuchillo? Sin entender lo que pasaba, Luis se encontró de rodillas.

Se palpó la espalda, donde le dolía. Al volver a mirarse la mano, vio que había sangre. Le dieron otro golpe, y esta vez se desplomó hacia delante golpeándose la cara contra el frío suelo de baldosas.

Le salía sangre de la boca. Veía borroso. Miró a su espalda. Un hombre con barba y gorra plana se cernía sobre él.

Luis se echó a reír… fue más bien un fuerte espasmo de tos, como si tuviera cuchillas en el pecho, con la sangre saliéndole a borbotones por la boca. Siempre supo que acabaría así. De esa manera. Era lo correcto. Todo lo demás —sus ridículos sueños, el béisbol, el consuelo de su mujer, su familia— no era más que una mentira.

El hombre se arrodilló y dijo en español:

—Es hora de que te vayas. —Al mismo tiempo apoyó el cañón de su arma en la nuca de Luis y apretó el gatillo; Luis ya no sintió nada—. Aquí ya has cumplido con tu deber, amigo.

82

—Aquí, Benjamin —repitió la voz con calma.

Todas las arrugas del rostro de su padre se endurecieron. Fue como si, en el reflejo de los ojos de Kate, viera quién estaba detrás de él.

Mercado dio un paso adelante y apareció ante ellos.

—Vuélvete, hermano. Deja la pistola en la mesa.

Su padre hizo lo que le decían. Al volverse, los dos hermanos quedaron frente a frente por primera vez en veinte años.

—Me buscabas, Benjamin. —Mercado sonrió; llevaba la pistola a la cadera—. Pues aquí estoy.

—¿Qué vas a hacer? —preguntó su padre.

—No pienso dispararte, Ben, si eso es lo que crees. El hombre que tenías apostado fuera está muerto. Como los otros. Ya ha habido bastantes muertes, ¿no te parece? Sharon, Eleanor, mi mujer... como tú has dicho, basta de mentiras.

—¿Y entonces qué quieres? —Su padre lo miró torvamente.

—¿Que qué quiero? —La mirada de Mercado se posó en Kate—. Lo que quiero es que Kate escuche.

Mercado dio un paso más, con la mirada fija y penetrante.

—¿Qué iba a decirle Sharon, Ben? Ahora sólo estamos los tres. ¿Qué es lo que no querías que Kate supiera?

Raab recorrió rápidamente la estancia con la mirada. Avanzó hacia Kate. Ella se daba cuenta de la desesperación que se había apoderado de él. Tal vez se proponía utilizarla como rehén. Ahora sería capaz de cualquier cosa.

—Tú eres el del colgante, Óscar. Tú eres quien, por lo visto, tiene la verdad a su favor. Y estás armado.

Entonces Mercado hizo algo que sorprendió a Kate. Dejó el

arma en un taburete cercano y se quedó allí de pie, con las manos vacías.

—Ahora ya no me queda más que la verdad, Ben. Díselo. ¿Qué te daba miedo que descubriera? Eso es todo lo que ella quiere saber.

Kate se daba cuenta de que Mercado no esperaba salir de allí con vida.

—¿Decirme el qué, papá?

Su padre no respondió.

Mercado sonrió.

—No, no creo ni que te importara, ¿verdad que no, Ben? Porque tú en ningún momento apuntaste a Sharon, ¿a que no? —Tenía la mirada firme pero serena—. ¿Verdad, hermano? Es la hora de la verdad, hermano. ¡Díselo! Merece saberlo.

Se produjo un silencio inquietante.

La mirada de Mercado traspasó a Kate, que no sabía si había oído bien. De pronto cayó en la cuenta. Se volvió hacia su padre.

—¿A mí…?

Más que una pregunta, fue un balbuceo. Se quedó mirando fijamente a su padre tratando de enfrentarse a la confusión.

—¿Querías matarme a mí? ¿Por qué?

En ese momento, su padre alargó la mano a su espalda y cogió la pistola. Mercado se quedó de pie, devolviéndole la mirada. No hizo nada por defenderse.

Cuando se disparó el arma, Kate gritó.

—¡No!

La bala hirió a Mercado en el muslo derecho. Le fallaron las rodillas y calló al suelo.

—Díselo, Ben. Fue porque me haría daño *a mí*, ¿no es cierto? Eso era lo único que querías: hacerme daño a mí… La sangre se limpia con sangre, ¿no es ése el credo? Así que, ¿qué iba a decir Sharon? Venga, díselo, Ben. Es el momento.

Mercado levantó la vista y miró casi con ternura a Kate, que seguía ahí, boquiabierta.

—Dile lo del colgante, Benjamin. Es el momento. Es verdad...
—Sonrió a Kate mientras su padre lo apuntaba con el arma—. Sí
que guarda secretos, Kate. Tu madre quería que algún día fuera
tuyo... ¿Verdad, Ben? Tu madre, Kate... —No dejaba de mirarla,
con los ojos brillantes—, no era Sharon, pequeña.

83

Kate nunca había sentido nada parecido al vacío que en ese momento la invadió.

¿Había oído bien?

Por un instante se quedó con los ojos clavados en Mercado. Luego bajó la mirada, en silencio, como baja la mirada la víctima de una bomba, aturdida por la conmoción de la sacudida, observando un miembro que de repente ya no está, tratando de comprender si lo que acaba de pasar es real.

—Díselo, Benjamin. —Mercado levantó los ojos hacia él—. Dile lo capaz que eres de hacer daño a alguien de tu propia familia, a alguien que finges amar.

El padre de Kate volvió a apretar el gatillo. El arma lanzó un destello y otro disparo volvió a herir a Mercado, esta vez en el hombro.

Kate arremetió contra él, tratando de detenerle.

—¡No, papá, no!

Mercado se desplomó hacia atrás, Se sostuvo con una mano. Kate se quitó la sudadera y lo envolvió con ella a modo de torniquete.

—¿De qué está hablando? —Se volvió hacia Mercado—. ¿Qué es eso de mi madre?

—Era una mujer guapa, ¿verdad, Ben? Naturalmente, mi vida no era como para criar bien a un hijo, ¿a que no? Iba a ir a la cárcel. Estaría lejos mucho tiempo. Y mi esposa estaba enferma. ¿No es así? De diabetes, ¿verdad?

Miró dulcemente a Kate. Y, de pronto, recordó la primera vez que hablaron en el parque, cuando le habló de una esposa que había muerto de diabetes hacía muchos años.

—¿Mi madre...?

—Tenía que elegir, ¿no, Ben? ¿Cómo iba a dejar al bebé solo, sin una madre... ni una familia? —Posó la mano sobre la de Kate. La tenía fría—. Y el padrazo perfecto siempre fuiste tú, ¿verdad, Benjamin?

—En todos los sentidos.

La boca del cañón volvió a destellar y Mercado cayó rodando hacia atrás, agarrándose el costado.

Kate se dio cuenta de que estaba viendo cómo mataban lentamente a su verdadero padre.

—Creí que hacía lo que era mejor para ti —dijo Mercado a Kate—. Y estuviste protegida todos estos años...

—Hasta que tú empezaste a traicionar a tu familia —lo interrumpió Raab—. Hasta que olvidaste quién eras.

—Tenía que elegir —dijo Mercado mirando en dirección a Kate.

Raab tiró del percutor.

—¡Y, por lo tanto, hermano, yo también!

—¡No!

Kate se abalanzó sobre él y lo cogió del brazo pero él la tomó de la muñeca como si estuviera hecha de trapo y la apartó de un empujón lanzándola contra el mostrador del laboratorio. Una bandeja de tubos se estrelló contra el suelo.

—Yo envié a Greg. —Mercado la miró—. No para espiarte, pequeña. Para cuidarte, para protegerte, Catalina. Ahora ya sabes por qué.

Kate asintió. De pronto, la mirada de ella se posó en el mostrador.

—Ya ves, Benjamin, mira lo que has perdido —dijo Mercado—, todo cuanto llevabas dentro del corazón. Mírala... ¿Valía la pena? Este juramento tuyo. ¿Adónde irás ahora?

—Puedo volver —respondió Raab, al tiempo que apuntaba con la boca del arma a los ojos del anciano—. Pero, hermano, tu tiempo se ha acabado. No tienes adónde ir más que al infierno.

—No, papá —dijo Kate, con firmeza.

Sus palabras lo hicieron volverse. Le sorprendió ver que ella tenía la pistola en la mano y estaba apuntándole directamente. Sacudió la cabeza.

—Aún no.

84

Raab sostenía la pistola contra la cabeza de su hermano, con el dedo en el gatillo. Y Kate sostenía su arma con ambas manos. No tenía ni idea de lo que haría.

Entonces, poco a poco, Raab soltó el percusor y bajó el arma.

—No irás a dispararme, ¿verdad, calabaza?

—Kate, sal —le dijo Mercado—. Deja que haga lo que tiene que hacer.

—¡No! —Kate fulminó a Raab con la mirada, tratando de luchar contra la imagen de cuanto había creído y amado una vez. Todo el daño que ese hombre había causado. Iba a acabarse. Aquí. Sacudió la cabeza y le apuntó al pecho con la pistola.

—No pienso correr.

—Bájala —le dijo Raab—. Nunca he querido hacerte daño, Kate. Tiene razón. Ya puedes salir.

—No, si ya me has hecho daño, papá. Nada en el mundo podría reparar el daño que has hecho.

Hubo una pausa calculada en los ojos de Raab.

Y entonces, con una sonrisa que la hizo estremecerse, Raab volvió a apuntar a Mercado en la cabeza.

—¿No irás a dispararme, verdad, cariño? ¿A quien te ha querido todos estos años? ¿A quien te ha criado? Eso no puedes cambiarlo, Kate, sientas lo que sientas ahora. No por este...

Raab empujó a Mercado con el pie y el anciano rodó por el suelo.

—Por favor, no me obligues a hacer algo horrible, papá —dijo Kate. Las lágrimas le surcaban las mejillas.

—Vete —dijo Mercado—. Por favor... —Un charco de sangre empezó a formarse en el suelo.

—Si puedes hacerlo, adelante, Kate... ¡dispara! —Raab se volvió hacia ella—. Los dos sabemos que lo mataré dentro de un momento. Así que adelante, calabaza. —Levantó el arma hacia ella—. Mátame, cariño; si eres capaz, ahora es el momento...

A Kate se le paralizaron los dedos. Clavó la mirada en el cañón estrecho y gris de su pistola. No sabía lo que haría él. «Aprieta, aprieta —insistía una voz en su interior—. No es tu padre. Es una alimaña.» Le apuntó al pecho y cerró los ojos. «Aprieta.»

Y entonces volvió a abrir los ojos.

Él se sonreía.

—Ya lo suponía, Kate. Pero tiene razón. Sal, Kate, ahora. No te seguiré. —Se volvió de nuevo hacia Mercado y sostuvo la pistola a apenas unos centímetros de su cabeza—. Yo ya tengo lo que quiero.

Se oyó un disparo. Kate gritó, cerrando los ojos. Cuando los abrió, Raab seguía con la mirada clavada en ella, pero su expresión había cambiado.

Él retrocedió, tambaleándose. Se miró el hombro, en estado de shock. Se llevó la mano a la chaqueta y, al sacarla, la tenía empapada de sangre. Miró a Kate, incrédulo. Entonces apuntó a Mercado con su arma.

—¡No!

Kate volvió a apretar el gatillo. Esta vez Raab giró y se agarró el brazo derecho, mientras el arma le caía al suelo con gran estrépito.

Parecía confuso. Por un instante, Kate no tuvo claro lo que Raab pensaba hacer.

Entonces él, persistente, dio un paso en dirección al arma caída en el suelo. Kate volvió a retirar el percutor.

—Por favor, no me obligues a hacer esto...

Le temblaban las manos. Tenía los ojos llenos de lágrimas. Avanzó un paso y apuntó a Raab al pecho.

—¿Qué vas a hacer? —dijo Raab bajando la mirada y observando la sangre que tenía en la palma de la mano, como incapaz de creer lo que ella había hecho—. ¿Matar a tu propio padre, Kate?

Kate consiguió que las manos dejaran de temblarle. Negó lentamente con la cabeza.

—Tú no eres mi padre, hijo de puta.

Raab se detuvo, se agachó sobre la pistola, jadeando. El brazo herido le colgaba inerte a un costado del cuerpo. Entonces alargó la mano.

Los dedos de ella temblaron sobre el gatillo.

—¡No!

Raab se agachó un poco más y asió el arma con los dedos. La volvió a coger lentamente.

—Por favor, papá… —sollozó Kate.

—Siempre fuiste la luchadora de la familia, ¿verdad, calabaza? —Enderezó la pistola hasta apuntar hacia ella—. Lo siento, cariño, pero es que no puedo dejarlo con vida.

Un disparo resonó desde atrás. Raab cayó hacia delante, con la sangre manándole del pecho. Y luego uno más: más gotas de sangre, su arma cayendo ruidosamente al suelo. Raab giró en redondo, con los dedos aún asiendo un arma imaginaria, apuntando con ella al aire, al tiempo que doblaba las piernas, con la mirada clavada en quien le había disparado.

Cayó.

Greg estaba en el umbral, pálido como un fantasma, con los brazos extendidos. Se volvió hacia Kate y sacudió la cabeza.

—No podía permitir que te hiciera daño, cariño. Como te dije, siempre podrás contar conmigo.

85

La policía llegó al laboratorio en cuestión de minutos. Las ambulancias le iban a la zaga. Aquello parecía un campo de batalla, con las luces cegadoras destellando y los chirridos de las ambulancias deteniéndose en el exterior con grandes frenazos. Tres cadáveres yacían en el vestíbulo. Había sangre por todas partes. Kate estaba sentada junto a Greg, que la rodeaba con el brazo, mientras los equipos médicos atendían a Mercado. Ella dijo a la policía que sólo hablaría con el agente Cavetti del Programa WITSEC. Venía de camino.

Raab estaba muerto. Mercado seguía con vida, pero a duras penas. Mientras esperaban, Kate no dejó de acariciarle el rostro, rogándole que aguantara. Y, de un modo u otro, lo consiguió. Semiinconsciente, farfullaba constantemente que todavía le quedaba algo por saber. Kate le apretaba la mano. «Por favor, no te mueras…»

Cavetti llegó a la escena al cabo de unos minutos. Nada más verlo, Kate se soltó y corrió a abrazarlo.

—Mi padre… —sollozó en su hombro—. Mi padre vino… con el hombre de fuera. Mató a esos agentes… Tuve que…

—Lo sé, Kate. —Cavetti asintió al tiempo que le daba palmaditas en la espalda. No hizo nada por apartarla—. Lo sé…

—Era todo una venganza —dijo Kate—. Toda nuestra vida no era más que una mentira… por venganza. Destruyó a toda nuestra familia para vengarse de Mercado por haberlos traicionado. —Kate volvía a tener los ojos inundados de lágrimas—. Mi padre… Mercado es mi padre, Cavetti. —Se apartó y levantó la mirada hacia Raab—. Me he pasado la vida oyéndole decir que lo único que contaba era la familia. Eso es lo único que no era mentira.

El personal sanitario que atendía a Mercado lo subió a una camilla. Cavetti les hizo una señal con la cabeza indicándoles que se lo llevaran.

—¿A dónde lo llevan? —preguntó Kate presa de los nervios. Quería ir también ella.

Cavetti la asió por los hombros y sacudió la cabeza apenas perceptiblemente.

—Lo siento, Kate, pero eso no puedes saberlo.

Empezaron a llevárselo hacia la entrada. De pronto, Kate se dio cuenta de que estaba pasando otra vez lo mismo.

—¡No!

Corrió junto a la camilla y se aferró a la mano de él. Se estaban llevando a su padre.

—Hice lo correcto —murmuró él mirándola.

—Sí. —Kate asintió, apretándole la mano—. Así es.

Él sonrió.

Se lo llevaron por el pasillo que conducía a la zona de recepción y lo bajaron por las escaleras, hasta la acera. Kate lo siguió durante todo el trayecto. Un corro de personas se había congregado en la calle. Varias ambulancias con las luces en marcha cortaban el tráfico.

—Te quiere —dijo Mercado. Alargó la mano y agarró con firmeza el brazo de ella—. Durante todo este tiempo, sólo ha estado ahí para protegerte. Debes saberlo, Kate. Sólo estaba ahí por mí...

—Lo sé. —Kate asintió. Miró a su espalda. Greg estaba en la entrada. Más tarde ya habría tiempo de decidir qué pasaba con ellos. Pero ahora no.

—Tengo algo en el bolsillo —dijo el hombre moribundo—. Cógelo.

Kate le metió la mano en la chaqueta y sacó algo.

Un relicario.

—Guarda secretos, Kate... —Lo asió fuertemente con los dedos—. Hermosos secretos. —Sonrió—. Como tu sol.

—Lo sé. —Le cogió la mano y la sostuvo tanto tiempo como

pudo mientras lo subían a la ambulancia. El equipo médico subió. Las sirenas ululaban. Se lo llevaban, Kate lo sabía. No sólo al hospital, sino también de vuelta al programa. De vuelta a la oscuridad. Jamás volvería a verlo.

—Adiós… —Sonrió, sosteniéndole la mirada hasta que se cerraron las puertas—. Papá…

Las dos primeras ambulancias ya estaban cargadas. Los faros empezaron a girar y arrancaron escoltados por la policía. Al llegar a la esquina de la calle, los dos vehículos torcieron a la izquierda. Kate estaba segura de que iban hacia el Centro Médico Jacobi, a pocas manzanas de allí.

Sin embargo, en el cruce, la que llevaba a Mercado siguió adelante, hasta Morris Avenue, iluminada.

Cavetti se acercó y le puso la mano en el hombro.

—¿Qué va a ser de él? —preguntó Kate, al tiempo que la ambulancia de Mercado desaparecía en el océano de luces brillantes.

—¿De quién, Kate? —Sonrió él, con complicidad—. ¿De quién?

Ella lo siguió con la mirada todo lo que pudo. Al final, bajó la vista y abrió los dedos. Tenía en la mano el relicario que le había dado Mercado. Era un marco viejo, de plata pulida, con el cierre de filigrana.

«Guarda secretos, Kate —le había dicho—. Como tu sol.»

Kate lo abrió.

Se encontró contemplando una foto de una mujer guapa con el pelo claro recogido en trenzas y unos resplandecientes ojos verdes que por poco le cortan la respiración. Kate se dio cuenta de que estaba mirando a su madre por primera vez.

Sonrió. Contuvo las lágrimas. Había un nombre grabado bajo la foto.

Pilar.

86

A Kate le llevó varios días sentirse preparada para volver a verlo. Unos días para ponerse otra vez al día con la medicación y estar fuerte otra vez.

Y se reunió varias veces con la policía y el FBI para contar lo que había sucedido en el laboratorio. Todo lo que había sucedido, esta vez. Reprodujo esos últimos momentos más de cien veces. ¿Podía haber apretado ese gatillo? ¿Podía haberlo apretado él? La entristecía inevitablemente. Al menos ya se había acabado. La deuda de Raab estaba saldada. Él la había criado. Por un lado, aún lloraba por él. Independientemente de lo que hubiera hecho.

Él estaba en lo cierto. «No puedes borrar veinte años de un plumazo.»

Kate y Greg quedaron para tomar un café en el Ritz, una cafetería que había en la esquina de su *loft*.

—Esta vez no habrá secretos —prometió Greg.

Y Kate estuvo de acuerdo. No tenía claro lo que sentía. No tenía claro si lo que Mercado le había dicho cambiaba las cosas. Lo único que Greg dijo fue:

—Sólo quiero que me des la oportunidad de demostrarte lo que siento.

¿Y qué sentía ella?

Kate llegó unos minutos tarde, tras tomar el tren en Long Island. Él seguía pareciéndole guapo, con el pelo castaño despeinado, vestido con un largo abrigo de lana y bufanda. Kate sonrió: ¡esa sangre latina, si no era más que noviembre!

Al verla, Greg se levantó. Ella se le acercó.

—Dichosos los ojos —la saludó, sonriendo.

Ella le devolvió la sonrisa. La primera vez que él había intentado utilizar esa expresión en inglés, en su segunda cita, él había dicho algo así como «Me duelen los ojos».

Pidieron y él trajo la bandeja hasta la mesa.

—Con un poco de canela, ¿no?

Kate asintió. Llevaban haciendo lo mismo cuatro años. Él, por fin, había aprendido.

—Gracias.

Al principio, hablaron de cualquier cosa. De *Fergus*, que la echaba de menos, claro. Y ella también lo echaba de menos. De la factura de la luz, que ese mes había subido mucho. De una de sus vecinas de la escalera, que había tenido gemelos.

—¿Cómo te llamas? —lo interrumpió Kate. Clavó la mirada en sus ojos color agua de mar. En ellos podía leerse una expresión lastimera y algo culpable, como si dijeran: «Kate, esto está acabando conmigo».

—Ya sabes mi apellido —respondió Greg—. Es Concerga. La hermana de mi madre se casó con alguien de la familia Mercado hace diez años. Es la esposa de Bobi, el hermano menor.

Kate asintió al tiempo que cerraba los ojos. Había estado conviviendo con un extraño todos esos años. Nunca había oído hablar de esa gente.

¿Y qué siento yo?

—Te juro que nunca quise que nada te hiciera daño, Kate. —Greg le tendió la mano—. Sólo me dijeron que te vigilara. Me mandaron aquí a la escuela. Al principio no era más que un favor. No para tu padre, Kate, te lo juro, sino para...

—Lo sé, Greg —lo interrumpió Kate—. Mercado me lo contó. Me lo contó todo.

Todo cuanto tenía que saber.

Greg le asió la mano con los dedos.

—Ya sé que sonará muy cursi, pero siempre te he querido, Kate. Desde el día que te conocí. Desde que te oí pronunciar mi nombre por primera vez. En la sinagoga...

—Te lo destrocé, ¿verdad? —dijo Kate, sonrojándose—. «Grey-gori...»

—No. —Greg sacudió la cabeza. Tenía los ojos brillantes de lágrimas—. A mí me sonó a música celestial.

Kate lo miró fijamente. Se echó a llorar, incapaz de contenerse. Era como si todo lo que había estado albergando durante ese año —la caída en desgracia de su padre, la muerte de su madre entre sus brazos, el cambio de su padre al final— brotara incontrolablemente. Greg se sentó junto a ella en el reservado. La envolvió entre sus brazos. Ella dio rienda suelta al llanto, sin poder contenerse.

—Kate, ¿podrás volver a confiar en mí alguna vez? —Greg la estrechó, apoyando la cabeza en el hombro de ella.

Ella sacudió la cabeza.

—No sé.

Puede que lo que el anciano le había dicho al final cambiara las cosas, sólo un poco. La manera en que la había mirado, sin ya nada en su vida que proteger y le había dicho, en paz: «Tuve que elegir».

Puede que todos tuviéramos que elegir, pensó Kate. Puede que todos tuviéramos un sitio, en algún lugar entre la certidumbre y la fe, la verdad y las mentiras. Entre el odio y el perdón.

Un Código Azul.

—No sé. —Kate levantó la cara de Greg hasta la suya—. Lo intentaremos.

Greg la miró, eufórico.

—Prométeme que nunca más nos ocultaremos nada el uno al otro —dijo ella—. Se acabaron las mentiras.

—Te lo prometo, cariño, se acabaron las mentiras.

La estrechó entre sus brazos y Kate pudo sentir en su abrazo lo emocionado que estaba.

—Por favor, vuelve, Kate —le rogó—. Te necesito. Y creo que a *Fergus* le gustaría saludarte.

—Sí. —Asintió. Se secó las lágrimas con el dorso de la mano—. A mí también me gustaría saludarlo, me parece.

Se levantaron y salieron a la Segunda Avenida. Greg la rodeó con el brazo.

Kate dejó caer la cabeza sobre el hombro de él mientras caminaban. Todo le era familiar. Su vida. Rosa's Foods, el pequeño colmado donde compraban. La tintorería coreana. Era como si llevara mucho tiempo fuera y ahora estuviera en casa.

Al girar en la Calle Siete, Kate se detuvo. Sonrió.

—Entonces, ¿hay algo más que quieras decirme antes de entrar, ahora que hemos puesto las cartas sobre la mesa?

—¿Sobre la mesa?

—Antes de abrir esa puerta, Greg. Porque cuando lo hagamos, empezaremos de nuevo. Quiénes somos. Adónde vamos a partir de aquí. Nunca podremos volver atrás. Es un regalo, Greg. Una oportunidad de pasar página y dejar atrás el pasado. Una última oportunidad.

—Sí, hay algo. –Greg agachó la cabeza. Tomó a Kate por los hombros y la miró fijamente a los ojos—. No sé si te lo he dicho nunca —bromeó—, pero la verdad es que no aguanto a los perros.

87

—Y así están las cosas. —Kate se encogió de hombros, asiendo con los dedos el puño cerrado de Tina, en su habitación individual del hospital—. Ya hace dos semanas. Nos estamos centrando en lo de la confianza. No me ha fallado, Teen. No sé, creo que igual sale bien.

Kate acarició el rostro terso y pálido de su amiga. A Tina le temblaban los párpados. De vez en cuando, movía la boca. Sin embargo, era algo a lo que ya se habían acostumbrado. En las últimas semanas, su estado había mejorado. Le había descendido la presión intracraneal. Ya no llevaba la cabeza vendada. Y tampoco el tubo para respirar. Ya respiraba sola. Según la Escala de Glasgow, su estado comatoso se había incrementado hasta 14. Los médicos estaban casi seguros de que despertaría. Dentro de un mes o cualquier día.

Pero entonces, ¿qué? Ésa era la pregunta que nadie podía responder.

—Vuelvo a estar en el laboratorio —dijo Kate. Recorrió con la mirada extraviada los monitores que había junto a la cama de Tina: la curva amarilla estable de su pulso, la lectura de su tensión—. Me siento bien. Packer me ha mandado acabar lo de Tristán e Isolda. Doscientas sesenta y cuatro pruebas, Teen. ¿No te parece increíble? Estamos empezando a escribir un artículo. La *P & S Medical Review* nos lo va a publicar. Y he estado trabajando en la tesis.

Más vale que muevas el culo. Como tardes mucho más, cuando te despiertes me tendrás que llamar «doctora».

Kate sintió que le tiraban de la mano. Según los médicos, no era más que un reflejo. Pasaba a menudo. Kate miró a su amiga. Le temblaron los párpados.

Habían pasado tantas cosas... ¿cómo iba Kate a contárselo todo?

—Se me hace raro, Teen —dijo Kate, mirando por la ventana—, pero lo llevo bien, lo que le pasó a papá. Por lo menos se ha acabado. De un modo extraño. Seguramente Greg me hizo un favor. Papá tuvo su merecido. Pero lo que yo me pregunto es si lo hubiera apretado, Teen. Aquel gatillo. Si no hubiera llegado Greg.

»Y creo que la respuesta es sí. Lo hubiera hecho. Era mi padre quien estaba ahí tendido. Lo hubiera hecho... ¡por él!

Aun así, siempre que lo recordaba, Kate acababa llorando.

—Tú lo conocías, Teen. Era un tío tremendo. Y tenía razón. No puedes borrar veinte años de un plumazo.

Kate volvió a sentir un tirón. Se quedó mirándola, sin más.

Sin embargo, esta vez un dedo le asió el pulgar.

Kate miró a Tina. «¡Joder, no puede ser!» Por poco se muere del susto.

Tina le devolvía la mirada.

Con los ojos abiertos.

—¡Oh, Dios mío, Tina! —Kate se levantó de un salto, empezando a llamar a gritos a la enfermera. Sin embargo, Tina no le dio oportunidad: movió la boca apenas imperceptiblemente y sus labios esbozaron una levísima sonrisa, expresando que la reconocía.

Kate a duras penas podía contenerse.

—¡Tina, soy yo, Kate! ¿Me oyes? Estás en el hospital, cariño. ¡Estoy aquí!

Tina parpadeó y volvió a tirarle de la mano. Se humedeció los labios, como si quisiera decir algo.

Kate se agachó cerca de ella, con el oído a escasos centímetros de los labios de Tina. Apenas los movió, profiriendo un único murmullo.

Kate no podía creerse lo que oía.

—Leucocitos...

Los ojos de Tina se clavaron en los de Kate. En ellos había una chispa de vida.

—Sí, leucocitos —Kate asintió, atolondrada—. ¡Leucocitos!

Se inclinó y pulsó el botón verde de la enfermera. Tina volvió a apretarle la mano, y le hizo gestos para que se volviera a acercar. Recorrió la habitación con la mirada, tratando de discernir dónde estaba, por qué tenía esos tubos en el brazo. Se agarró del brazo de Kate y musitó:

—¿Sigues observándolos? ¿Todo el día?

—Sí. —Kate asintió, con los ojos llenos de lágrimas—. ¡Todo el puto día!

Tina le guiñó el ojo y susurró:

—Tienes que hacer algo con tu vida, Kate.

¡Estaba bien! Kate se lo veía en los ojos.

¡Su amiga iba a recuperarse!

Epílogo

EN EL MES DE OCTUBRE DEL AÑO SIGUIENTE...

—La vida no es nada seguro ni nos pertenece. Nuestros cuerpos sólo se alquilan durante un breve tiempo. Cuando este tiempo se acaba, deben devolverse, como todas las cosas.

La voz del rabino envolvía la sinagoga. Era un oficio recordatorio, un viernes por la noche. En los asientos había desperdigados unos cuantos fieles, la mayoría más mayores. Kate estaba sentada casi al final, junto a Justin y Em.

Ninguno de ellos había puesto los pies allí desde el funeral.

Hacía un año que había muerto su madre.

—Oh, Señor, haznos sinceros y dignos —entonó el rabino—. Permítenos ver quiénes somos en realidad con tu luz vigilante.

Sonrió, captando la mirada de Kate.

El trabajo de Kate en el proyecto de investigación con células madre le había granjeado un par de posibilidades a jornada completa. A Greg le iba bien en el hospital. Sin embargo, tenía razón: con un *freak* científico en la familia ya bastaba.

Emily había solicitado la admisión temprana en la Universidad de Brown y tenía previsto jugar allí al *squash*. Su entrenador andaba todo el día encima de ella.

Y la mejor noticia —Kate sonreía en silencio entre las plegarias— era que Tina volvía a trabajar a tiempo completo. Ella y Kate habían vuelto a hacer sus descansos para el café juntas. Kate prometió que no volvería a darle un ataque al ver a extraños en la otra punta de la cafetería.

Durante ese año, Kate se había esforzado por asimilar cuanto había pasado. Llevaba los colgantes cerca del corazón. Los dos. Y ahora para ella significaban más que nunca. Unos meses antes, había recibido un sobre a través de la oficina del WITSEC, sin remite. Sólo contenía una tarjeta —media tarjeta, de hecho—, partida expresamente en dos. No llevaba ningún mensaje. Ninguna dirección.

No hacían falta palabras.

En el otro lado había una foto de un sol dorado partido por la mitad.

Ya estaba bien así. Era mejor pensar en él de ese modo. No necesitaba verlo. Le bastaba con saber que estaba vivo. «Tuve que elegir», le había dicho. Kate recordaría esa elección por el resto de su vida. Y, siempre que lo hacía, era incapaz de no pensar en él como su padre. Un hombre con barba y gorra plana que había visto sólo un par de veces. Porque era la verdad. Su padre era él. Se lo había demostrado. Y ya no podía esconderse de la verdad.

Kate también guardaba el relicario. En un cajón, junto a la cama. De vez en cuando, lo abría y contemplaba el rostro bonito que contenía. Esos bondadosos ojos verdes y ese cabello castaño claro recogido en trenzas. Y Kate se daba cuenta de lo mucho que tenían que haberla querido para dejarla. Y lo mucho de su madre biológica que llevaba en la sangre.

Se daba cuenta cada día. Dos veces al día.

Estaban unidas. Eso nunca cambiaría. Eso siempre sería verdad.

Kate levantó la vista. Greg estaba de pie al final del pasillo.

Le había dicho que iría en cuanto pudiera escaparse. Se acercó, se sentó a su lado y le tomó la mano. Sonrió y, por debajo de la voz del rabino, musitó:

—Bicho…

El servicio había llegado a las plegarias de cierre. El rabino indicó a la congregación que se pusiera en pie. Recitó el Kadish de los huérfanos, la plegaria en memoria de los que ya no están. Greg le apretó la mano.

Entonces el rabino dijo:

—Pensemos en aquellos que se fueron hace poco o lo hicieron por estas fechas en años pasados. O los que simplemente necesitan nuestras plegarias, familiares y seres queridos que tanto han significado para nosotros y siguen siendo parte de nuestras vidas. —Levantó la vista—. Ahora podéis honrarlos pronunciando sus nombres.

Alguien se levantó en la segunda fila.

—Ruth Bernstein —dijo.

Luego alguien del fondo:

—Alan Marcus.

Y una señora que estaba cerca del lateral, con los hombros envueltos en un chal.

—Arthur Levine.

Entonces se produjo un silencio. El rabino esperó. Miró alrededor, a ver si había más.

Kate se levantó. Tomó de la mano a Em y Justin.

Para ella Sharon siempre lo sería. Tanto daba lo que hubiera pasado. Tanto daba la sangre que corriera por sus venas.

—Sharon Raab —proclamó en voz alta—. Nuestra madre.

Porque ésta también era la verdad.

Agradecimientos

Dicen que todos tenemos una historia que contar. El problema es cuando nos la empezamos a creer.

Y cuando mi primera historia, escrita tras quince años trabajando en un sector distinto, aterrizó finalmente en la última editorial, resultó que un editor sénior del que nunca había oído hablar se la pasó a su autor de superventas con una nota que rezaba: «Lee esto».

¡Menos mal que lo hizo! Me imaginaba que escribiría un libro con Jim Patterson —estoy seguro de que él pensaría lo mismo— y confiaba en que me haría llegar a algún lugar dentro del círculo al que me estaba asomando, incapaz de abrirme paso al interior. Sin embargo, ese libro se convirtió en muchos, todos ellos número uno de ventas, y acabé atrapando asesinos en San Francisco, encontrando reliquias sagradas en la Francia del siglo XVI, persiguiendo a los malos desde Palm Beach hasta la Tierra del Fuego… el mejor postgrado al que podría aspirar un escritor de novelas de intriga.

Así que, por fin, ésta es mi oportunidad de daros las gracias a unos cuantos de vosotros —y algunos ni siquiera se lo esperan—, que me habéis guiado a lo largo del camino.

A Gerry Friedman, un amigo que me convenció, mientras comíamos rollitos de lechuga (de eso hace ya lo que ahora se me antoja una eternidad), de que andaría tras ese sueño durante el resto de mi vida, si no me aplicaba lo que dice el anuncio: *Just do it!*

A Hugh Sidey, editor sénior de Random House en Gran Bretaña. Todo el mundo necesita que alguien crea en él por primera vez. ¡Ya te encontrarás en la puerta esa caja de vino que te debo desde hace tanto!

A Holly Pera, sargento de homicidios del Departamento de Policía de San Francisco, mi Lindsay Boxer en la vida real, que tuvo la deferencia de compartir conmigo su tiempo y experiencia y me enseñó a pensar como una policía.

Al doctor Greg Zorman, mi cuñado y responsable de personal en el Hospital Lakeside de Hollywood, Florida, corrector médico a mi servicio, quien durante tantos años me ha hecho parecer mucho más listo e ilustrado en medicina de lo que en realidad soy.

A Amy Berkower y Simon Lipskar, de Writers House, que tomaron un bosquejo que había improvisado durante un paréntesis entre libro y libro para Patterson y le dieron alas a mi carrera. Simon, tus perspicaces observaciones sobre lo que está escrito en la página y tu incansable defensa de lo que hay tras ella han hecho de esta transición un viaje fabuloso.

A Lisa Gallagher y David Highfill, de William Morrow/Harper-Collins, por creer tan firmemente en ese bosquejo... ¡y en mí! David, *Código Azul* es una historia mucho mejor gracias a los flujos y reflujos que se suceden según avanza. Pero, sobre todo, gracias, por eliminar —al menos eso espero— el prefijo «co» de coautor de la descripción de mi trabajo para el resto de mi vida. Gracias también a Lynn Grady, Debbie Stier y Seale Ballenger, por su compromiso y la energía invertida en hacer avanzar el libro.

A mi hermana, Liz Scoponich, y a mi amigo Roy Grossman, los primeros lectores de *Código Azul,* por tomaros en serio esa responsabilidad y por vuestras ideas, de verdad constructivas. Lo mismo va para Maureen Sugden, correctora por excelencia, a quien nunca he conocido, pero cuya impronta se abrió paso con grandes letras en tinta roja y en cada página. (¡En cada maldita página!)

Y gracias atrasadas, desde hace mucho a Maureen Egen, antigua vicepresidenta y editora de Hachette Group Book (EE.UU), por ver algo en aquel primer manuscrito tantas veces rechazado y pasárselo a Jim, hace ya casi diez años.

Sin embargo, este libro contiene sobre todo el espíritu y la fe de tres personas que me pusieron en camino y no dejaron que me apartara de él, ni con los libros ni con la vida:

Jim Patterson, cuya llamada, cuando menos lo esperaba, cambió mi vida como escritor.

Mi esposa, Lynn, cuya fe en mí jamás decayó, y que lleva veinticinco años sin dejar que me desvíe de mi curso.

Y mi madre, Leslie Pomerantz, también por su fe en mí, por esperar pacientemente mientras los créditos que llevaban mi nombre iban pasando de letra diminuta a letra pequeña, y de letra pequeña a letra grande con cada libro. Sospecho que ahora mismo seguramente estará paseándose con éste arriba y abajo y presumiendo de él.

Visite nuestra web en:

www.umbrieleditores.com